# 女性书写与电影改编（1978—2022）

杜巧玲——著

CFP 中国电影出版社
2022 · 北京

**图书在版编目（CIP）数据**

女性书写与电影改编：1978—2022 / 杜巧玲著. —北京：中国电影出版社，2022. 8
ISBN 978-7-106-04344-5

Ⅰ. ①女… Ⅱ. ①杜… Ⅲ. ①妇女文学—电影改编—研究—中国—当代 Ⅳ. ①I207. 351

中国版本图书馆CIP数据核字（2022）第131841号

责任编辑：程　楠　曹　菁
装帧设计：联创睿合
责任校对：林　娜
责任印制：赵匡京

**出版发行**　中国电影出版社（北京北三环东路22号）　邮编：100013
电话：64296664（总编室）　64216278（发行部）
64296742（读者服务部）　E-mail：cfpbjb@126. com
**印　　刷**　中国电影出版社印刷厂
**版　　次**　2022年8月第1版　2022年8月北京第1次印刷
**开　　本**　710mm×1000mm　1/16
**印　　张**　17
**字　　数**　260千字
**定　　价**　85.00元

# 目 录

# 绪　论

女性书写者和她们的作品，一直以来都是文学世界中重要的组成部分。女性以书写行为和文本传播，来宣告和拓展自我觉醒，释放本我和天性。在中国，女性书写从20世纪五四时期开始，逐渐成长为一种自我解放和张扬个性的书写力量。新中国成立后，女性书写经历了三个发展阶段：首先是20世纪七八十年代，得益于文学环境的变化，女作家大量出现；其次是1995年联合国第四次妇女大会在北京召开，女性书写进一步拓展视野；最后是进入新世纪，女性书写在国际化和多元文化背景中大放异彩。

本书梳理“女性书写”概念，仅仅只是探讨和研究的一个切入点。除了敏于感觉、善于传情的女性书写特质，当今的女性书写已经超越了性别的差异和地域的局限。一些女性书写者同样能写出充满豪情、高瞻宏观的作品，也能跳出女性意识局限客观地书写女性形象和两性故事，还能在讲述生命体悟的同时化解精神和肉体危机，成就生命的独特价值，满足受众的精神需求和审美需要，推进社会的融合协调发展。

女性书写和电影创作，拥有完全不同的文本与符号体系，但是这两种截然不同的存在，却能赋予对方更强的生命力、感染力和号召力，共同反映社会现实、观照世间冷暖、增进人类情感。本书从“新时期以来女性书写改编电影”的范畴，对相关影片从题材创作、地域风格、文本对比、产业观察和创新发展等方面进行研讨，以期提供新的思考的可能。

这一时期的女性书写电影改编，在主流、艺术、商业的多重话语交叠的语境中，从变化中的农村空间，到纷扰中的都市生活，从主流的精神传达到边缘的人物观照，显示出了令人惊喜的成绩。影片《人到中年》（1982）荣获第三届中国电影金鸡奖最佳故事片奖、第六届大众电影百花奖最佳故事片奖；《十六号病房》荣获文化部1983年优秀影片二等奖；《红衣少女》（1985）获第五届中国电影金鸡奖最佳故事片奖、第八届大众电影百花奖最佳故事片奖；《弧光》（1988）获得第十六届莫斯科电影节特别奖；《伴你到黎明》获得1996年度上海影评协会颁发的年度十佳影片奖；《花季·雨季》（1997）获得第八届中国电影童牛奖优秀故事片奖；《生活秀》（2002）获得第六届上海国际电影节最佳影片奖、最佳女演员奖、最佳摄影奖；《我的少女时代》获得2011年大学生电影节组委会大奖；《喊·山》获得第19届上海国际电影节最受传媒关注导演奖、最受传媒关注编剧奖；《绝对隐私》系列电视电影获得包括美国翠贝卡国际电影节、印度喀拉拉邦国际电影节、蒂伯龙国际电影节，以及亚洲及拉美地区电影节的多项“最佳故事片”金奖……

电影创作者在对女性书写者作品了解、选择的基础上，为创作既符合电影意识形态特性又符合电影生产规律的作品，采取了多种策略和探索实践。不论是陆小雅、张暖忻、彭小莲、马俪文、夏蔚、戴玮等女性群体编导合一的创作模式，思芜与霍建起、孟朱与夏刚等“夫妻档”的亲缘创作，还是宋潇凌、谷小妮、吴君、鲍鲸鲸、陈彤、饶雪漫等作家“触电”参与文本改编，抑或是权聆、裴蓓、俞飞鸿等主创人员肩负制片与整体运作，都是女性书写电影改编的不同魅力展现与模式摸索。进入新世纪，开放包容的社会环境和书写空间，也让女性书写和电影改编不局限于专业写作者和作品，而是涵盖更多职业、更多身份和更多领域。

题材与主题方面，女性书写者自古以来，从口口相传，到笔墨记载，再到网络传播，以诗歌、散文、小说、剧本、寓言、童话、漫画等不同体裁和形式，抒发内心情感和世界，表现审美意识和追求，再现一定时期和一定地域的社会政治、经济和文化生活。各种书写所传达的主题，有时是单一的，有时又是多重的。改革开放之后的变化，不仅表现在政治经济上，更深刻地反映在人们的精神追求、物质生活和情感状况等多个方面，因此《人到中年》《女大学生宿舍》《与往事干杯》《家事》《豆蔻年华》《红灯停，绿灯行》等诸多女性书写与电影改编的主题并非单一呈现，而是将各种变化和历史、反思叠加。进入新世纪，社会经济发展与文化交流融合，让女性书写的主题透视出跨文化和跨媒介的复调性，电影改编主题也随之呈现人道主义和关怀基调下的多元与差异尊重趋势。影片《长恨歌》《万箭穿心》《生活秀》《寻人启事》《少年的你》中多重主题的叠加，让人物不多的叙事之中，依然冲突与矛盾不断，从而塑造了更为饱满的形象和个性，成为电影文本的一抹亮色。

地域书写一直是中国文学的优秀传统，女性书写也不例外。地域文学作品自带地域文化的展示和宣传功能，可以成为城市文化发展的一个新定位与新名片。女性书写在经济发展和社会转型过程中，传承和展现了丰富的地域文化，也有很多作品成为和成就了新的地域文化。站在新世纪的第三个十年，回望这些千姿百态的“北京故事”“上海故事”“武汉故事”“苏州故事”，五光十色的“西藏故事”“新疆故事”“漠河故事”“云南故事”，以及“小镇故事”和“乡土故事”，会发现中国文学的壮丽画卷正在延展，它们和叶广芩、王安忆、池莉、范小青、江觉迟、迟子建、张曼菱、葛水平、王华等女性书写者的地域以及改编电影文本的地域，以不同的形式表达和对话，为传统地域文化价值的重新发现及作用发挥，为中华文化的传播和发展提供强有力的书写和电影力量。

从媒介和叙事手段来看，以语言为艺术载体的文学，与以声画为艺术载体的电影，两个文本实现有效迁移的最大障碍，是抽象符号系统和具象符号系统的差异。因此，即使是同一部文学作品的电影改编，在不同时代和创作策略之下，文本的主题、视角、人物和情节会呈现不一样的面貌，这也是一些文学作品被多次改编的原因和魅力所在。新时期以来的女性书写电影改编，很多文本都选择最大限度地尊重原著或保留其精髓，特别是在改革开放初期，经济和文化发展尚未完全打开局面，处于权威地位的文学作品在向电影文本转化的过程中，毋庸置疑地让改编者产生压力和敬畏。进入新世纪以后，经济社会发展以及创作和观影人群的多元化，导致电影文本对原著文本的还原度出现更多分化，甚至是解构和重写。通过深度解读《人到中年》《蓝色爱情》《世界上最疼我的那个人去了》《喜欢·你》等不同时期、不同体量和不同题材的四部改编作品，分析原著文本和电影文本影像化过程中改编视角、创作策略、差异表现、艺术手法等方面的特点，希望能为女性书写电影改编提供一些个体参考样本。

中国电影产业发生的一系列重大变革，涉及影片制作、发行、放映在内的全产业链环节，女性书写改编电影的实践路径和形态，发展的差异性与丰富性，正是在不断变化的新情况和新挑战之中呈现。女性书写改编电影在制片与发行、票房与受众、电影创意元素，以及创作与改编人才培养等方面积累了很多实践经验，《失恋33天》《少年的你》《杜拉拉升职记》《匆匆那年》《何以笙箫默》等头部类型、品质逆袭和影视套拍作品也具有重要的研究意义。但如何在竞争中兼顾经典案例打造和多元化发展，进行多层次、全方位的发展谋划，促进原创、制片、放映、后期增值开发等全产业链的深度融合，是身处发展大势之中的创作者需要解决的更大挑战。

电影人对女性书写作品的改编，从新时期开始就开创了一个观念创新的良好局面，在导演艺术、摄影艺术和理论总结等方面得到受众、业界和理论界的赞誉。在全球化的过程中，人类面临越来越多共同的问题和诉求，思想情感和认知标准也有很多一致性，通过直抵人心的文化和文艺交流，能产生更深层的理解与共识。与世界各地华裔女作家的书写相呼应，国内女性书写者也在社会和经济的发展中完成作品样本由内而外的重塑与经验积累，以出版物、影视作品等多种媒介形式在国内和国际传播，是全球女性书写版图重要的部分和场域，也是中华文化复兴的最好见证。任何民族的文化自信，都离不开民族的复兴和强大，中国电影的逐渐强大也是以中国强大为前提的。在新的时代和版图下，女性书写与电影改编的现实立场和担当意识极为重要，需要在全新的舞台去传播文化与理念，赢得友谊与理解，追求效益与发展。

2018年，韩国女作家赵南柱的长篇小说《82年生的金智英》累计销量突破100万册，2021年，该书改编的同名电影掀起观影热潮，成为包括韩国、中国在内的亚洲多国最热门电影……而早在39年前，根据谌容中篇小说《人到中年》改编的同名电影，也创造了全国观影人次超过1.26亿次的奇迹。本书列举的很多女性书写改编电影也同样收获了高票房和好口碑。书写为女性打开了一扇窗，女性书写则给电影打开了另一扇窗。《百年孤独》的作者马尔克斯曾说过，没有思想就没有电影。女性书写记录着她们对于生理性别和社会性别的反思，对现实世界和历史时空的反思，这些都是电影艺术不可或缺、更有意味和光彩夺目的构成部分。

在当下，描述个人、他人命运和国家、民族命运，这种普遍性、共同性的内容，各种表现形式的文学和艺术都在涉及，但女性书写的力量和电影的力量依然极具优势。自电影诞生以来，影视艺术与文学作品即保持着良好的互动，一方面，大量的文学作品为影视创作提供了源源不断的文本素材和创作灵感，另一方面，作为综合艺术的电影则利用声光影拓展了文学文本的言说空间。电影与改编原著这两种文本，在发展和创新过程中，所发掘的叙事视角和积累的写作经验，以及反思和思辨意识，能更深层次地叩问社会状态和个人精神内涵，在跨界合作中找到属于自己的那片天地。

电影是国家文化形象和感召力的影像名片，是社会经济文化发展的一面镜子，是国民文化素养培养的生动教材。除此之外，女性书写与改编电影还具有消除男性单一文化视阈、构建两性和谐文化精神、完善自我革新与发展等多重文化使命。这是不仅是女性和两种文本的成长和探索，也是世界文学艺术与社会文明进程中的重要历史。

笔者由衷地期待，女性书写与改编电影多一些互为借鉴、互相成全的机会，让每一个热爱电影、热爱生活的人细细品味。同时也借此机会抛砖引玉，希冀在更多专家学者和业界人士的参与中推进女性书写与电影改编跨时空、跨地域、跨媒介对话与合作。

# 第一章

# 女性书写发生与新时期以来的电影改编

女性书写与电影改编的出现，意味着女性在两种文本和大众媒介上有了自我表达的机会和空间，也让主体与受限的男性视角呈现成为历史。她们和她们笔下的作品，紧随时代潮流与内心世界，为文学和艺术打开了另一扇窗。

## 一、女性书写概念及历史

本书所指涉的“女性书写”，有别于“女性文学”“女性主义文学”的范畴，为全书表达的清晰明了，在此一并阐述。

### 1. 关于“女性文学”“女性主义文学”“女性书写”

（1）关于“女性文学”

我国“女性文学”的开端和兴起，是在“五四”新文化运动特定的社会历史条件下产生的，而“女性文学”概念，最早由梁启超先生提出。1922年，他在《中国韵文里头所表现的情感》中，首先表达并关注“女性文学”。1935年，中国文学和中国文学史专家谭正璧先生，在第三次出版《中国女性的文学生活》一书时，也对这一概念进行了借鉴，将书易名为《中国女性文学史》，并在接受采访时强调，与“妇女文学”相比，“女性文学”更加强调女性的独立与自尊。

从全球来看，“女性文学”概念的诞生，最远可以追溯到19世纪与20世纪的现代主义思潮。虽然“女性文学”的主客体范畴已涵盖古代创作群体和作品，但这一概念的“诞生”历史并没有那么久远。经过两百余年的发展，从最广义而言，当下学术和研究领域讨论的“女性文学”，不仅包含女性作家的作品，还包括男作家创作的以女性形象为主体的作品，以及运用包括“女性主义”在内的理论对相关作家作品的研究成果等。但是在狭义层面上，“女性文学”的概念在国外和国内一直颇具争议。争议的几种观点大致涵盖如下：一为“女作家专门创作的表现女性生活的作品”；二为“反映女性生活的作品，不限作者性别”；三为“女作家创作的所有作品”；四为“女作家创作的，体现女性意识的作品”。以上几种界说在理论研究和批评实践中都有或深或浅、远近不同的影响，也产生过歧义和混乱。但是不管怎样，“女性文学”概念的提出，并且穿越时空地把女性生产、生活，以及精神世界写进文本 ，引领读者走入并感悟历史长河中的点点滴滴，不仅标志着文学发展新阶段的出现和文学新语境的生成，也标志着女性地位的重塑和时代发展的新阶段。

一方面，以女作家为代表的女性意识的苏醒和崛起在文学创作中的姿态，以及以女性为主体进行的在思维、审美、经验和言说等方面的描写，构成了“女性文学”最为丰富的存在。另一方面，不同性别创作者，在性别视角和性别主题意识基础上对女性命运、女性情感、女性生命关注等方面进行的文学创作，也是有待探索和发展的人类文学命题。在这些背景之下，“女性文学”的视野是开放与发展的，而并非封闭与静止，“女性文学”是一个有待探索和完善的概念与系统。

20世纪80年代中后期，国内文学界还出现了“新女性文学”的称法，并在此后成为中国文学界、理论评论界一个类型化的话题与课题。

（2）关于“女性主义文学”

“女性主义文学”源于英国和美国，与“女性主义”有着直接的关系。单从“女性主义”的概念来看，其起源于西方的女权运动，同时拥有“女权主义”“男女平等主义”等多种含义，泛指主张性别平等、男女平权的各种社会文化思潮。19世纪中叶以后，这种思潮伴随各国妇女解放运动的发生、发展而逐渐演变成世界性潮流，并成为“女性主义文学”发展的思想来源和沃土。

“女性主义文学”以世界女性受压迫、受歧视为前提，着重强调要实现男女平等。西方国家女权运动的开展和女权主义的觉醒都比较早，法国革命唤醒了女性意识的觉醒，提高了女性的社会地位。19世纪末期，英国和美国也相继开始了争取妇女地位的运动，直至20世纪60年代，女权运动一直蓬勃发展。毫无疑问，女权主义和女权运动的开展在一定程度上推动了“女性主义文学”的发展。

我国的女性主义文学，更多地吸取了弗尼吉亚·伍尔夫的《一间自己的房间》、西蒙·德·波伏娃的《第二性》和贝蒂·傅瑞丹的《女性迷思》等女性主义理论中的女性人文主义思想，但对西方激进的和学院派的“性政治”，以及男女二元对立思维方式和性别对抗路线，则适度拉开了距离。我国“女性主义文学”创作的两次发展都是在西方女权运动和女性主义文化思潮的深刻影响下发生的。第一次是在20世纪20至40年代，诞生了诸如《庆云里中的一间小房里》（丁玲）、《旅行》（冯沅君）、《女兵自传》（谢冰莹）、《炸弹与征鸟》（白薇）、《女儿身世太凄凉》（凌叔华）、《结婚十年》（苏青）、《动手术之前》（梅娘）、《金锁记》（张爱玲）、《霸王别姬》（李碧华）等女性主义文学作品。第二次则在20世纪八九十年代，产生的代表性作品有《小城之恋》（王安忆）、《玫瑰门》（铁凝）、《我的情人们》（海男）、《一个人的战争》（林白）、《私人生活》（陈染）、《双鱼星座》（徐小斌）等小说，以及《致橡树》（舒婷）、《女性年龄》（伊蕾）、《月亮·生命·创造》（叶梦）等诗歌和散文。

从女性立场出发的反男性叙事以及由此而形成的浓厚女权意识，对中国妇女、知识女性、职业女性的精神成长和主体性建构的发掘和探索，是20世纪中国“女性主义文学”创作的共同特征和精神内核。因此，相比“女性文学”，“女性主义文学”只是其无限丰富的世界中的一种类型或者一个意义层面。在异彩纷呈的“女性文学”的意义空间里，女性主义文学与非女性主义文学虽有着不同的审美追求和意义定位，但都是对无限广阔的社会、历史和人生的能动反映和美学观照，具有同等的价值和探索意义。有一些作家在“女性文学”与“女性主义文学”这两个类别中，同时进行了耕耘和开拓，都留下了重要的作品：比如20世纪80年代的作家张洁、张辛欣、残雪、陆忆敏、伊蕾、翟永明、张烨、张真、叶梦等，20世纪90年代的作家铁凝、蒋子丹、方方、徐坤、徐小斌、陈染、林白等。

（3）关于“女性书写”

相比“女性文学”和“女性主义文学”，“女性书写”的历史更加悠久，最早可追溯到《诗经》。春秋战国时期，有鲁漆室女的遗诗《处女吟》、鲁国诗人陶婴诉说守寡艰辛的《黄鹄之歌》、代父持楫的赵简子夫人创作的《河激之歌》等女性书写作品。汉魏时期，尽管在文坛之中不如男性活跃，但也涌现了卓文君、班婕妤、徐淑、蔡琰、谢道韫、左芬等较有影响的女文人。唐宋时期，随着经济和文化的发展，薛涛、鱼玄机、李冶、李清照、朱淑真等一大批女性文学巨匠脱颖而出。明清时期，女文人的才情愈发凸显，创作了大量诗词、小说、弹词等不同体裁的作品。18世纪，我国女性文学创作整体走向新的里程碑，呈现数量多、家族化、地域化、群体化的创作特征，可谓千姿百态、光彩夺目。

“女性书写”走过的这些漫长历史岁月，涵盖了从女作家文学创作的起步、发展、繁荣，到对“女性文学”“女性主义文学”认同或质疑，再到如今概念共存与重新摸索的多个阶段。当女性作家以女性本身的视角去书写女性，不论是否透露出鲜明的女性意识，是否探索出困境与出路，抑或只是一种情感抒发，也可以让更多受众了解不同的观点、视点，开阔思维并启发新的思考。而这些展示、努力与创作、探索，对于文学和生活的影响层层铺展，也越来越受到大众关注。“女性书写”不论是作为概念，还是创作群体，其意义已经超越具体的身份和作品，成为社会性别文明程度的一种文化符号，女性争取独立平等的一面旗帜。

本书将“女性书写”作为研究范畴，强调的是写作者的女性身份，而写作者的性别意识书写只是其中的一个部分，其创作客体可以是女性、女性主义，也可以是其他，比如侧重表现社会意识的《人到中年》（谌容）、《你不可改变我》（刘西鸿），侧重表现女学生生活的《女大学生宿舍》（喻杉）、《没有纽扣的红衬衫》（铁凝），侧重表现平民意识的《你以为你是谁》（池莉）、《忘了去懂你》（权聆），侧重表现民族文化意识的《黄连·厚朴》（叶广芩）、《额尔古纳河右岸》（迟子建），等等。在一个主张男女平等，同时性别认同、文明程度发展存在差异的现代社会，“女性书写”更能彰显出独特的意义。

值得说明的是，本书“女性书写”的范畴也有别于法国等国外理论界强调写作和身体关系的“女性写作”概念。“女性写作”这个概念原本由法国理论界产生，强调写作和身体的关系，与我国20世纪90年代部分女性作家的身体写作有一定渊源。为避免混淆，本书没有用“女性写作”这个概念，更不愿意强调女性写作者和身体的特殊关系。

本书梳理“女性书写”概念，仅仅只是研究和创作的一个切入点，笔者虽然感叹于男性作家与女性作家笔下的女性形象同样深邃入木，感慨于男性作家同样可以写出女性意味或者女权主义、女性意识的作品，但由于本书视域和布局所限，只能忍痛割舍。

## 2.女性书写历史

北京师范大学文学院教授张莉在《中国现代女性写作的发生》一书中指出，中国现代女性写作者的诞生要感谢两场战争，“一场是把妇女们从家内解放到家外的‘贤妻良母’的战争，另一场则是在‘五四’时代的‘超贤妻良母’战争。”两场战争让女性历经了父纲夫纲的松绑，完成了从闺阁女子、女学生、女公民到人的身份的转换，我们才得以看见一代又一代充满才情和睿智的女性书写者，津津有味地阅读不曾了解的人文和故事。

20世纪以来，中国女性书写经历了四个阶段的发展：第一阶段是以20世纪初期的“五四”启蒙开始，至1949年新中国成立之前，中国妇女和女性书写获得了一次空前的历史机遇；第二阶段是20世纪七八十年代，得益于文学环境的变化，以及女作家的大量出现；第三阶段是20世纪90年代，联合国第四次妇女大会在北京召开，女性书写进一步拓宽视野；第四阶段是21世纪以来，女性书写在国际化和多元文化背景中大放异彩。

（1）女性书写松绑与初兴期

女性书写自古存在，但从封建社会“三纲五常”“妇人，从人者也，幼从父兄，嫁从夫，夫死从子”的伦理道德，到“女子无才便是德”的教育观念，再到缠足，童养媳等生活现象，无处不在地体现着女性的弱势处境。女性生活因性别原因受到的诸多束缚，造成女性书写困难重重。

直至五四运动前后，西学东渐、兴办女学、大学开女禁、招收女留学生等教育制度的重大改革，以及“五四”思想启蒙对女性精神面貌的影响，“五四”前后出现了我国第一批既受过传统文化的良好教育，又接受了现代高等教育的现代知识女性，我国女性的书写之路终于开启。

虽然“妇女解放”是自五四运动开始，作为与民主革命、“个性解放”相伴相生的一个存在，被视为中国社会变革的重要与必要的命题，但是这些精神上刚刚松绑与觉醒的女性书写者，仍然受到传统力量的限制与牵掣，她们的创作和反抗意识也是不彻底的，呈现出博弈的撕扯与分裂。五四运动之后十余年，女性生存和女性书写仍然进退维谷，丁玲、萧红、白薇等女作家以不同的书写方式，或投身革命文学，或游离在文化边缘，或陷入无意识状态的历史大势中。而到了20世纪40年代，由于政治形势的分立，在解放区、国统区、沦陷区出现了不同类型的女性话语，例如苏青、张爱玲等女性书写者，要么陷入占领区的生存困境，要么处于自我救赎之中。

以1949年新中国的成立为标志，包括颁布并施行详尽而完备的《中华人民共和国婚姻法》，鼓励、组织女性走出家庭，参与社会事务及就业，废除形形色色的性别歧视与性别禁令，中国女性获得了一次空前的历史机遇。尤其是大规模地宣传、有计划地组织女性进入多个领域、涉足多种职业——包括那些曾经是传统男性特权及特许的领域，女性书写者更多地涌现出来，女导演、女编剧、女演员也全面进入电影制作领域，并拥有一定的话语权和社会文化地位。

可以说，这一时期的女性书写者，探索了人的解放与女性解放命题，开启了作为人所拥有的价值与尊严的创作，其自身的生存体验也为女性书写开辟出一段“初兴期”。

但不容回避的是，由于长期遭受的性别统治，森严的等级制度，以及女性始终面临的家门与夫门的双重障碍，女性书写者们依然在传统思想里挣扎，屈服或试图摆脱受囿的性别角色命运，在受苦、压抑的旧女性和作为准男性的战士、英雄，这两种意识形态镜像之间，她们不断尝试探索，既怀抱理想，也面对现实，同她们笔下的人物一样，隐忍着、坚持着、前进着。

**（2）女性书写高潮期**

以1978年党的十一届三中全会为起点，中国文学发生了历史性的转折变化，新时期文学的创作人群、书写主题与形式风格，随着社会生活、思想文化和读者需求的拓展而开阔。1978年开始，主导文学界的“伤痕文学”“反思文学”“知青文学”，在某种程度上为女性说出她们真实的体验提供了另一种范式，在社会和文学界引起普遍共鸣。

比如，《人到中年》（谌容）、《洁白的山茶花》（何鸣雁）、《遗忘在病床上的日记》（乔雪竹）、《有一个美丽的地方》（张曼菱）等女性书写作品，在受到读者青睐的同时，被改编成影片文本。谌容创作的小说《人到中年》，从个体出发又不拘泥于具体个人的经历，而是通过象征性的群体表现手法，将人物形象塑造与场景设置、日常生活结合。通过塑造深陷中年困境的病危医生，需要爱护的众多知识分子，以及反面人物“马列主义”老太太，有想象力地以“中年危机”呈现历史渊源和社会深度，指出亟待改革和发展的医院体制，让受众的阅读感受更加真实和深刻，因而获得了很大程度上的共鸣。小说被及时地改编为同名电影，不仅获得广泛传播，也让原著产生了更大影响。在《洁白的山茶花》《遗忘在病床上的日记》《有一个美丽的地方》《村路带我回家》等文学作品中，何鸣雁、乔雪竹、张曼菱、铁凝等女作家将女知青上山下乡，丰富复杂的生活体验融入创作，也颇受读者欢迎。

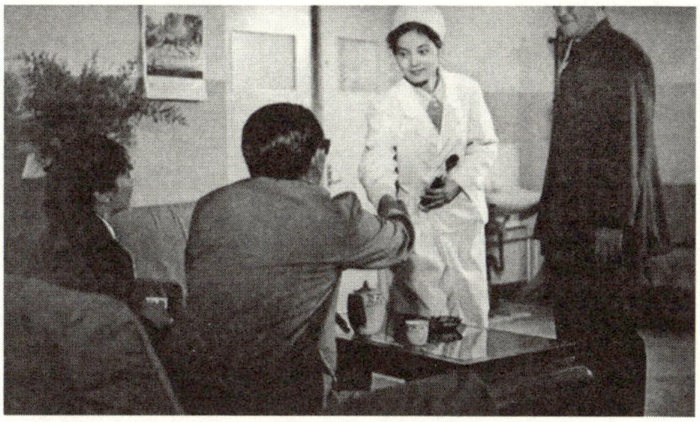

电影《人到中年》剧照

20世纪80年代中期之后，女性书写视野日渐开阔，进入创作井喷的阶段。作家铁凝在这一时期以《没有纽扣的红衬衫》《哦，香雪》等作品，关注当代社会变革中的生活矛盾，以写实的笔法观照女性处境，通过单纯热情的少女形象塑造，带动受众对真诚美好女性形象的肯定和向往。作家程玮创作的散文化小说《走向十八岁》也有异曲同工之妙，作品被改编为电影《豆蔻年华》，通过多层面地展现社会、思想、道德和审美信息，让不太有新意的书写题材也能绽放光彩。作家迟子建创作的《北极村童话》，以家乡黑龙江漠河北极村为创作背景和时空，细腻描述自然风景优美却偏僻人稀天地里的幽幽意境和微妙情感。作家铁凝通过长篇小说《玫瑰门》，关注男权社会对女性个体生命的异化，通过对庄家几代女性命运的述说，彻底撕开了生活中丑陋和血污的一面，是展现女性历史命运的厚重作品。作家刘西鸿创作的《你不可改变我》，书写一位独身女子的情感体验和职业探索，塑造“你不可改变我”的个性形象。

电影《豆蔻年华》剧照

这一时期的创作繁荣还得益于各年龄层女性书写者的集体发力。首先是大量出现的中年“复出”及有青年知青经历的作家，包括张洁、谌容、霍达、张抗抗、王小鹰、铁凝、王安忆、残雪、方方、池莉、范小青、陈染等，她们积极参与伤痕、反思、寻根文学的创作，再加上西方当代女性主义理论的引进和运用，女性书写获得了更多的认同。其次，残雪、王安忆、徐小斌等女性书写者则开始涉及一些女性特有的题材和问题，并大胆尝试颠覆男权文化话语的中心地位，对女性书写进行了积极的创新和拓展。再次，擅长写家务事、儿女情等女性题材的作家，如茹志鹃、乔雪竹、程乃珊等，从不同年龄和阅历中，仍以涓涓细流的方式默默书写。

从女性书写的发生，到对女性书写多方位思考与解构，再到20世纪80年代女性书写的发展，走过漫长的历史岁月之后，女性书写对于文学和生活的影响层层铺展，逐渐占据了大众视野。

（3）女性书写探索期

20世纪90年代开始，中国的开放力度由沿海城市拓展到内地，社会主义经济和市场飞速发展。另一方面，世界政治经济也以和平与发展为主调。在此背景下，民众公共空间和多元话语的生长条件日臻完善，发展与稳定带给包括女性书写在内的文学创作较大宽容。1995年，联合国第四次世界妇女大会在北京召开，成为女性书写一个重要的时间节点。此后，很多院校都设立了女性写作专业或课程，理论研讨和交流的空间不仅遍及全国，也对接世界。女性书写长期以来形成的创作基础，与西方女性理论不断磨合融合，在宽松自由的环境和土壤中，开启了文化转型期的探索。

这一时期的女性书写仍保有从社会、人生等宏大角度进行创作的热情。作家王安忆创作的长篇小说《长恨歌》，讲述一个女人哀婉动人的40年情爱的同时，交织着上海这座国际大都市从20世纪40年代到90年代沧海桑田的变迁。而铁凝、残雪、迟莉、方方等作家，则在《玫瑰门》《山上的小屋》《你是一条河》《在劫难逃》等作品中试图剔除女性精神世界的劣根性，对繁荣女性书写起到了积极作用。

这一时期引人注目的还有个人化写作，也被称为私人写作。许多女性书写者愿意着重探讨性别意识和内心世界的渴望、需求及彷徨，她们通过独白自传式的书写方式，不避讳地书写自我成长中的记忆和欲望。比如书写现代都市女性情感的作家陈染，在中篇小说《与往事干杯》中讲述一个带有“恋父”色彩的青春情感故事；长篇小说《私人生活》中，以第一人称叙述一个受伤女性在幽居生活中的情绪感受，聚焦现代大都市女性生命轨迹、内心生活和性别体验。作家徐小斌创作的《双鱼星座》等作品，则带给受众神秘的精神之域和完全不同的女性之音。而到了20世纪90年代末，包括卫慧、棉棉在内的一些创作者，将女性书写延展到“身体写作”的极端。

某种程度上，出版商的营销也推动了女性书写，“才女丛书”“女作家专号”和“私人写作”“身体写作”一起，成为商人们的狂欢。某种意义上，这一方面是社会环境、文化环境变化中，女性书写的自觉行动和话语传达与社会需求契合的结果；另一方面也呈现出一种女性书写急需成长，女性创作和主体建构急需磨合的隐忧。

（4）女性书写多元化活跃期

21世纪的女性写作，在全球化和“她世纪”的语境下，发展势头强劲，新作迭出又不断再构，将女性书写引领到一个新的图景和境界。如果说，此前的女性书写是一面镜子或一间房子，那么此后的女性书写则进入了更多元和多维的观照、空间以及媒介之中。政治、经济与文化意识多层互动，文学创作以全球作为视野和受众，在不同地理区域、语言文化、年龄分布中传播。许多女性书写者的作品被译成英、日、韩、法、德、俄、意、丹麦、挪威、西班牙等多种语言，在国际上越来越具有知名度。

在更为宏观的视野下，一些女性书写者对人与自然的关系，以及环境生态问题进行重新思考和创作。比如作家叶广芩，曾经以书写贵族气质的家族变迁和当代人生活见长，作品《黄连·厚朴》《你找他苍茫大地无影踪》等均改编成电影，并收获不错口碑。但21世纪之后，叶广芩创作了《狗熊淑娟》《老虎大福》《猴子村长》《黑鱼千岁》等系列小说，将生态伦理意识和生物平等精神，通过对大自然富有灵性的体验和描述传达，表达出对人类精神失衡和大世

电影《黄连·厚朴》剧照

界大家国生存的忧患意识。

21世纪以来，少数民族中的女性书写也可圈可点。这些作品不仅孕育和流淌着不同民族的传统和血缘特质，也同中华文化保有传承和联系。如哈萨克族女作家叶尔克西·胡尔曼别克创作的散文集《永生羊》，通过艺术的手段深入挖掘新疆的精神内涵，不仅展示了独具魅力的山川风光，而且凝练了新疆质地深厚的人文情怀，小说和同名改编电影都让人眼前一亮。

此外，时代历史、民众生活、人格成长依然受到女性书写的青睐，而女性迷惘和先锋探索也在持续。特别是随着网络的普及和网生代的需求迎来高峰，网络文学和网络女性书写可谓各类题材和体裁兼具，尽管其中的作品泥沙俱下，但是我们仍无法否认其传播方式和传播速度带给书写者和受众的独特魅力及体验，其优秀作品的传播影响和对女性书写发展的贡献也有目共睹。包括红袖添香、潇湘书院、起点中文网等在内的网络媒体，将女性书写进行精心包装和分众营销，撑起纸媒之外的又一个"半边天"。

女性书写从古至今步履不停，在"她世纪"更是傲然绽放。女性书写群体和作品的壮观，以及在女性本体和主体方面的努力探索和实践，在女性自我生命体验、欲望表达以及忧患意识等方面的言说，表现得比过去更为深邃和豁达，是人类文学的一大进步。

### 3.全球女性书写的互动

随着时代发展，世界性与本土性变得不再二元对立，特别是在虚拟的世界中，地域与民族，甚至语言与肤色的藩篱都不复存在。女性书写作品和她们的故事在全球范围内流行，很多作品成为各国出版商和受众青睐的畅销书。比如，近年在亚洲市场大火的畅销书《82年生的金智英》，其传播和影响范围穿越了地域和国别。该书作者是韩国女作家赵南柱，毕业于梨花女子大学社会学系，小说以名字普通、身份普通的一名20世纪80后韩国女性的视角作为切入点，为这一年龄阶段的女性人群"画像"，通过女主角记忆的叙述主轴，按时间顺序划分章节，详细介绍了这个普通女人的生活以及她在一个男性主导的社会中所经历的性别歧视。赵南柱接受采访时坦言，她写作该书的时候，正经历"全职主妇"角色，创作的初衷则是由"妈虫"引起。小说改编的同名电影在大火的同时，也将关注点引向不曾被视为主流书写的主题，比如普通家庭妇女困境、年长女性生活琐事等。

实际上，在全球范围来看，性别差异所造成的种种观念、社会境遇上的不平衡是很难避免的。性别身份对女作家创作语言、人物形象、表现题材、情节设置和内涵象征等方面都会有影响。当然也不乏作家反其道而行之，北京师范大学张莉教授主持过一项研究，在对当代67位新锐女作家的女性写作观调查中，多位女性书写者认为，文学作品根本上在探讨人性，而理想的写作是去性别化的，没有男性写作、女性写作之分。越来越多的女性书写者也公开声称，并不会标榜女权主义，抑或强调性别身份。从面世的作品来看，相当数量的女性书写者关注的焦点已经远不止女性和男女之间的爱情，也涉及殖民主义、种族主义、心理分析、梦境、成长、家国情怀等同男性书写者别无二致的选题，这也让全球的创作和阅读响应更容易同频共振。

不管是女性书写者跨越"女性"这道边界，还是强调性别特质、性别差异的存在和影响，女性书写者不同的性别观和写作观所凸显的普遍性价值与独特性别价值，都会在不断超越中获得肯定。翻阅近年来主流文学奖项榜单，有越来越多的女性作家摘得桂冠：2020年的诺贝尔文学奖得主、美国当代女诗人露易丝·格丽克，是21世纪以来第7位获得该奖项的女作家；2020年的国际布克奖颁发给了只有29岁的荷兰女作家玛赫艾可·卢卡斯·瑞内维德，这个90后女孩也成为国际布克奖史上最年轻的获奖者；2019年度美国国家图书奖的最佳小说奖、最佳非虚构类奖也均由女性获得；80后中国女科幻作家郝景芳凭借作品《北京折叠》获得2016年雨果奖。中国的茅盾文学奖也不乏女性书写者身影，张洁、凌力、余小惠、霍达、王安忆、王旭烽、宗璞、迟子建等优秀女作家，通过对自身以及人性的洞察赢得了普遍的、超性别的认同。

而在过去很长一段时间，文学史上的历史主角由男性作家占据。以诺贝尔文学奖为例，该奖颁布百年来，118位获奖者中只有16位女性。而创作《一间自己的房间》的英国女作家弗吉尼亚·伍尔夫曾指出，16世纪的女人如若天赋异禀，必然会发疯，要么杀死自己，要么离群索居，半巫半神。周围环境千方百计地阻挠她们写作，这种压制内化到她们的身体里，变为一种隐姓埋名的本能，即使有些残存的才华得以用诗歌、故事的形式流传，人们也无从知晓作者的姓名。无独有偶，就算到了19世纪，玛丽·安·埃文斯也只能躲在“乔治·艾略特”的外套下避免麻烦，艾米莉·勃朗特的身份曝光后，备受时评赞誉的《呼啸山庄》转而被评价为“彻头彻尾的怪物”。同样，我国早期女作家庐隐、石评梅、冯沅君的作品里那种浓得化不开的迷惘、徘徊、悲凉之气，也源于女性解放的理想与封建传统古国沉闷的现实之间的矛盾。正是随着社会发展和女性解放运动的推进，包括瑞典文学院在内的专业评选机构，以及普通大众，都在逐渐更新评选和阅读观念。

漫长的历史中，女性从被观看、被书写的方式进入世界、参与世事，到女性书写者对男性主导社会的抗议，大胆抒发更为广阔的女性体验，再到越来越多的女性作为一种参与世界创造与社会变革的力量。这段历史也契合着世界范围内数百年来女性书写者的写作实践和艰辛，观照着女性书写从边缘向中心移动这个不争的事实。接下来，女性书写仍将面临机遇与挑战。机遇方面，全球化与多元化的时代，边界消减和整体重构的局势，书写方式和媒介的跨界实践，都将使女性书写的生存空间和深度得以拓展。挑战方面，女性书写者增多，作家序列扩大，作品日益丰富，并不等于女性创作如何蓬勃，特别是网络文学书写的良莠不齐和导向问题令人担忧。此外，现代写作中来自作家和读者的处世经验、生活轨迹、世界想象都和传统不同，女性自身在面对选择、拥抱变革、走向自由的过程中所面对的困境与焦虑、挣扎与艰难，也日益凸显。女性命运的改变和传统的更新、重置、升级，即便是面对古老的两性话题，随着社会发展不断出现新问题、新诠释和新可能，依然对女性书写者的创新构成压力。但这些不确定和挑战，也正是女性书写的发展和探索空间，将成为世界文学中的新焦点和亮点，也将继续成为电影创作者青睐的目标。

## 二、新时期以来女性书写电影改编

1905年，取材于小说《三国演义》的电影《定军山》问世。影片讲述三国时期蜀魏用兵的故事，在北京丰泰照相馆拍摄并于前门大观楼放映，这是中国人自己拍摄的第一部电影。从某种意义上说，中国电影从诞生开始就与文学结下不解之缘。1933年，夏衍改编自茅盾同名短篇小说的电影《春蚕》，则是第一次将新文学作品搬上银幕。这部20世纪30年代的黑白默片，以强烈的非戏剧化风格高度忠实原著。1956年，根据鲁迅短篇小说《祝福》改编的同名电影上映，由桑弧导演，夏衍担任编剧。这是新中国成立后最早的文学改编电影。从此，文学成为电影创作的重要来源。

在世界电影史上，各国导演也都注重从历史更为久远的文学作品中汲取灵感，相关调查统计数据显示，奥斯卡获奖的作品中有半数来自文学改编。随着社会进步和现代文明的发展，电影日益成为人们社会生活和精神需求的一部分，用字符书写的文学作品和用影像进行表达的电影创作，在同样的精神倾诉与灵感传递中，关系日益紧密，成为艺术史上独特的景象和潮流。文学改编使电影摆脱了“杂耍”而成为一门逐渐成熟的艺术类别，并开始在艺术史上占据重要的地位。在不同时期的政治、经济和文化语境中，电影创作者会依时依势采取不同策略进行改编。

中国电影诞生100年后的2005年，美国5月9日《新闻周刊》推出的专题是“中国世纪”，提出了四个作为中国世纪象征的事物——汽车、企业、电影和教育。北京师范大学开展的关于外国民众对中国文化认知的国际调研显示，在一带一路国家，中国制造商品和中国影视作品是其接触中国文化的最主要的途径；而在美、英、法等发达国家，接触中国文化的首要途径是中国影视作品。电影成为世界了解中国文化的“名片”。

某种程度上，电影在世界的影响力，正在回馈和呼应中国文化的文学渊源和博大力量。当银幕故事越来越多地改编自文学作品，当两种文本形态自觉地进行着转换，并不断获得提升和发展，该怎样评价改编电影，怎样更好地挖掘其背后的文化、艺术和商业价值，并分析其发展趋势，对当下中国电影的创作有着非常重要的意义。

本书的探研将从“新时期以来女性书写改编电影”这一范畴开展，对这些电影进行主题选择、地域风格、文本对比和产业发展等方面的探讨，以期提供新的思路和思考角度。之所以选取1978年至2022年这个时间段，有以下几点原因：

一是在中国市场经济确立的条件下，印刷媒体、娱乐电视、现代广告、电影视频等文化传播方式日益得到资金和技术的加持，并获得发展与繁荣；与此同时，文化作为衡量一个国家综合国力的重要标尺，也在国家和民族的强大中得到发展与复兴。新时期以来，文学作为文化的丰富载体，在传播文化的过程中，特别是传播文化核心部分的世界观、人生观和价值观，以及书写政治、道德、宗教、哲学等内容时，发挥了传媒的有力作用。正如德国著名社会学家和哲学家马克斯·韦伯曾强调：“如果说我们能从经济发展史中学到什么，那就是文化会使局面完全不一样”。

二是改革开放之后，女性的地位和受教育程度不断提高，女性读者和观影群体不断增大，精神、物质和文化的极大丰富，不仅产生了一个强大的女性消费群体，也产生了一大批紧跟时代潮流的女性书写者。不论是精英文学还是大众文学，不论是男性话题还是女性话语，从文学书写到影视创作的借鉴、坚守与嬗变无处不在，具有丰富的样本示范和研究价值。

三是网络虚拟空间的发展，为女性书写提供了新的领域和土壤，日益丰富的大众文学市场和不断拓展的娱乐空间，为电影的发展已经提供了各种可能，包括书写题材和体裁的嬗变，制作、传播和放映的革新等，而且还将继续在应对疫情等突发情况和受众需求中不断变革。

这些不仅是男性话语占绝对优势的书写世界的改变，也是女性特有的视角、细腻的情感、潜藏的欲望在电影世界的表达，而关注这种改变和表达，探讨女性书写电影改编的题材选择、地域特征、人物故事、叙事考量和镜头语言等，分析其背后的文学性与思想性，以及折射出的时代发展、女性话语与地位变迁，对两种文本的发展都很有必要。

### 1. 1978—1989年女性书写电影改编

1978年12月召开的党的十一届三中全会，确立解放思想、实事求是的思想路线，整个中国的社会政治、经济、文化、艺术开始踏入新时期。中国电影也出现明显的转折与变化。1979年春，《人民日报》发起“怎样把电影工作搞上去”的大讨论，随后《电影艺术参考资料》第一期刊登白景晟的文章《丢掉戏剧的拐杖》，《电影艺术》第一期发表张暖忻、李陀的长文《谈电影语言的现代化》，钟惦棐等著名电影理论家积极参与讨论，揭开了电影本体创新的序幕。1979年冬，全国第四届文代会召开，邓小平同志在祝词中强调文学艺术的特征和发展规律。政策支持和空前活跃的学术探讨，带动电影创作与实践的大幅增长，当年共生产故事片65部，是此前两年的总和，并且在创作题材、主题风格和人物塑造等方面大胆革新与突破，奠定了中国电影发展的坚实基础。

本书共列出此间12年的女性书写电影改编作品18部，分别由5部短篇小说、11部中篇小说、1部长篇小说和1首叙事长诗改编，原著文本涉及14位女性书写者。

作家铁凝有《没有纽扣的红衬衫》（中篇小说）、《村路带我回家》（中篇小说）、《哦，香雪》（短篇小说）三部作品，分别被改编为电影《红衣少女》（1985）、《村路带我回家》（1988）、《哦，香雪》（1989）。自幼酷爱文艺的铁凝十六岁便发表处女作《会飞的镰刀》，此后始终保持着旺盛的创作热情。1975年高中毕业后作为知青到河北保定农村插队，铁凝在劳动之余写出《夜路》《丧事》《不受欢迎的礼物》等小说，聚焦于日常生活和普通人物，但意蕴和意义让人过目难忘，受到读者欢迎和高度评价。1982年，铁凝创作的《哦，香雪》获得全国优秀短篇小说奖及首届“青年文学”创作奖，3年后，铁凝与谢小晶、汪流合写的剧本《哦，香雪》在《电影创作》第五期刊登。1985年《没有纽扣的红衬衫》获得全国优秀中篇小说奖，同年，根据该部小说改编的电影作品《红衣少女》获得“金鸡奖”和“百花奖”最佳故事片奖。在这一时期改编成电影的三部作品中，铁凝担任了两部作品的编剧，很好地将文学文本和电影文本融通连贯。正如她接受媒体采访时所说：“文学艺术是人们认识和想象世界的一种基本方式，在这个新时代，作家、艺术家尤其担负着重大的责任，就是认识生活、认识世界，并将自己的认识和理想传达给人民，从精神上启迪人、激励人，创造美好生活，推动社会进步。”

电影《红衣少女》剧照

作家乔雪竹有《遗忘在病床上的日记》（短篇小说）、《北国红豆也相思》（中篇小说）、《弟弟、妹妹、哥哥啊》（中篇小说）三部作品，分别被改编为电影《十六号病房》（1983）、《北国红豆》（1984）、《最后一个冬日》（1986）。毕业于中央戏剧学院戏文系的乔雪竹可谓经历丰富，她曾于1968年高中毕业后到内蒙古插队劳动，历任牧民、兵团战士、赤脚医生，1976年到北京中学任教，1978年入中央戏剧学院戏剧文学系学习，1982年毕业后进入江苏省戏剧研究所任编剧，后在深圳市文联担任专业作家。乔雪竹在入读中央戏剧学院戏文系以后开始发表作品，短篇小说《遗忘在病床上的日记》反映当代知识青年和待业青年生活，但没有局限于描写创伤和苦难，而是传递一种希望和力量。小说改编的影片《十六号病房》荣获文化部1983年优秀影片二等奖，乔雪竹作为原著和编剧也因此受到关注。1984年和1987年乔雪竹又分别创作原著并编剧了影片《北国红豆》《最后一个冬日》。

电影《北国红豆》剧照

从改编成电影的原著作品体量来看，短篇小说仅占1/3左右，5部短篇小说改编的电影分别为《百合花》（1981/茹志鹃）、《女大学生宿舍》（1983/喻杉）、《十六号病房》（1983/乔雪竹）、《太阳雨》（1987/刘西鸿）、《哦，香雪》（1989/铁凝）。中篇小说则占据2/3左右，11部中篇小说改编电影分别为《人到中年》（1982/谌容）、《甜女》（1983/何鸣雁）、《拓荒者的足迹》

电影《最后一个冬日》剧照

（1983/温小钰）、《北国红豆》（1984/乔雪竹）、《红衣少女》（1985/铁凝）、《张家少奶奶》（1985/王安忆）、《青春祭》（1985/张曼菱）、《最后一个冬日》（1986/乔雪竹）、《女儿经》（1986/程乃珊）、《村路带我回家》（1988/铁凝）、《弧光》（1988/徐小斌）。另有1部长篇小说改编的电影《豆蔻年华》（1989/程玮）和1部彝族长诗改编电影《阿诗玛》（1979/刘琦等整理）。

需要说明的是，《阿诗玛》最初是流传于云南省石林彝族自治县撒尼人中口传的叙事长诗。1953年5月，云南省人民文工团深入到撒尼人聚集的路南县圭山区进行发掘工作，共搜集到了20多个《阿诗玛》版本，最后文工团女作家刘绮和其他专家、作家团队一起，将整理和润色后的长诗《阿诗玛》刊登在1954年的《云南日报》上，被全国各地刊物转载后引起轰动。长诗被译成英、法、俄、德、日等多国文字出版传遍世界各国的同时，上海电影制片厂根据长诗改编的同名电影也最终于1979年取得公映。因为对原作收集、整理和润色的重大贡献，所以本书将参与此项工作的女作家刘琦归入原著者之一。刘琦历任云南文工团创作组长，云南民研会副主席，云南文联创作员，中国民研会理事，在创作大量作品的同时，还参与收集整理了彝族长诗《放羊的小伙》《阿伐若滋和布达若尔》，傣族长诗《召树屯》《嘎龙》等，为丰富、传承中国民间文化和电影艺术做出了重要贡献。电影《阿诗玛》公映时观者如潮，充分展示了少数民族文化、音乐和艺术，是中国内地第一部彩色宽银幕立体声音乐歌舞故事片。2006年，《阿诗玛》叙事诗经国务院批准列入第一批国家级非物质文化遗产名录。

电影《阿诗玛》剧照

这一时期的女性书写者在历经了命运变幻之

后，更具有女性意识、独立精神和细腻眼光，她们大胆展示作为女性所独有的精神、情感、生活、志趣和追求。这种兼具柔弱和坚强，抒发真情实感又清新积极的创作，影响并引导了文坛创作，获得社会主流意识的关注和认可，也为中国电影注入新的气象和风尚。在这支成批涌现的队伍中，既有茹志鹃、徐小斌、程玮、张曼菱、王安忆、程乃珊等老中青作家的组合，也有铁凝、乔雪竹、徐小斌、谌容、刘西鸿、喻杉等创作编剧一肩挑的多面手，她们力图消解几十年来男性视角创作及艺术影响。在她们所塑造的女性形象中，我们不难管窥其主要创作倾向：《红衣少女》里的安然，《青春祭》中的李纯，《张家少奶奶》里的儿媳妇欧阳瑞丽，《哦，香雪》中的香雪……从叙事策略上看，女性书写者们能以自身特有的敏感，把握人物的命运和生存状态，以娓娓道来的从容、平实的叙述和细腻的抒写，营造不同的阅读旨趣和审美体验。

这一时期的女性导演也成为中国影坛一道独具光彩的风景线，除老一代导演董克娜、姜树森、张昕外，还有中年女导演王好为、张暖忻、黄蜀芹、王君正、肖桂云、陆小雅、史蜀君，以及年轻导演胡玫、刘苗苗、彭小莲、李少红等。影片《百合花》导演张昕，曾经是北京电影制片厂演员，后担任北京电影学院老师，该片正是她任教期间组织学生拍摄的。前述18部女性书写改编电影中，王好为导演了《北国红豆》《村路带我回家》《哦，香雪》三部影片，张暖忻、陆小雅、史蜀君、肖桂云等女性导演也分别执导了《青春祭》、《红衣少女》、《女大学生宿舍》和《甜女》。女性本我的视角和生命状态的惺惺相惜，让女性书写成为女性导演青睐的创作目标，她们比同时代的男性导演更为娴熟地驾驭着女性书写题材和叙事模式，并成就了一批值得研究、探讨和示范的电影样本。

进入20世纪80年代后半期，随着改革开放的推进和经济发展，电视、录像、影碟及外国影视开始冲击电影业。面对喧嚣的市场大潮，一些电影从业者急遽转向娱乐片创作，很多传达女性独有经验与世界的“女性电影”也在这一时期出现。为了追求短期夺目和市场效应，各种商业化和消费主义趋势的创作逐渐形成恶性循环，电影生产和电影市场出现艰难和尴尬的境地，电影观众从1979年的293亿人次下降到1989年的168.5亿人次。1989年中国电影业面临一种前所未有的困境，30%的制片厂、23%的县级电影公司、24%的城镇电影院亏损，其中各大制片厂的财务状况堪忧。为维持影片生产，完成年度生产指标和收回影片成本，各电影制片厂当时基本上奉行两条政策：低成本为主，娱乐片为主。低成本政策导致数量不少的低质影片出炉，娱乐片政策则掀起1989年娱乐片狂潮。正是在1988年前后，根据铁凝、程玮等女性书写者作品改编的影片《村路带我回家》《豆蔻年华》《哦，香雪》，依然保持着艺术追求和积极风貌，给中国电影业和观众营造了富有思考和震撼力的精神旗帜。

现代都市题材的开拓发展，在这一时期的女性书写改编电影中得到呈现，比如根据刘西鸿短篇小说《你不可改变我》改编的电影《太阳雨》。影片通过电影化的手段，以晴天的欣喜与雨天的惆怅之间的复杂情态，对城市人的心理状态做出精心概括，表现特区青年生活的复杂与情感关系的迷茫。这种涉及城市生活所特有的多重选择和人物生活态度的多样性，特别是情感世界的选择和纠葛，也同样在程玮的散文化小说《走向十八岁》改编的影片《豆蔻年华》中得到充分表达。不同的身份、地位和角色，不同的环境、空间和背景，社会、学校和家庭里的普通人，都有着永远不可能企及的目标，但即使如此，书写和表达都是一种有意义的沟通和引导。

电影《太阳雨》剧照

事实上，改革开放后这十余年的女性书写电影改编是多种风格与艺术探索并存的，在价值理想、思想观念、审美追求上不断纳新吐故，既与主流、主旋律电影呼应融合，又有自己独特的多姿风采，对新时期电影的发展与格局贡献了不凡力量。

### 2. 1990—1999年女性书写电影改编

进入20世纪90年代初，为了在激烈的市场竞争中重新站稳脚跟，电影人一直在尝试调整与社会、观众、市场的关系。1993年，中国电影行业机制发生重大变革，广播电影电视部（93）3号、320号文件相继出台。按照文件规定，国产片由制片厂自主发行，中影公司统一经营进口影片，并继续承担对儿童片、短片和民族语影片译制等项目的部分补贴。影片统一由中影公司发行的计划管理模式由此打破。在此之前，为应对新兴文化媒体和大众娱乐形式多样化的挑战，电影业虽然采取了各种改革措施，但是都没从根本上改变困境，原有的生产组织结构和体系性质都没有触及。1996年，长沙电影工作会议规划了中国电影“九五五〇工程”的阶段性目标，提出为实施这一精品战略，要切实抓住“办好重点制片厂、抓好剧本创作、优化生产要素组合、提供资金保证和政策扶持、加强对精品的宣传”五个重要环节。这两次事件，成为20世纪90年代推进中国电影发展的重要举措，并为下一阶段电影业面对社会经济体制转型和文化语境变迁提供坚实的政策支持。

在电影的创作上，中国电影几代创作者同台竞技，电影艺术被深度置入产业化运作的语境中，在迅猛发展的电影技术加持下，不同风格和样式的影片你方唱罢我登场，多元发展格局和大众文化意识形成。这一时期的女性书写同样活跃、多元和引人注目，她们以各种文本形态，关注着社会和女性自身的生存体验，以女性个体经验和叙事逻辑、手法，或纪实或虚构，或私密写作或宣泄释放，在电影生产中取得自己的一席之地。

笔者共列出此期间女性书写电影改编作品12部，分别由 7 部中篇小说、5 部长篇小说改编。原著文本涉及11位女性书写者，分别为：陈染、叶广芩、张欣、池莉、方方、叶梅、霍达、石楠、程玮、秦文君、郁秀。

其中，作家叶广芩创作的两部中篇小说《学车轶事》和《黄连·厚朴》，分别被改编成影片《红灯停，绿灯行》( 1995 )、《黄连·厚朴》( 1997 )。做过饲养员、赤脚医生、记者和县委副书记的叶广芩，文风纯朴广博却苍劲有力，时而现代，时而传统，其“京味小说”独具辨识度，在陕西作家群中享有很高的赞誉。早在20世纪80年代的女性书写改编电影中，其作品《你找他苍茫大地无踪影》改编的电影《谁说我不在乎》受到好评。影片《红灯停，绿灯行》《黄连·厚朴》通过不同境遇家庭的家长里短，不同人物的个性与情操，表现20世纪90年代新旧观念，以及国内城市与国外不同的道德观点和文化差异，向观众展现了一个东方与西方，传统与现实的文化交汇、撞击的时代样本。

根据陈染的同名小说改编的电影《与往事干杯》，曾经被选为世界妇女大会参展电影。原著中，陈染以独白的方式，叙述了关于“我”的两个爱情故事，通过对自我的反复解读和透彻审视，深入探索女性精神世界，正如小说开头所写，“生命是一支漫长的钟，我看到夜的尽头，那是生命的尽头”。与这一时期关注女性自身生存体验的很多女性作家一样，这种叙事手法和写作姿态，形成了一道不同的文学风景线。这类作品中充满灵气、智慧又敏感的女性，也带给受众不同

电影《红灯停，绿灯行》剧照

电影《与往事干杯》剧照

的体验和不可抗拒的魅力，如同《与往事干杯》中蒙蒙经历的充满爱怜和近乎膜拜的“爱情”……作家陈染同样经历丰富，曾任大学教师、报社记者、出版社编辑，在多国和多所大学旅居生活和讲学，是个人化写作以及女性主义作家的代表之一。

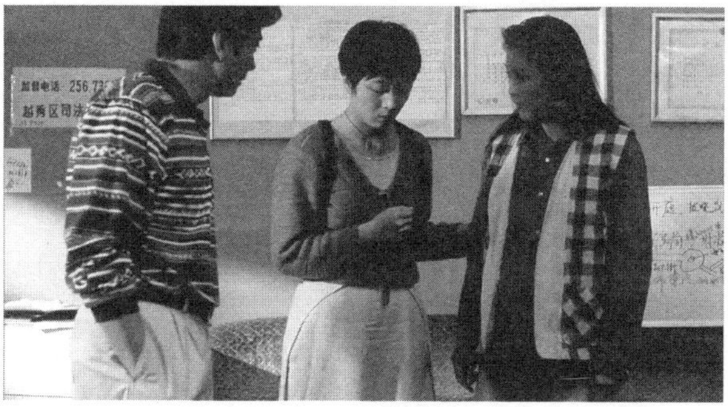

电影《伴你到黎明》剧照

影片《伴你到黎明》原著张欣以可读性强的书写受到影视界青睐，不过与其他书写女性生活经历和经验的写作者不同，有15年军旅经历的张欣，并没有在她的小说和散文创作中表现军队生活，而是将关注点投向市场经济和文化语境中大众的心灵安顿问题。

从原著作品体量来看，中篇小说改编电影占比接近2/3，分别为：《与往事干杯》（1994）、《红灯停，绿灯行》（1995）、《伴你到黎明》（1996）、《家事》（1996）、《埋伏》（1996）、《黄连·厚朴》（1997）、《男人河》（1998）。长篇小说改编电影为：《月落玉长河》（1993）、《画魂》（1994）、《红发卡》（1996）、《男生贾里》（1996）、《花季·雨季》（1997）。

导演黄建新于1995年和1996年分别执导了两部中篇小说改编影片《红灯停，绿灯行》（原著叶广芩）、《埋伏》（原著方方）。导演夏钢于1994年和1996年同样执导两部中篇小说改编电影，分别是《与往事干杯》（原著陈染）、《伴你到黎明》（原著张欣）。

20世纪90年代初，在黄建新执导的喜剧电影《站直啰，别趴下》中，作家高文、刘干部以及个体户张永武三家不同职业和身份邻居的故事让观众耳目一新。影片《红灯停，绿灯行》也延续了此前的创作风格，导演黄建新对叶广芩的原著文本《学车轶事》进行了很大的改编。影片中的人物有了更多的关系网和时代特征，比如绿豆瘫痪在床的老母亲，加入“气功热”的年代被街坊进行气功治疗情节，给绿豆增加偷井盖、吸毒的戏份，精于算计的苟记者也变成了男性……根据方方同名小说改编的影片《埋伏》，在黄建新的二次创作下，通过更为平易的人物和事件，表现普通小人物的献身精神，并弘扬了社会正气，成为一部游走于喜剧与正剧、侦破片与言情片多种类型混合边缘的影片，既受到一定的主流认可，也拉近了与年轻受众的距离。

导演夏钢凭借剧情片《伴你到黎明》，获得1996年度上海影评协会颁发的年度十佳影片，这也是他“城市三部曲”中的第一部。改编于陈染同名小说的影片《与往事干杯》，同样是一部剧情片，并在葡萄牙菲格拉达福兹国际电影节获得国际电影联合会评委会特别荣誉奖。作为后话，导演夏钢可谓是女性书写电影改编的忠实男性导演，他的影片《夜色撩人》（2017），由女作家须一瓜中篇小说《淡绿色的月亮》改编而成。如果说导演黄建新创作和改编影片的视角，更多的是关注芸芸大众中的普通人和众生相，那么导演夏钢电影文本呈现的，则是更具体、更个体和独特经历的人物。

导演徐耿除了1996年将程玮长篇小说《少女的红发卡》改编成电影《红发卡》，在此前一阶段笔者梳理的1978—1989年创作中，他和邱中义联合执导，将程玮长篇小说《走向十八岁》改编成电影《豆蔻年华》。这一时期男性导演执导的改编影片还有《男生贾里》（张郁强）和《黄连·厚朴》（丁荫楠），而女性执导的影片仅有《画魂》（黄蜀芹）和《家事》（刘苗苗）。

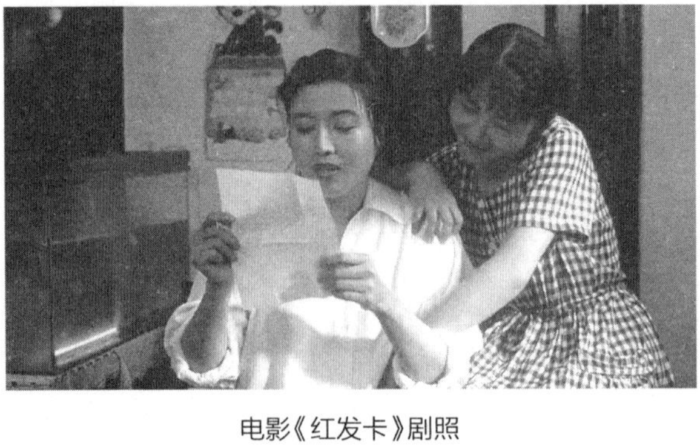

电影《红发卡》剧照

如果说，20世纪80年代改革开放之初，女性书写改编电影展现的是人们心灵和情感期待的真实，那么20世纪90年代改革开放全面深入后，这种基于女性书写者对社会的感知和表达的影片，呈现的则是与时代和社会更为接近和嘈杂的真实。以都市现实表现为主的女性书写，在这一时期更多地被改编成电影，这也是伴随着我国城市化进程而产生的一种必然电影现象。

电影《花季·雨季》剧照

同样伴随城市化的进程，少年儿童的女性书写和改编电影也受到关注。前述影片《红衣少女》《豆蔻年华》，和这一阶段的影片《红发卡》《男生贾里》《花季·雨季》，都将流淌在现实生活中青少年的生活与问题，很自然地反映出来，在塑造少年和儿童的形象和思想表达上受到学界和受众肯定。特别是根据获得“五个一工程”入选作品奖的小说改编的电影《花季·雨季》，既充分汲取原著文本的特色和基调，精心选择其中最能出戏的人物、故事和细节，又淡化了“第三者”“早恋”等不便表达和展开的内容，以欢快清新的笔触生动描绘了深圳特区少年的成长历程，是一部当时创作背景和条件下少见的优秀影片。

总体而言，这一阶段的女性书写改编电影数量虽然不是特别多，但是制作都很精良，创作者在改编和转化中兼顾了市场和艺术的平衡。一些影片开始由单一电影制片厂摄制，转而与娱乐公司合拍。比如影片《伴你到黎明》，由北京电影制片厂与北京标旗文化影视传播有限责任公司联合摄制；影片《红灯停，绿灯行》，由西安电影制片厂与西安大诚文化娱乐有限责任公司联合摄制；影片《埋伏》，由潇湘电影制片厂与陕西金花影视公司联合摄制；影片《黄连·厚朴》，由北京电影制片厂、北京新影嘉投资咨询有限责任公司联合摄制；影片《男人河》，由北京电影学院青年电影制片厂、宜昌日月房地产公司、中共湖北省委宣传部、北京男人河文化传播公司联合摄制。这种合作拍摄不仅是市场发展的趋势，也为影片质量提供了资金保证，《埋伏》《伴你到黎明》等影片也摘获多种奖项。

这一时期的电影发展背景和环境虽然有很多不足之处，但是女性书写改编电影却真诚而执着地发掘、表达新的创作主题，呈现和传播着女性、母亲以及社会实践者特有的天性、视角与温情，承载了十分丰富的文化内容和社会责任。

### 3. 2000—2009年女性书写电影改编

21世纪前后，中国电影市场进一步开放，经济全球化和外资影院出现，外国进口影片数量的增加，加剧了中国电影企业和电影产品的生存压力，观众观影需求的多样化也对电影创作者提出了更高要求……中国电影产业体系建设成为当务之急，国家层面也出台了很多有力措施。1999年2月12日，经国家经贸委批准，由国家广播电影电视总局直属的中国电影公司、北京电影制片厂、北京电影洗印录像技术厂、中国儿童电影制片厂、中国电影器材公司、中国电影合作制片公司、华韵影视光盘公司、中央电视台电影频道节目制作中心共8家电影企事业单位组建的中国电影集团公司在北京成立。2000年中影集团完成制片重组，共有第一制片公司（使用北影厂标、子公司形式）、第二制片公司（使用童影厂标、子公司形式）、第三制片公司、合作制片公司、电视节目制作中心5个制片机构。后调整为以创作重点片、故事片为主的第一制片分和第二制片分公司，以创作儿童影片为主的第三制片分公司，以合作制片为主的第四制片分公司，并将原北影、中影、童影和合拍公司的电视剧部门进行整合，组建专门从事集团电视剧、专题片等电视节目生产和管理的经营性制片机构。2001年，中影集团实行了一系列股份改造，吸引不同性质的资金和管理优势进入集团制片环节。如联合几家非国有资本，组建中影联合影视有限公司，以电影、电视电影、电视剧制作发行为主业，兼营影视剧本中介、演艺经济与培训、国内外影视信息咨询与传媒咨询，组织承办国内外影视文化艺术交流活动、影视展览活动与影视器材租赁业务等。随后，其他几大国有制片厂也陆续组建集团。

2002年底，党的十六大报告再次明确了“文化产业”的概念，民营电影业如雨后春笋般崛起。与此同时，对创作扶持的力度也在加大，除了政府投资拍摄国家级大片，还设立“夏衍电影文学奖”、政府奖（华表）、专家奖（金鸡）、儿童奖（铜牛）、少数民族奖（骏马）、大众奖（百花）等奖项，广征剧本，评选优秀作品并奖以重金。各电影集团和民营公司，采取从小成本、小制作，以保不赔不赚或少赚的投资策略，到逐步增大投资规模的拍摄运营方式，使得影片生产数量和质量获得极大发展，这一时期的女性书写改编电影的量和质也有了明显提升。

笔者共列出此期间10年的女性书写电影改编作品42部，分别由9部短篇小说、11部中篇小说、10部长篇小说和 1 部散文集，1篇中学获奖作文改编而成，还包括1部纪实文学改编的10个电视电影。原著文本涉及28位女性书写者。

作家杨红樱有三部长篇及长篇系列小说被改编成电影，分别为《女生日记》（2003）、《男生日记》（2005）、《淘气包马小跳》（2009）。杨红樱19岁开始发表儿童文学作品，曾获中宣部“五个一工程”奖、中华优秀出版物奖、全国优秀儿童文学奖、冰心儿童图书奖等奖项，其畅销图书品牌“杨红樱校园小说系列”“杨红樱童话系列”“淘气包马小跳系列”“笑猫日记系列”，总销量超过数千万册，成为影视改编热点。影片《女

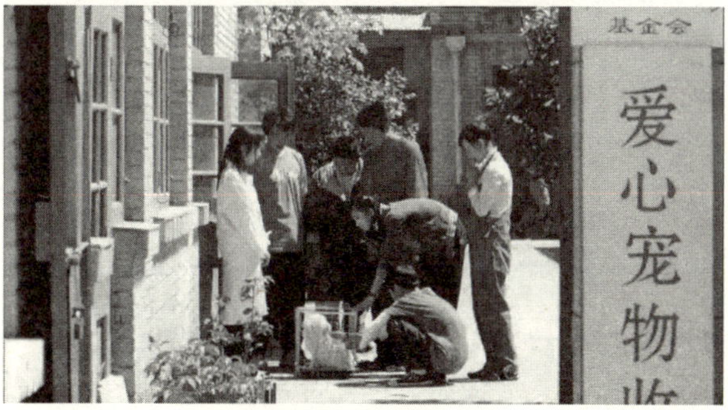

电影《男生日记》剧照

生日记》《男生日记》由中国电影集团公司拍摄，《淘气包马小跳》除了被改编成电影，还以电视剧、动画片、音乐剧、舞台剧、木偶剧、漫画等多种艺术形式呈现，成为新一代儿童的美好回忆。

作家杨红樱在书写中使用戏剧常规的平行叙事结构，通过非线性叙事，围绕主要事件或者主要人物，设置多个相互联系又互相独立的小故事。这种平行叙事结构，既可以把多个事件书写得井然有序，又可以根据需要进行容量扩展，因此各个小故事可以独立成篇，没有必然的因果联系，不论是片段阅读，还是进行改编，都可以非常灵活。此外，对受众的了解和巧妙的表达，也是杨红樱值得更多书写者借鉴之处：《女生日记》采用了直抵孩子内心深处的日记体形式，被誉为是一部“现代女孩成长启示录”；《男生日记》则通过流行的自助旅游探险——吴缅与父亲的川藏探险之旅，拉近与孩子的距离；《淘气包马小跳》系列小说则适时更新儿童关注热点，用儿童乐于接受的叙述方式来由点带面地揭示生活的真相、现实的多样和成人世界的复杂。

秦文君长篇小说《男生贾里新传》也于2009年改编成同名电影。《男生贾里新传》曾获第七届精神文明“五个一工程”奖和“共和国五十年优秀长篇小说”称号。与前两位作家专职儿童文学创作不同，黄蓓佳的书写领域更为广泛，根据其长篇小说《我要做好孩子》改编的同名电影，由中国电影集团公司投资拍摄，原著曾获得中宣部精神文明建设“五个一工程”奖等多个国家奖项。小说文本和改编影片通过成功地塑造“金铃”这个“中不溜”孩子美好纯真的童心世界，表达

电影《男生贾里新传》剧照

儿童与成人之间的差异碰撞与沟通，也是很好的创作切入点。

作家方方有两部中篇小说《行为艺术》和《桃花灿烂》分别被改编成电影《蓝色爱情》（2000）和《桃花灿烂》（2005）。曾在武汉市运输合作社当过装卸工人的方方，小说创作主要集中在市民题材和知识分子题材两个领域，1991年8月，在《长江文艺》发表的中篇小说《桃花灿烂》属于前者，并包含了其早期的生活经历。2005年，根据《桃花灿烂》改编的同名电影上映，2007年，同名电视剧播出，2012年，同名雅皮剧在武汉首演。影片《蓝色爱情》则根据方方的中篇小说《行为艺术》改编。描写了一个年轻的刑警在工作和生活中成长成熟的故事，表现了年轻人对于艺术与人生，感情与责任等问题的思考。在下一时间段笔者收录的女性书写改编影片中，方方同名中篇小说改编的电影《万箭穿心》，则更冷静严肃地揭示人生世相。在这三部作品中，相较于传统现实主义，作者力图保持与叙述对象的距离，但相较于新现实主义，作者又更注重营造生动完整的情节，可以说完美地将新现实与传统现实主义小说进行了精心整合，拓展了女性书写的创作实践。

作家王安忆两部长篇小说《米尼》和《长恨歌》，均于2005年被改编为同名电影。前者是王安忆采访白茅岭女子监狱后，根据部分采访材料创作而成的，讲述20世纪七八十年代上海插队女知青米尼回城后一步步走向堕落的故事。电影创作中对原著文本进行较大修改，故事背景也设置成上海，以突出更具变迁和发展特色的环境。电影《米尼》是西影集团改革后的第一部实行“制片人负责制”的影片，制片人承担从剧本、导演、演员选择，到预算、拍摄、制作、宣传和发行等整体职责。根据王安忆长篇小说《长恨歌》改编的同名电影文本，并未获得预期效果。原著文本是王安忆的代表作，曾获得第五届茅盾文学奖，被评为20世纪90年代最受欢迎的十部文学作品第一名，讲述上海女子王琦瑶在少女时代、中年时代和老年时代的经历，主角原型源自20世纪80年代的一件凶杀案，被害人曾在老上海小姐评比中获得殊荣。王安忆稠密细腻的工笔创作手法，既营造了人物命运的原生状态，又呈现出颇具画面感的意境之美，容易受到影视创作者的青睐。2006年，原著文本还被改编成同名电视剧。

作家迟子建的书写风格同样极具意蕴与特色，2001年根据其中篇小说《白银那》改编的电影《美丽的白银那》上映，讲述中国北部边陲一个叫白银那的小村庄，喜遇特大渔汛但面临更复杂的邻里矛盾的故事。影片充分运用长镜头语言，追求简洁自如与优美的画面感，刻画人物真实质朴的情感和农村气象，是农村题材电影多样化的样本实践。

迟莉中篇小说《生活秀》改编的同名电影，与霍建起《那山　那人　那狗》《蓝色爱情》等其他影片相比，不再是甜美的故事、理想的爱情与唯美的画面，生活逐渐变得现实而冷酷。一位美丽寂寞的女人在传统和现代、理想和现实的矛盾中默默承受着生活的压力，在真实与作秀之间撑起一个人的天空，而这种真实也许正是观众所期待的真实，与真实世界足够近，却让人能够在艺术和想象加工的世界中沉浸并逃离真实的世界。2002年上映当年，影片获得上海国际电影节最佳影片奖、最佳女演员奖和最佳摄影奖。电视版和话剧版《生活秀》等衍生作品出炉，也体现了小说和电影创作的成功。这一时期有三部女性书写改编电影——《蓝色爱情》（2000）、《生活秀》（2002）、《情人结》（2005），均由霍建起执导。除了以上文本，《那山　那人　那狗》《赢家》等影片均改编自文学作品，这也体现了导演霍建起的个人创作取向。他曾在接受采访时谈到，有文学做基石，能增强信心。当红作家的畅销书、热点作品本身很有价值，再加上读者、粉丝的黏性和口碑，二次创作具有很大成功基础。相对于原著创作的自我和深入，改编则需要考虑文本呈现和受众接受的不同，考虑商业与艺术的平衡取舍。比如《生活秀》小说中有位善恶一体的女主角“来双扬”，在电影文本中只是一位深陷底层生活困境的女人，并未被赋予太多的精明和恶意。

霍建起执导的电影《情人结》，根据安顿短篇小说《爱恨情仇》改编，讲述相爱多年的情侣，最终冲破阻碍走到一起的故事。安顿和她工作的媒体，是新世纪情感困扰的见证和传递平台，当这种文本形式逐渐被关注以后，也成为电影改编关注的领域。安顿系列丛书《绝对隐私——当代中国人情感口述实录》，先后有《生死劫》《兄弟》《人在北京》《渴望一份真爱的感觉》《绝对隐私》《陈越的婚纱》《冯齐的忏悔》《别提过去别问将来》等10个故事被搬上银幕，故事涵盖不同身份、年龄和际遇的10名普通人。从不同视角阐述现代人的情感生活——《生死劫》中，周迅演绎一个命运多舛的女人胭妮；《渴望一份真爱的感觉》中，陈坤塑造了一个因家庭原因造成心理阴影的反面人物……2005年，李少红导演的电视剧《绝对隐私》也应势播出，将安顿的"当代中国人情感状态"书写方式推向高潮。直至2019年，安顿情感实录仍然受到电影改编者关注，短篇文本《曾经的外遇，永远的同谋》改编的电影《如影随心》，故事深刻留有余味，收获不错的票房和口碑。

电影《情人结》剧照

21世纪前十年，从改编成电影的原著作品体量来看，长、中、短篇小说基本均衡，各占据1/3左右比例。

10部长篇小说改编的电影分别为《女生日记》(2003/杨红樱)、《我要做好孩子》(2004/黄蓓佳)、《米尼》(2005/王安忆)、《男生日记》(2005/杨红樱)、《长恨歌》(2005/王安忆)、《吝啬男友》(2007/宋潇凌)、《姨妈的后现代生活》(2007/燕燕)、《春草和她的母亲》(2008/裘山山)、《男生贾里新传》(2009/秦文君)、《淘气包马小跳》(2009/杨红樱)。

11部中篇小说改编的电影分别为:《蓝色爱情》(2000/方方)、《美丽的白银那》(2000/迟子建)、《生活秀》(2002/池莉)、《我们害怕》(2002/棉棉)、《七夜》(2005/魏晓霞)、《桃花灿烂》(2005/方方)、《窒息》(2005/谷小妮)、

《做头》(2005/唐颖)、《地气》(2008/葛水平)、《斗牛》(2009/赵冬苓)、《寻人启事》(2009/吴君)。

9部短篇小说改编的电影分别为《谁说我不在乎》(2001/叶广芩)、《安德烈的晚上》(2002/铁凝)、《绿茶》(2003/金仁顺)、《求求你，表扬我》(2005/林那北)、《情人结》(2005/安顿)、《好奇害死猫》(2006/戴来)、《太阳照常升起》(2007/叶弥)、《双食记》(2008/殳俏)、《爱有来生》(2009/须兰)。

继20世纪90年代执导《红灯停，绿灯行》(原著叶广芩)、《埋伏》(原著方方)之后，导演黄建新在进入21世纪以《谁说我不在乎》(2001)、《求求你，表扬我》(2005)两部电影，再次表达着对女性书写作品的情有独钟。影片文本《谁说我不在乎》改编自女作家叶广芩的短篇小说《你找他苍茫大地无踪影》，原名《妈妈到了更年期》，讲述女主人公“谢雨婷”因一张小小的结婚证而引发一连串家庭风波的故事。影片文本以近乎荒诞的黑色幽默方式呈现，丰富的电影语汇和对生活细节的准确把握，将文本语言和幽默表演融为一体，在思想表达、形式内容上具有探索和创新意识。影片《求求你，表扬我》同样饱含人生哲理又兼具黑色幽默，悬疑和猜测、善良与狡黠、诚实与规则之间错综复杂的纠葛，以出人意料和耐人回味的方式结尾，是导演黄建新改编创作的又一个突破。

与黄建新长期关注女性书写，关注现代中国社会生活，并在研究电影市场的基础上进行创作和探索不同，导演马俪文(马晓颖)执导的处女作，选择将作家张洁的散文集《世界上最疼爱我的那个人去了》改编成同名电影。原著作者张洁才华横溢，两次获得中国最高文学荣誉——茅盾文学奖。在年逾半百失去母亲之后，张洁开始用十几万字的日记体回忆母亲生命中最后的一段岁月，表达内心永远无法填补的自责和悼念。马俪文历经数年才获得张洁授权改编，在保留原作浓厚情感的基础上，选取适合以视听媒体方式呈现的文本素材，邀请斯琴高娃、黄素影等演员加盟，力图还原张洁散文集中对人物内心的刻画、描写以及引起的情感共鸣。

电影《假装没感觉》剧照

女导演彭小莲根据徐敏霞中学获奖作文《站在十几岁的尾巴上》，改编成电影《假装没感觉》，是21世纪初颇受瞩目的作品。影片同样关注时代背景下小人物的命运和个性冲突，围绕老中青三代女人和一处得以安身的居所之间展开故事，影片的结尾意蕴悠长，妈妈和女儿租到了一间可以看得见外滩风景的房间，开始了不依靠男人的生活。彭小莲用没有经过修饰和布光的镜头，以及非刻意营造抒情气氛的影像，展现更为贴近人物生活的原生状态。世俗人生历来是一切叙事艺术描摹的对象，更是作为大众艺术的电影所擅长的，包括伦理片、爱情片和喜剧片在内的多种影片类型，受投资规模和拍摄条件限制较小，在依托文学作品的基础上，比较容易开掘出各有所长的人物和故事。

这一时期的女性书写和电影改编，在主流、艺术和商业多重话语交叠的语境中，从变化中的农村生活，到纷扰中的都市繁华，从主流的精神传达到边缘的人物观照，均收获令人惊喜的成绩。电影创作者在对女性书写者的作品充分了解、尊重的基础上，为创作既符合电影意识形态特性，又符合电影生产规律的作品，采取了多种策略和探索。不论是彭小莲、马俪文、俞飞鸿、夏蔚等女性编导合一的创作模式，还是思芜与霍建起、孟朱与夏钢等“夫妻档”的亲缘创作，抑或是宋潇凌、谷小妮、吴君等作家“触电”参与文本改编，都是女性书写电影改编的不同呈现方式和探索路径。

### 4. 2010—2022年女性书写电影改编

经历21世纪初期入世适应的徘徊阶段后，中国电影开始发力，并在21世纪第二个十年实现跨越式发展。在这一阶段，政府和政策方面的支持可谓适时精准——2010年1月25日，国务院出台了《国务院办公厅关于促进电影产业繁荣发展的指导意见》，指出“大力推动我国电影产业跨越式发展，实现由电影大国向电影强国的历史性转变”；2014年，财政部等七部委发布《关于支持电影发展若干经济政策的通知》，继续以“实现由电影大国向电影强国的跨越”为目的，推出一系列支持政策；2017年3月1日，中国文化领域第一部行业法《电影产业促进法》正式实施；2018年，电影管理职责划归中宣部；2019年，在全国电影工作座谈会上，中宣部常务副部长、国家电影局局长王晓晖指出，“我们将电影的发展同国家发展目标对接，坚定不移推进电影强国建设”……

而伴随这个过程，中国电影的硬实力和软实力也迎来了全面和可持续发展模式：一大批集电影拍摄、制作、研发为一体的综合影视基地、电影产业创意园区和重点电影机构应运而生；具有国际领先水平的电影教育教学资源，多形式、多层次、多类型地开展电影人才培养；电影票房和观影人次不断突破新高，电影基础设施建设不断完善；电影类型化充分发展，“新主流大片”“青春片”“科幻片”等类型片实现“既叫好又叫座”……

同样伴随这个过程，女性书写改编电影在内容、形式、风格、题材等方面呈现出多元并存的态势，既有迟子建、方方、范小青、鲁敏、戴玮等知名女性书写和电影创作者的精品，又有须一瓜、鲍鲸鲸、玖月晞、殳俏、管曦等新生代女性书写者和导演的佳作。随着市场机制形成和电影产业规模增长，创作者面对市场选择的多样性和宽泛性，意味着更多的女性书写作品将被改编成电影，这既是一个双赢的过程，也是关于艺术文化坚守和多元创作开拓的平衡过程，只有不断总结经验、反观得失、审时度势，才能创作更多优秀作品。

2010年以来的女性书写改编电影数量最为庞大，题材最为丰富。笔者共列出此期间女性书写电影改编作品59部，包含女性网络书写改编。分别由32部长篇小说、19部中篇小说、3部短篇小说、2部散文集、1部短篇情感实录和1部漫画改编而成。有两部电影作品改编自同一篇小说，原著文本涉及42位女性书写者。

32部长篇小说改编的电影分别为《杜拉拉升职记》（2010/李可）、《失恋33天》（2011/鲍鲸鲸）、《我的少女时代》（2011/张海迪）、《额尔古纳河右岸》（2012/迟子建）、《我愿意》（2012/陈彤）、《等风来》（2013/鲍鲸鲸）、《致我们终将逝去的青春》（2013/辛夷坞）、《匆匆那年》（2014/九夜茴）、《烈日灼心》（2015/须一瓜）、《左耳》（2015/饶雪漫）、《何以笙箫默》（2015/顾漫）、《新步步惊心》（2015/桐华）、《第三种爱情》（2015/自由行走）、《夏有乔木雅望天堂》（2016/籽月）、《泡沫之夏》（2016/明晓溪）、《微微一笑很倾城》（2016/顾漫）、《致青春·原来你还在这里》（2016/辛夷坞）、《那片星空那片海》（2016/桐华）、《喜欢你》（2017/蓝白色）、《六人晚餐》（2017/鲁敏）、《傲娇与偏见》（2017/媚媚猫）、《那一场呼啸而过的青春》（2017/吴小雾）、《会痛的十七岁》（2017/饶雪漫）、《三生三世十里桃花》（2017/唐七）、《秘果》（2017/饶雪漫）、《鲛珠传》（2017/唐七）、《桂香街》（2019/范小青）、《少年的你》（2019/玖月晞）、《大约在冬季》（2019/饶雪漫）、《最好的我们》（2019/八月长安）、《梅朵与月光》（2020/江觉迟）、《柳浪闻莺》（2022/王旭烽）。

19部中篇小说改编的20部电影分别为：《米香》（2010/傅爱毛）、《天上人》（2010/裴蓓）、《鱼肠剑》（2011/林那北）、《搜索》（2012/文雨）、《万箭穿心》（2012/方方）、《喊山》（2013/葛水平）、《水牯子》（2013/湛鹤霞）、《夜来香》（2013/温燕霞）、《忘了去懂你》（2014/权聆）、《旗》（2015/王华）、《青涩日记》（2015/裴蓓）、《喊·山》（2016/葛水平）、《布基兰》（2016/迟子建）、《捐赠者》（2016/王可心）、《我的

电影《六人晚餐》剧照

青春你来过》(2017/宋启)、《夜色撩人》(2017/须一瓜)、《淡蓝琥珀》(2018/方方)、《牛油果的春天》(2019/王可心)、《秘密访客》(2021/殳俏)、《西风的话》(2021/须一瓜)。

4部短篇小说改编的电影分别为《七月与安生》(2016/庆山)、《吻隐者》(2018/张天翼)、《曾经的外遇，永远的同谋》(2019/安顿)、《阳台上》(2019/任晓雯)。

作家须一瓜共有1部长篇小说和3部中篇小说被改编成电影，分别是：《烈日灼心》(2015)、《夜色撩人》(2017)、《淡蓝琥珀》(2018)、《西风的话》(2021)。其中，由长篇小说《太阳黑子》改编的犯罪悬疑电影《烈日灼心》，以极高的口碑和优秀的票房惊艳亮相。编剧曹保平和焦华静凭借积淀的职业素养，按照剧情发展和悬念设置对原著文本改写，历经3年打磨剧本，推翻了很多稿，最终舍弃原著多余细节和信息量，用独特镜头语言呈现一气呵成的连贯故事。《西风的话》同样讲述一起神秘的杀人案件，《夜色撩人》和《淡蓝琥珀》则分别涉及车祸和抢劫事件。须一瓜曾是一位政法记者，故事中很多桥段来自真实事件，如何将这种真实经过艺术处理，形成戏剧张力，极其考验书写者的思维和功力。华语文学传媒大奖曾这样评价须一瓜，“她的写作如同破译生活真相，当饰物一层层揭开，生活的尴尬图景就逐渐显形……”著名文学评论家施战军也谈到，“须一瓜通过思辨的力量，展示了一个作家向小说哲学家的精神状态上升的取向”。正如好故事和好角色相互成全，好作者和好导演、好编剧也相互成全。

鲍鲸鲸作品的“触电”以及成功，也基于这种相互成全。2009年夏初，失恋又待业的鲍鲸鲸为打发时间，以“大丽花”笔名开始在豆瓣网上连载33篇日记体文章《小说，或是指南》。写作过程也颇具戏剧性，从帖子初开大量网友留言后的感动，到帖子火了之后不喜欢被跟帖猜中剧情，鲍鲸鲸在和网友斗智斗勇中完成了后来被更名为《失恋33天》的日记体小说。导演滕华涛最早听说《失恋33天》时还在拍《蜗居》，朋友告诉他豆瓣上有一个“失恋日记”很有意思，但忙于新剧的滕华涛没有跟进，直到《失恋33天》小说出版，滕华涛通过出版社找到鲍鲸鲸，最终确定合作。2011年双十一，《失恋33天》在全国上映，4天票房突破亿元大关，创下了国产小成本电影的神话，成为年度票房市场的最大黑马。原著作者和电影改编者通过流行的在线小说，以及基于普通生活真实之上的精彩纷呈的台词和人物形象，创造了一种独具特色的流行文化和影像风格。此后，鲍鲸鲸创作的《等风来》（原名《游记，或是指南》）也于2013年与滕华涛导演合作，改编为同名电影。

作家迟子建的长篇小说《额尔古纳河右岸》和中篇小说《布基兰小站的腊八夜》分别于2012年、2016年被改编成电影。获第七届茅盾文学奖的小说《额尔古纳河右岸》的创作缘起于报纸上的两则新闻，敖鲁古雅的鄂温克人下山定居的消息，以及一位带着才华走出森林最终又回到森林，在困惑中葬身河流的鄂温克画家的事迹。小说文本《布基兰小站的腊八夜》则从铁路信号员、林业工人和猎手的人物塑造出发，以小见大地、质朴无华地展现情感和价值观。两部改编影片很好地演绎了原著的故事和人物，外景画面和电影音乐等多种电影美学元素的叠加，为改编增添了很多独特韵味，弥补了这类题材戏剧性和冲突性不强的叙事短板。

这一时期还出现了很多有两部作品改编成电影的女性书写者，比如作家王可心的两部中篇小说《头顶一片天》和《春天里》分别于2016年、2019年改编成电影《捐赠者》（《父亲最后的选择》）、《牛油果的春天》；作家顾漫的两部长篇小说改编成同名电影《何以笙箫默》（2015）和《微微一笑很倾城》（2016）；作家辛夷坞（蒋春玲）2007年推出的两部长篇小说《致我们终将逝去的青春》《原来你还在这里》，则在2013年和2016年以《致我们终将逝去的青春》《致青春·原来你还在这里》的系列电影形式上映；作家裴蓓的两部中篇小说《我们都是天上人》《妈妈不是我杀的》，于2010年和2015年改编成影片《天上人》《青涩日记》；作家庆山（安妮宝贝）的短篇小说《七月与安生》和小说散文集《八月未央》，分别在2016年和2021年改编成同名影片；作家桐华的长篇小说《步步惊心》于2015年改编成《新步步惊心》，另一部长篇小说《那片星空那片海》也在次年改编成同名影片；作家唐七的两部长篇小说《三生三世十里桃花》《华胥引》，均在2017年改编上映，后者改编电影后更名为《鲛珠传》。

作家葛水平在山西农村出生、成长，小说创作多聚焦乡村的人和事，涉及农村发展、人口生育和山村教育等一系列深刻的社会问题，颇受影视创作者关注。她的中篇小说《地气》于2008年被改编成同名电影。另一部中篇小说《喊山》是葛水平的代表作，于2004年刊发在《人民文学》第11期，2007年获得第四届“鲁迅文学奖”，以农村原生态和悬疑纠葛的情感冲突，讲述饱受残忍虐待的“哑女”等太行山村民的爱恨情仇。2013年和2016年，李彦廷和扬子两位导演将其改编成《喊山》和《喊·山》两版电影。2013版电视电影《喊山》风格比较文艺和质朴，2016年版影片则力图通过矛盾冲突和更紧凑的剧情，以及拍摄和制作过程中商业元素的叠加，区别前版影片的纯农村题材和文艺风格，片名中间加“·”也是为了和第一部加以区分。杨子最终凭借自编自导的《喊·山》获得第19届上海国际电影节最受传媒关注导演奖、最受传媒关注编剧奖，并成功把这部作品带上了国际舞台。

除了农村、青春、情感、悬疑题材，这一时期的女性书写者以更广泛的经历、经验、感知和探索，为电影创作提供了更为丰富的创作空间和领域。河南作家傅爱毛的中篇小说《嫁死》改编的影片《米香》，触及矿难所引发的抉择背后的人性无奈和时代镜像；叶尔克西·胡尔曼别克创作的散文集《永生羊》，改编成我国首部用哈萨克语同期声拍摄的同名故事片，在展现我国游牧民族哈萨克人充满东方意蕴生活画卷的同时，传达对自然与生命的敬畏和人间大爱；中国残联主席张海迪以自己的经历为原型创作的长篇小说《轮椅上的梦》，也由她本人改编成电影《我的少女时代》，获得2011年大学生电影节组委会大奖；林那北的小说《风火墙》改编成《鱼肠剑》，讲述20世纪30年代福州三坊七巷旁李家院落的传奇寻宝故事；作为与明晓溪、匪我思存等同一批在晋江写文的作者，文雨（张雯轩）作品以复杂多元和风格锐利著称，她最初发表在晋江文学城的中篇小说《网逝》(《请你原谅我》)，曾入围第五届鲁迅文学奖，2012年被陈凯歌改编成电影《搜索》，讲述一个网络暴力的故事；根据王华的中篇小说《旗》创作的电影《等开花》，聚焦儿童题材中的农村“留守儿童”，以及“留守教师”和“留守老人”；由温燕霞同名小说改编的影片《夜来香》是艾滋病题材公益电影，呼吁关注艾滋病患者；鲁敏长篇小说《六人晚餐》讲述20世纪90年代云南重工业基地背景下，两个单亲家庭的两代人爱恨别离的故事；桐华的小说风格跨越极大，也成为改编热点，电影《新步步惊心》点燃了无数观众心底的穿越梦，《那片星空那片海》则演绎的是迷人海岛之恋；电影《吻瘾者》取材于张天翼（纳兰妙殊）的同名短篇小说，表现雪山脚下的隐秘高原绝恋；根据援藏教师江觉迟的自传体长篇小说《酥油》改编的电影《梅朵与月光》，则拍出了藏彝秘境的美和绚烂多姿的风土人情；庆山小说散文集改编的同名影片《八月未央》，用独特的视角聚焦“原生家庭”问题，关注都市进程中的感情遗憾；《柳浪闻莺》改编自茅盾文学奖得主王旭烽的系列小说《爱情西湖》，讲述了越剧团里两个女孩在时代里沉浮，全剧以越剧文化为最大的看点，105分钟的片中有将近20分钟的越剧选段；殳俏集原创、编剧于一体的影片《秘密访客》，则将前期影片《双食记》的惊悚与悬疑风格推向更加极致；苏派小说掌门人、鲁迅文学奖得主范小青的长篇小说《桂香街》改编的同名电影，以“最美基层干部”为原型，温情细腻地勾勒出社区工作者的爱与忧……甚至还有幽·灵姐妹漫画《快把我哥带走》改编的同名电影，最终收获3.75亿票房，为漫画IP改编和开发提供了很好的实践。

进入21世纪第二个十年，开放包容的社会环境和书写空间，也让女性书写和电影改编不局限于专业写作者和作品，而是涵盖更多职业、更多身份和更多领域。

2010年，徐静蕾导演的《杜拉拉升职记》改编自李可的同名小说，由中国电影集团出品，两种文本都获得了极大口碑和收益，也引发媒体和受众对原著作者“李可”的关注。但是，作者极少接受采访，只是偶尔通过电子邮件的方式面对媒体，姓名和单位都未曾公开。《杜拉拉升职记》系列小说的责编接受采访时也仅仅透露，作者是拥有百万级丰厚年薪的企业高管，害怕影响工作，即使面对巨额版税也能保持低调姿态。“李可”的神秘莫测、低调、保护隐私，在赢得受众理解和欣赏的同时，也为电影增添了炒作话题和热度。

裴蓓也是一位身兼多职的女作家。在创作文学作品之前，裴蓓当过7年物理老师，后来在10年的记者生涯中开始业余写作。2002年，裴蓓的第一篇小说《曾经沧海》发表在《中国作家》上，并被《小说月刊》转载，自此开始在文坛崭露头角。2010年，由裴蓓小说《我们都是天上人》改编的电影《天上人》在全国院线同步上映，除了原著和编剧，她还身兼制片人。《天上人》获第二届澳门国际电影节最佳编剧奖、第九届广东省鲁迅文艺奖等奖项，被评价为“文学人与电影人的完美结合”。2015年，涉及缺失家庭温暖而导致叛逆和冷漠等青春期问题的励志影片《青涩日记》上映，裴蓓同样是原著、编剧和制片人“三肩挑”，甚至为此卖掉了自己的别墅筹集资金。裴蓓的本职是广东作协签约作家、珠海市作协副主席，改编和拍摄电影的目的，除了对原著的感情和艺术水准的坚持，也是对两种文本形式的极度热爱。

作家权聆拓展的领域除了编剧，还有导演。2014年，上影集团投资拍摄、小陶虹与郭晓冬主演的影片《忘了去懂你》（原名《陌生》）上映，聚焦婚姻的困境和胶着状态。这是贾樟柯“添翼计划”投资出品的第四部电影，原著作者权聆同时担纲导演和编剧，这部影片的剧本曾修改30多稿，权聆的敬业赢得了业内尊重和认可。最终，在监制贾樟柯、凭借《桃姐》获得大奖的摄影师余力，以及拍过《2046》等影片的灯光师黄志明的倾情配合下，权聆的导演生涯比较顺利，影片成为第63届柏林电影节“青年论坛”单元的入围作品、并获最佳处女作提名。

陈彤是电影《我愿意》的原著，也是编剧。2003年之前，这两项工作都和她没关系，直到一场大病将她拽离出记者工作的轨道，医生建议她慢慢写一些东西，于是才开始写小说。身体基本康复后，陈彤和著名编剧王海鸰合作编剧

电影《我愿意》剧照

了《新结婚时代》，走上了写作兼编剧的道路。陈彤的作品除了女性特有的敏锐视角和细腻情感，犀利尖锐但幽默感十足的语言，以及时尚生动的场景氛围，也很受读者和观众喜爱，比如长篇小说《我愿意》《灰姑娘》《风情万种》，随笔集《没有人知道你是一条狗》《有多少爱可以胡来》《左手握右手》，短篇小说集《我们都是木头人》等。在《我愿意》的小说文本和电影文本中，陈彤采用了不同的处理方式，也算是一种思考和尝试。

笔者梳理发现，在这一时期跨度12年的时长中，2016和2017年这两年的女性书写电影改编作品共有20部，占总体数量的1/3。这主要有两方面的原因。首先，从市场来看，《致我们终将逝去的青春》《匆匆那年》《何以笙箫默》等影片试水成功、捷报不断，票房和口碑取得了超预期收益，市场红利的驱动下，迎来了电影业的“大小年”——2016年和2017年是“大年”，而只有3部影片的2018年成为了“小年”。其次，从创作主体看，这一时期电影改编作品的原著作者成名于网络，驻站写作的女性书写者呈现逐年增长趋势的背景下，这些作品是网络优秀书写的代表，极具黏性的网络读者和粉丝，也是改编电影的目标观众。再次，从目标受众来看，无论是书写文本，还是电影文本，在这一时期都承担了为出生于21世纪前后的“网络新生代”提供恋爱参谋、情感话题、社交需求等功能或作用。

基于以上分析，再来看2016年的影片《七月与安生》《夏有乔木雅望天堂》《泡沫之夏》《微微一笑很倾城》《致青春·原来你还在这里》《那片星空那片海》，以及2017年的影片《喜欢你》《傲娇与偏见》《那一场呼啸而过的青春》

《会痛的十七岁》《三生三世十里桃花》《秘果》《我的青春你来过》，这种青春爱情电影高潮也将会是中国电影史上独特的一幕。

在21世纪的第二个十年，年度电影票房和单部电影收益不断刷新，投资和观众对电影的热情持续增加，电影艺术与技术的融合创新渐入佳境，中国电影的大发展态势全球瞩目。在这个过程中，女性书写改编电影的数量和品质也有目共睹，不论是严肃文学的改编影片，还是轰轰烈烈的青春、爱情书写文本的改编热潮，电影艺术始终在发展，读者和观众的获得感和审美意识也在不断增加。习近平总书记在党的十九大报告中提出，要“引导人们树立正确的历史观、民族观、国家观、文化观”。在商业探索和时代背景下，女性书写电影改编，如何认识这一类型影片的地位和作用，如何引导其担负历史使命和责任，如何与社会主义核心价值观融合，在当前尤为重要。

## 三、女性书写电影改编研究意义

### 1.女性书写的意义

在中国最早的神话《山海经》中，记载着半人半兽的中国第一个女神“西王母”。但在此后的历史书写中，这位初民宇宙观中众神之首和母系社会的女神，随着漫长的社会历史和政治经济演化，逐渐黯然直至消失在文本和记忆中。犹如铜墙铁壁般的外在环境的影响跨越历史，中文古代汉语中没有“她”这个字，国外女性书写者也只能长期隐姓埋名，这还只是男性文化对人类文化的全面影响的一个侧面，更令人遗憾的是在很长时间里，女性以一种集体无意识或者无力改变的状态，接受了这种侵入和渗透。

这又是一个漫长的过程，随着时代进步以及类似挪威剧作家易卜生笔下的“娜拉”等诸多外力，再加上女性自身的觉醒和争取，父权和夫权的双重挤压下的她们，终于逐渐争取到人生和命运的转折。

女性以书写行为和文本传播，来宣告和拓展自我觉醒，释放本我和天性，这种自我觉醒和自我想象的张扬，犹如星星之火，逐渐燎原。在中国，女性创作从20世纪五四时期开始，逐渐成长为一种自我解放和张扬个性的书写力量，到20世纪80年代进入高潮，这种力量在文学和艺术等诸多领域落地开花。由“外”而“内”，由“弱”向“强”的女性书写者们塑造了革新于过去各种文本和异性书写中的女性形象：大都市中不畏命运、追求爱情和坚强生活的王琦瑶（王安忆的《长恨歌》）；敢于独立思考人生和审视世界的女中学生安然（铁凝的《没有纽扣的红衬衫》）；受到“忘年恋”困扰，从逃避到重新面对新情感的肖濛（陈染的《与往事干杯》）；默默承受生活压力，在真实与作秀之间撑起生存天空的来双扬（池莉的《生活秀》）；外遇结缘进入婚姻，却又不断面临情感新难题的韩湘（安顿的《曾经的外遇，永远的同谋》），等等。

女性书写不仅是女性自身的成长和进步，也是世界文学艺术的重要组成部分，更是社会文明的一个文化符号和缩影。除了敏于感觉，善于传情的女性书写特质，当今的女性书写已经超越了性别的差异和地域的局限，一些女性书写者同样能写出充满豪情、高瞻宏观的作品，也能跳出女性意识局限客观地书写女性形象和两性故事，还能在讲述对生命体悟的同时化解精神和肉体危机，成就作为生命的独特价值，满足受众的精神需求和审美需要，推进社会的融合协调发展。

这是书写对女性的尊重，也是女性书写对人类的尊重。

### 2. 女性书写电影改编的意义

女性文学创作和电影创作，拥有完全不同的文本和符号体系，但是这两种截然不同的存在，却能赋予对方更强的生命力、感染力和号召力，共同反映社会现实，观照世间冷暖，增进人类情感。

2018年，韩国女作家赵南柱的长篇小说《82年生的金智英》累计销量突破100万册，是韩国时隔10年再度出现的百万级畅销书；2021年，该书改编的同名电影掀起观影热潮，成为包括韩国、中国在内的亚洲多国最热门电影……类似这样引发关注的女性书写和改编电影其实早已有之，1982年根据谌容中篇小说《人到中年》改编的同名电影，全国观影人次超过1.5亿次。本书列举的很多女性书写改编电影也同时收获了票房和口碑。

电影是国家文化形象和感召力的影像名片，是社会经济文化发展的一面镜子，是国民文化素养培养的生动教材。随着中国国际影响力的显著增强，中国电影在世界舞台的关注度也日趋增强，迎来了前所未有的市场机遇。但是在未来，电影还有很长的路要走，需要在本土原创、产业升级、在地生产和人才培养等方面持续发力。我们欣喜地看到，当代女性书写作品和改编电影的数量在快速上升，出现了很多互为借鉴、互相成全的好作品。

《百年孤独》的作者马尔克斯曾说过，没有思想就没有电影。女性书写者以文本形式记录着她们对于生理性别和社会性别的反思，对现实世界和历史时空的反思，这些都是电影艺术不可或缺、更有意味和光彩夺目的构成部分。

书写为女性打开了一扇窗，女性书写则给电影打开了另一扇窗，接下来，每一个真正热爱电影的人，都需要慢慢营造窗外的风景，然后细细品味。

# 第二章

# 女性书写主题与电影改编选择

主题是文艺作品的核心。本章从女性书写主题的角度，探研女性书写和电影改编的选择考量与相关问题，试图对新时期以来的女性书写改编电影在时代发展、社会生活和个人经历等内容方面的主流表达和普遍视角作一定的梳理。

正如前章所述，女性书写者自古以来，从口口相传，到笔墨记载，再到网络传播，以诗歌、散文、小说、剧本、寓言、童话、漫画等不同体裁和形式，抒发内心情感和世界，表现审美意识和追求，再现一定时期和一定地域的社会政治、经济和文化生活。各种书写所传达的主题，有时是单一的，有时又是多重的，而对书写主题的判断，涉及以下四个方面。首先，是从主要人物形象分析入手，这是小说主题表达的一个重要切口。人物的年龄身份、动作语言、经历际遇和性格特征，以及心理的描写等，常常联系着社会生活的本质和作品所要表达的情绪和思想。其次，作品的主题需要借助情节的发展，来表达和推进对人物、命运的塑造和改变。情节发展的起因，以及前后关联、冲突、转向，无不有助于理解主题。再次，书写者们往往会很注重自然环境或者社会环境的描写，这就像一幅画的底色和背景，是对前景人物的配合和烘托，也为人物的行为、性格和命运的产生、发展提供逻辑依据，甚至起到注释和解惑的作用。此外，创作者在书写过程中所表达的情感倾向，以及对人物的褒贬态度等主观情绪表达或流露，也是判断作品主题的依据。

本章将从女性困境、女性视角、多重主题、主题变迁等多个方面梳理女性书写电影改编的主题选择和考量。

## 一、女性困境主题与电影改编

女性书写从发生的那一天起，就不得不面对一系列来自社会和自身的矛盾和问题。从新时期开始，女性书写者更为成熟，数量更为庞大，社会影响也日渐扩大，她们书写的时代主题和格局视野相比此前时期发生了很大变化，主流核心话题和各种衍生主题，以及个性和流行书写，共同织绘活色生香、色彩斑斓的女性书写图景。不论是含蓄的主题表达，还是鲜明的主题刻画，或者是开放性的主题探索，笔者希望借助对女性书写题材与主题的探研，来了解书写者的生活积累和阅历见识，了解她们的价值观和美学观，并在面对书写文本和电影文本的不同时，有所思考和收获。

### 1. 婚恋困境

在任何时代和国境，婚恋困境是女性书写的一大主题。进入新时期以后，女性书写者身临改革开放的社会环境，思想得到空前的解放，政治、社会和各种职业的参与体验则增添了书写的可读性和深度，女性书写迎来了繁盛时期。这其中很多重要和经典的作品，都是关于婚恋困境的书写，比如铁凝的《玫瑰门》《大浴女》、张洁的《无字》、王安忆的《长恨歌》、权聆的《忘了去懂你》、毕淑敏的《拯救乳房》、赵玫的《我们家族的女人》、叶广芩的《你找他苍茫大地无影踪》、林白的《一个人的战争》、盛可以的《息壤》、安顿的《绝对隐私》……

在这些多产的女性书写者和她们的作品中，女性的世界仿佛对人们敞开了关闭已久的大门。无论是社会巨变中的感情，还是不同年龄段的坎坷情路，这些命运起伏和变化唏嘘的人物、命运和情感，在女性书写者笔下娓娓道来直中要害，不约而同地为女性书写文本和文学艺术创作注入了灵气和生机。

表现婚恋困境主题的很多作品由于人物众多，时间跨度长，成为电视剧的首选题材，而从电影的选择和改编角度而言，这一主题书写中的相对独特、巧妙和简约的文本，则更受青睐。

比如根据叶广芩创作的短篇小说《你找他苍茫大地无影踪》，黄建新导演改编成的影片《谁说我不在乎》，讲述丈夫单位给结婚20年以上的夫妻发奖品，而证明夫妻关系的结婚证却离奇失踪，在单位开证明、补办证件和街道失去婚姻登记职能的死循环中，离婚证和结婚证都办不下来的夫妻陷入了一场战斗，也搅动了更多人的生活。作家叶广芩的小说和散文大都写得酣畅淋漓、妙趣横生，能让普通的人间烟火和市井生活读来回味无穷。源自生活中寻找结婚证的事情，作者写成了脆生生的一篇《你找他苍茫大地无影踪》，而这篇带着“有趣灵魂”的短文，被导演黄建新慧眼识珠，收获了不错的票房和口碑。两种文本的主题一脉相承，既是婚恋困境，又充满时代新意和折射。

正如温格·朱莉在《幸福婚姻法则》里所说，再恩爱的夫妻，一生中都有200次想离婚的念头，以及50次想掐死对方的冲动。权聆的中篇小说《忘了去懂你》改编的同名电影，表现的就是由幸福转向现实的普通大众的婚恋生活：家庭琐事的常年缠绕，彼此之间的猜忌和不信任，冲动之下的言语伤害，被占有欲和嫉妒激发却不懂也不愿表达的情感……婚姻的分崩离析似乎在等待着压死骆驼的最后一根稻草。这种婚恋困境中最普通生活的主题表现，却同样直指人心和人性。影片拍摄中曾数次修改结尾，最后采用了亲子鉴定半途而废，陈雪松（陶虹饰）放弃行李箱离开家，蔡远航（郭晓冬饰）追出门的开放式结局。因心生感情结合的自由恋爱，在没有出轨没有家暴的婚姻中走向消亡，如何正视并突破这样的困境，寻求身处困境内外之中人们的理解，是包括权聆在内的女性书写者和电影改编者关注和期盼的。

电影《谁说我不在乎》剧照

新世纪的婚恋主题书写中，情感口述实录也在很长时间成为大众和媒体关注的热点，一直以“绝对隐私”系列创作闻名的安顿，将婚恋困境主题通过再婚、婚外恋等细分来表现。她的“当代中国人情感口述实录之五”——《悲欢情缘》，历时两年潜心采访，最后梳理聚焦11个家庭破裂和重组的过程，以及当事人经历家庭解体和再婚所感受的酸甜苦辣。短文《曾经的外遇，永远的同谋》是安顿一篇静态的采访实录，讲述来自教育系统的已婚男女主角，经历6年痛苦的纠缠之后离婚重组，却陷入“围城”的旧境，以及命运“附赠”的猜忌与多疑。导演霍建起在执导此片14年前，同样将安顿的一个小短篇《爱恨情仇》成功搬上银幕，男女主角近似“罗密欧与朱丽叶”的爱情，使得改编影片《情人结》也收获了众多向往经典爱情的观众。14年之后，霍建起打破自己的改编和创作模式，选择婚姻困境的当下社会热点——“外遇”，在更名为《如影随心》的影片文本之下，拉小提琴的陈晓和做室内设计的杜鹃，以更加具有可视性的职业、外貌和表演，讲述结缘巴黎之后不断面临情感难题的故事。

电影《忘了去懂你》剧照

著名导演李少红则将安顿《绝对隐私》系列改编成10部电视电影，周迅、陈坤、黄觉、蔡明、申军谊等众多演员也倾情出演。总的来说，根据安顿实录和小说创作的影片，因其对婚恋困境的细分而受到关注，而这种没有国境的影像困境书写，也受到了国际认可，包括《生死劫》等影片获得美国翠贝卡国际电影节、印度喀拉拉邦国际电影节、蒂伯龙国际电影节，以及亚洲及拉美地区电影节的多项“最佳故事片”金奖。

影片文本《姨妈的后现代生活》取材于同名长篇小说，关注的是中老年女性的婚恋困境，“姨妈”的原型遍布中国现代化城市，那些被常人定义为失败的，不合时宜的业余文艺爱好者，她们游离在他乡和故乡之间，也游离在不甘

电影《姨妈的后现代生活》剧照

和挣扎之间。直到金永花的复线故事启幕，这个乡下女人为了四岁病重的女儿来到这个大城市工作，在接受“姨妈”提供的保姆工作后，却被发现靠“碰瓷”挣钱。一系列喧闹和荒谬的事件之后，“姨妈”决定离开上海，回到在二十年前离开的丈夫和女儿身边。影片前半部分喜剧元素的加入，以及后半部分平实风格对观众情绪的牵动，也颇符合“姨妈”的后现代风格，观后别有韵味。

### 2. 经济和工作困境

根据智联招聘等相关机构发布的《2020中国女性职场现状调查报告》的数据，当前女性的整体收入依然低于男性17%；女性领导力被普遍认可，但女性担任高管的比例只有男性的一半左右；58%的女性遭遇过“应聘过程中被问及婚姻生育状况”；近三成的女性求职者遭遇过“用人单位限制岗位性别”……可以说，从显性到隐性的就业性别歧视，平衡家庭和工作的两难窘态，以及女性多重角色集于一身对工作和经济带来的时间和精力牵绊，是女性在新时期以来的多元化时代的又一大困境。在这类主题的书写中，主人公为了寻求真正独立而克服种种困难的过程，不仅让读者着迷，也是电影改编容易成功和出彩之处。

谌容的中篇小说《人到中年》书写很出色，也触及人们普遍关注的现实矛盾，1980年在《收获》第一期发表之后，在文艺界和读者中引发极大影响，成为新时期文学的标志性作品之一。导演在改编时，又深入挖掘了中年眼科医生陆文婷（潘虹饰）的内心世界，将时代发展中肩负责任、无私奉献的中年人，推到了银幕的中心。影片在收获高票房的同时，也荣获第三届金鸡奖最佳故事片奖、第六届百花奖最佳故事片奖，得到学术界的认可。

影片《张家少奶奶》根据王安忆的中篇小说《流逝》改编，讲述过惯了少奶奶生活的张家儿媳妇欧阳瑞丽（李岚饰）在家庭变故之后，不得不操劳家务，挑起生活的担子，成为里弄生产组的一名临时工。在为家庭成员的操劳和奔波中，在家庭财富的失而复得中，在放弃工作重回少奶奶的生活中，她逐渐加深了对人的价值的认识，选择了一条崭新的生活道路去探索和追求。影片上映的1985年也是文学作品和其它艺术作品改编的丰收年，出现了《青春祭》《红衣少女》等优秀改编影片。据相关数据统计，改编作品占故事片产量的1/3，而其中获奖片所占比例则高达60%。

电影《张家少奶奶》剧照

电影《米香》的原作，是作家傅爱毛在21世纪之初发表的《嫁死》，这部中篇小说曾获得第十二届《小说月报》百花奖。小说的名字极具话题性，所谓“嫁死”，就是指女人有意嫁给矿工，等待矿工在矿难中出事，继而拿到巨额赔偿金。小说的主人公米香便是这样一位女人，为了解决她和痴呆儿子的经济困境，她把“嫁死”当成一份精心设计的工作去完成，而这也是很多女人的“工作”。虽然有为了儿子这个看似迫不得已的理由，但经济的困窘也会让人失去理

电影《米香》剧照

智和良知，米香算计上了无父无母无兄弟姐妹的王驼子……书写文本的语言朴实无华，通俗易懂，作家傅爱毛在描写女性深陷经济困境和灰暗生活的同时，也用人性的善良温暖作品内外的心灵，在绝望之中寻找希望和生机。虽然小说发表十年之后改编影片才上映，但两者的现实意义却依然存在。

### 3. 母女关系困境

一个女人与上一代或下一代的“母女关系”困境，包括丧偶式育儿带来的更为复杂的亲子关系困境，是女性困境书写的独特题材。这种基于“母亲”的亲子关系困境，可以跨越老、中、青三代，跨越历史记忆和现实处境，书写的自由度和包容量都很充分。在这些作品中，书写者通过几代女性身为人母和母女关系的深层剖析，也促使整个社会进行思考，如何从制度到措施，从家庭内部到社会各个单元，对女性进行支持帮助，推动家庭和社会的持续和谐发展。

作家张洁的散文集《世界上最疼我的那个人去了》更像是对母亲的反思、纪念和吟语，当初涉影坛的马俪文多次拜访要求改编的时候，张洁都不容商量地拒绝了。直到数年之后同名电影终于推出，母女之间相依为命、互相依恋的动人情感故事，再加上电影感性的表演和表现手法，在收获国内外多个电影节奖项的同时，也让媒介和受众更多地关注此类题材和相关问题。

导演马俪文在这部来之不易的原著基础上，初次用镜像语言对母女之间彼此依恋却颇为复杂的情感状态大胆探讨，聚焦女性的自我意识和内心情感。与缺席的男性和责任形成鲜明对照的是，女儿积极独立自信，母亲顽强宽容，在现实生活的困境中，为减少对方的担心和焦虑，会心甘情愿为对方牺牲和妥协，而在更多平淡的日常生活中，两位独立坚强的女性如真实世界的很多母女一般，坦然地面对喜怒哀乐。从女性书写到女性导演，从女儿到母亲，整部影片虽然更多的是展现女性元素和女性生活，但是并没有将女性的牺牲和奉献精神简单地予以道德拔高，而将重点放在描摹母女刻骨铭心的真实和恩怨，以及她们面对亲情和死亡的心路历程。

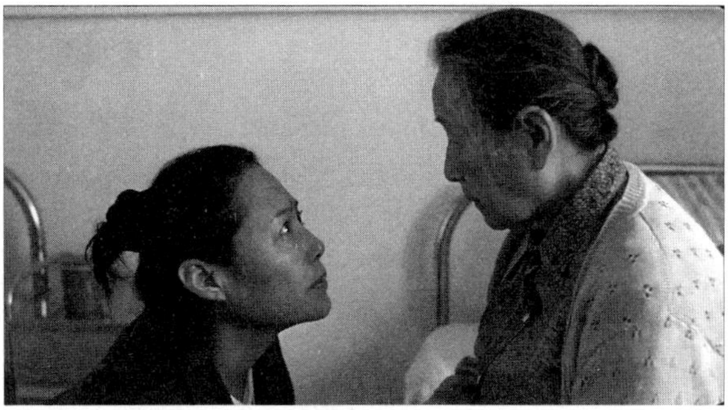

电影《世界上最疼我的那个人去了》剧照

根据作家程乃珊的同名小说改编而成的电影《女儿经》，以曾经是校花的沈家姆妈田映薇和她的三个大龄女儿展开故事。一个终年操劳的母亲，需要面对三个婚恋状态都不尽如人意的女儿，即便百般操心却仍事与愿违，这种更难念的“女儿经”将母女关系困境推向了一个更复杂的维度。此外，导演彭小莲根据徐敏霞的获奖中学生作文《站在十几岁的尾巴上》改编的电影《假装没感觉》，以及郑晓龙导演，陶虹、奚美娟主演的电视电影《春草和她的母亲》也都不约而同地将视线聚焦在母女关系上。

《假装没感觉》通过表现上海一个家庭中三代女性的现实生活，凸显两对母女三代人之间的不同关系与情感。同样点到为止的“父亲”缺席，但将“母女困境”拓展到了三代人的时空——传统不苟言笑的“外婆”，两次离婚的中年母亲，独立自信的未成年女儿。在第一次婚姻遭遇背叛的情况下，中年母亲带着女儿回到狭小的娘家，却被反对离婚的外婆驱逐，但当女儿走投无路之际，母亲却老母鸡般为其遮风挡雨。第二次婚姻失败的中年母亲，又面对是否与前夫复婚的两难，而女儿阿霞却十分有主见地劝阻母亲，希望妈妈不要为了她勉强和自私的爸爸生活在一起。在这个三代人共同居住过的上海特色小亭子间里，在这个“家”的外壳下，完成了对同类文本的颠覆性演绎。

电视电影《春草和她的母亲》展现的也是最为真实的母亲，背景则是农村。母亲虽然替打工时受委屈的女儿讨回公道，阻止女儿草率的婚事，帮助女儿抚养幼年的孩子，默默珍藏女儿的奖状等旧物……但母亲也导致了女儿的失学和坎坷，对春草来说，最亲的人是母亲，最恨的人也是母亲。这种夹杂着外力的爱和在乎，带来的失望、误会和伤害也同样是现实世界中最为真实的表达。直到春草也成为母亲，终于明白这一身份的艰辛与付出，也终于感受到了母爱几十年没变。于无声处见真情，当受众静心凝视母女情的细腻和真切时，强烈的感动和共鸣，是电影改编者最大的收获。

## 二、女性视角的弱势观照主题与电影改编

女性和女性书写者从弱势到逐步发展的经历，也让她们更加关注弱势群体和弱势题材。女性视角的这种人类本能、社会责任、忧患意识和道义良知的关怀与特质，在书写文本和电影文本中也成为一抹亮色。

### 1. 儿童观照

德国著名儿童文学家艾利契·卡斯特纳在1960年发表的国际安徒生奖受奖演说词中说："女人写作儿童文学的才能不仅仅来源于记忆或讲故事的天分，还源于她的女性和母性，如果依此判断，可以说她们的才能几乎是天生的。"事实的确如此，因为蕴藏着伟大的母性、深沉的母爱，在中国和世界儿童文学中，女作家的创作从质量到数量都成绩斐然。在新时期和新世纪，这种无与伦比的优势，继续体现在关爱、培养后代的书写和情感传递，为丰富儿童视野和提升儿童素质起到了无法替代的作用。

因为政策、市场以及社会效益的多重考量，儿童主题影片的创作和上映模式也在进行产业化的探索。据国家电影局数据，2021年中国电影市场年度总票房为472.58亿元，位居世界第一，全年共上映影片697部，其中动画类型影片共65部，票房占比为7.48%。虽然低于2020年的11.07%和2019年的18.91%，但在12部票房过亿的动画电影中，国产动画电影占比50%。

电影《女生日记》剧照

在新时期以来的女性书写改编儿童主题影片中，既有动画片，也有校园片等以儿童少年为表现主体的电影，比如《淘气包马小跳》《男生贾里新传》《女生日记》《男生日记》《我要做好孩子》等。这些从儿童视角出发，表现儿童生活和学习的作品，受到孩子和家长的认可，和其他动画类型片一起突破了“六一”儿童电影档期的观影时间“思维定式”，并且完成了由纯儿童向电影到“亲子电影”的观影群体拓展。

“淘气包马小跳”是继“喜洋洋”“灰太狼”和“光头强”之后走红荧屏和银幕的动画形象。中影动画产业有限公司总经理黄军担任总导演的104集动画电视剧《淘气包马小跳》，取材于杨红樱的同名长篇系列小说，在央视少儿频道播出后，主人公天马行空的想象力和充满童趣的剧情，获得小观众的追捧和业内专家好评，被国家广电总局列入优秀推荐动画片名单。此后，黄军将原著故事进行浓缩，拍摄了动画电影版《淘气包马小跳》，在大银幕上再度呈现这个深受儿童观众喜爱的动画人物形象。

杨红樱的儿童主题书写创造了一系列经典，在她的作品中，普通孩子和优秀的孩子一样具有闪光点，普通的日常和校园生活也能趣味盎然，没有丝毫说教的阅读感受，却将社会教育、学校教育和家庭教育需要传授的精神养分，潜移默化地流泻到读者心里。

另外几部改编的则是少年儿童片，书写者和改编者都试图突破长期以来儿童和校园剧的旧有固定模式，从生活中敏锐细致地捕捉带有时代特点的儿童细微心理变化，完成对这个年龄段孩子的道德问题、价值问题的解答，以及社会生活中人们思想转换带来的各种困惑和压力的释放。秦文君也是一位多产的女性儿童主题书写者，她的《男生贾里全传》《女生贾梅全传》《宝贝当家》《一个女孩的心灵史》等作品多次获得国内外大奖，被翻译成多国语言发行，其中10多篇作品被收入中小学语文课本。

## 2. 青少年指引

如果说女性书写者对儿童世界的关注，是以本能的母亲名义和情怀，那对青少年，特别是对女性青少年的关注，则更多是从个体到群体的生命思索，以及同性间的相惜相助。在《女大学生宿舍》《少女的红发卡》《没有纽扣的红衬衫》《哦，香雪》《走向十八岁》《花季·雨季》等作品中，喻杉、程玮、铁凝、郁秀等女性书写者在作品中给人物和故事注入自身体验、生命探询和身份反思，无论对写作对象、期待读者，还是对电影改编者来说，都是弥足珍贵的。

《女大学生宿舍》改编自喻杉的同名短篇小说，是史蜀君首次独立执导影片，也是首部正面反映大学生生活的电影，讲述20世纪80年代初东南大学中文系女生宿舍中，五位初入高等学府的女大学生因成长环境不同而争执、误会，进而理解、成长的故事。20世纪80年代末，程玮根据自己的长篇小说《走向十八岁》参与改编的《豆蔻年华》，则是聚焦中学生的校园生活。程玮被誉为“20世纪80年代最有才情的少儿文学作家之一”，主要作品还有《来自异国的孩子》《少女的红发卡》《米兰的秘密花园》《海龟老师》等。其中，长篇小说《少女的红发卡》曾荣获第二届全国优秀儿

电影《女大学生宿舍》剧照

童文学奖，并于1996年被南京电影制片厂导演徐耿改编成影片《红发卡》。

导演陆小雅根据铁凝的《没有纽扣的红衬衫》编导的影片《红衣少女》，讲述出身于普通知识分子家庭的女中学生安然的日常生活，但却展现了一个善于思考、具有时代特色和鲜明个性的新中学生形象。她的座右铭“我就是我，我谁也不像”，这既符合不谙世事自然可爱的中学生心理，也是创作者对青少年未来自由发展和进取的呵护。新中国电影文学的奠基者夏衍曾高度评价《红衣少女》和“安然”这个角色的塑造，认为是中国儿童银幕上从未有过的全新的少年形象。

几乎在同一时期，铁凝历时8年将自己创作的短篇小说《哦，香雪》改编成同名电影，影片以改革年代充满朝气的农村为背景，通过少女“香雪”的眼睛和美好的心灵，向观众展示了她与她的伙伴对美的向往，对人生、对自己尊严的意识和追求。“香雪”的形象不同于《红衣少女》的“安然”，但都与厚实的中华文化紧贴，同样积极向上。

与上述女性书写者不同的是，郁秀在创作长篇小说《花季·雨季》时，还只是一名16岁的中学生。将自己生活的城市——深圳经济特区的自然资源和都市人文资源，以及特区的校园生活画面，多角度、多层面地展现，将城市的高速发展、现代人生活的快节奏和面对的各种竞争和压力，也多方位、多细节地描述，一个中学生也书写了自己的奇迹。改编的同名影片获得第八届中国电影童牛奖优秀故事片奖，被业界评为“这几年少见的优秀儿童片”。

这些呼唤美、寻找美又直面问题的女性书写文本和电影文本，就像是将春天的希望、美好和冬天的残酷、严寒一同展现在青少年面前，指引她（他）们迈向人生的下一个宝贵阶段。

### 3. 老人与救赎题材

很多书写者都会在书中探讨生死的问题，对于女性书写者而言，生与死，爱与救赎，同样是一个不朽的主题。这些老弱和需要救赎的客体，有最完整、最特殊和最丰富的人生经历和体验，书写的重点不仅仅是生理上的，尤其表现在心理上，这也给这类主题的书写增加了难度。相对有着社会鲜活事例和自身经验的救赎题材，女性书写中对于老人、老龄化等创作客体的作品为数稍显不足，更多的是在其他主题的书写中捎带提及。笔者认为，在老龄化比重增加和老龄化速度加快的当下，女性书写者对这一主题的书写将大有可为。

梳理新时期以来的女性书写改编电影，以老人为主题的作品仅有2013年上映的影片《水牯子》，由作家湛鹤霞的中篇小说《牛市真多事》改编。讲述一对老夫妻养了一头叫“水牯子”的牛，老人与牛相依为命，直到有一天老婆婆病倒无钱医治，老公公无奈卖牛的时候遭遇骗局的故事。影片拍摄于云南曲靖，演员均为当地村民，原生态的表演和半纪实的拍摄手法，以及朴实的叙事风格，把农村老人身上的真、善、美刻画得淋漓尽致，也触及了失独老人、残疾儿童和留守儿童的社会现实。影片历时3年才拍摄完成，因独特的艺术品质和现实意义，得到中央宣传部电影数字节目管理中心推荐，并获得第50届美国休斯敦国际电影节金雷米奖。

关于救赎的女性书写和改编电影则数量颇多。在整个现代文明史、社会角色和经济发展的变迁中，女性和男性都经历了以生命或尊严的缺憾为代价的过程，女性书写者通过强烈的同情和话语表达，呼吁对生命的敬畏和良知。

电影《水牯子》剧照

根据石楠长篇传记小说《画魂——潘玉良传》改编的电影《画魂》于1994年上映。作家石楠和导演黄蜀芹对所创作文本主题的选择，都融入了自我的女性经验和女性意识。

而这种以叙述“女人故事”参与文学和电影等“公共议论”的主题话语，是新时期以来的勇敢尝试。叙事主体潘玉良命运多舛，从小辗转于风尘之中，因下跪感动潘赞化为其赎身而成为小妾，在丧失生育能力后，又离家出走学习绘画，不顾父权社会的禁忌勇敢地成为人体模特……这些密集、重叠的命运悲剧并不是编撰，而是来自一个真实的个体经历。两种文本的书写意义在于，由个体及群体地展示历史进程中女性承载的各种命运遭际，既是对女性痛楚的深切理解和屡经苦难饱经世事的倾诉，也是还原历史的“女性视野”记载。潘玉良作为觉醒的“新女性”，在婚姻观念、家庭观念和爱情观念上的蜕变过程，以及所遭遇的心灵苦难，是传统与现代两种不同女性意识之间的冲突，创造了新的女性自我。

电影《画魂》剧照

导演黄蜀芹曾在《当代电影》刊发《女性，在电影业的男人世界里》谈道：“如果把南窗比作千年社会价值取向的男性视角的话，女性视角就是东窗。阳光首先从那里射入，从东窗看出去的园子与道路是侧面的，是另一角度，有它特定的敏感、妩媚、阴柔及力度、韧性。女性意识强烈的电影应当起到另开一扇窗、另辟视野的作用。”[1]在文章中，黄蜀芹用“东窗视野”比喻“女性视角”，以女性身份表达女性在职业和艺术领域中的经历、思考和诉求。黄蜀芹不仅是最早具有“女性意识”和“女性视野”的电影创作者，而且在新时期与市场经济的背景下，在视艺术为生命的同时，进行各种商业片的尝试，不断突破女性创作者的艺术和自我

[1] 黄蜀芹：《女性，在电影业的男人世界里》，《当代电影》1995年第5期，第70页。

电影《弧光》剧照

"视野"。

作家徐小斌的书写以极富诗意想象与神秘体验见长，再加上对绘画和刻纸领域的造诣极深，成为一位将文学和艺术边界打通的优势书写者。她创作的《对一个精神病患者的调查》《羽蛇》《敦煌遗梦》《德龄公主》《双鱼星座》等作品，也尝试了文学的多面呈现和表述。中篇小说《对一个精神病患者的调查》被公认为是徐小斌的成名作，也是新时期初始阶段少有的关注人物精神层面的女性书写。作品的两位主人公——大学心理系学生柳锴和妄想型精神病患者景唤，都生活在改革开放后勃勃生机的20世纪80年代中期，但呈现的却是一个违反传统思维模式、拒绝被时代改造和驯化，与现实生活格格不入的"另类故事"。小说被曾经拍摄过《一个和八个》等影片的第五代导演张军钊看中，改编成《弧光》上映，获得第十六届莫斯科电影节特别奖。

如果说上述女性书写者及其改编作品，更多的是从女性自身的经历、情感和心理出发，用具体或抽象的方式，尝试和探索地去书写女性历史。而另一种女性书写，则是跳出女性以及作为对立面存在的男性识别，把两性还原为世界的存在和关系，这种不拘泥于两性关系的书写，特别是在本节探讨的救赎主题中，则呈现的是另一番视野和胸襟。

温燕霞的中篇小说《夜来香》，任晓雯的短篇小说《阳台上》，以及王可心的中篇小说《头顶一片天》都是这一类作品。2009年发表于《百花洲》的小说《夜来香》，于2013年改编成同名电影上映，讲述电台主播孙为杰（马可 饰）在一期直播节目中救下了一名试图自杀的女孩。心地善良、积极努力的他不仅

电影《阳台上》剧照

工作顺利，也即将和女友迈向婚姻。在亲人和朋友的期待中，“艾滋病”的诊断却给了他致命一击……万念俱灰打开煤气阀自杀时，接到了住院老母亲催交手术费的电话，他只能通过请艾滋病人做节目的承诺，提前拿到支付医疗费的报酬。将大爱和责任再次扛起的孙为杰获得了女友和更多爱心人士的帮助，也解开了因救人而感染艾滋病的真相，用亲身经历关注更多的艾滋病患者。这种围绕艾滋病隐藏者、被感染者和亲人朋友的心路历程和生活变化的讲述和主题设置，既呼吁社会更多关爱病人，也将艾滋病的传播和生存常识进行了更大范围的传播。

改编自同名小说的影片文本《阳台上》也以男性青年为视角，讲述一个需要自我救赎的人，深陷为拆迁气急身亡的父亲报仇的情绪，与光鲜都市背后弄堂窄巷和拆迁废墟中的生存空间一样，压抑而真实。当他发现“仇人”陆志强和智障者女儿的生活也是一地鸡毛，张英雄终于体悟到仇恨执念的可笑，完成了自我和对他人的救赎。小说《头顶一片天》改编的电影《捐赠者》(《父亲最后的选择》)，以“卖肾”和“买肾”的两家人为切入点，深度刻画人性、亲情和牺牲，电影的结局和小说稍有不同，试图从不同角度诠释人类最根本的情感。

女性创作者对这些社会转型期的阵痛和精神危机书写，从创作构思、语言文风以及思维方式等方面，为电影改编提供了不一样的选择和视角。

## 三、多重主题书写与电影改编

### 1. 纪实版婚恋、经济和成长的多重书写

新时期以来的变化，不仅表现在政治经济上，更深刻地反映在人们的精神追求、物质生活和情感状况等各个方面，因此很多女性书写者的作品主题并非单一呈现，而是将各种变化和历史、轮回及反思融合。王安忆的长篇小说《长恨歌》从20世纪40年代末期展开故事，书写一个女人长达40年的感情经历，女性个体的命运在时代变迁、年岁渐长和姿色褪去中不断上演一个又一个主题。首先是婚恋主题。中学生“王琦瑶”在新中国成立前荣登“上海小姐”，却选择做了李主任的“金丝雀”；青年“王琦瑶”在新中国成立后回归普通弄堂，与几个男人纠缠不断；天命之年的“王琦瑶”恋上与自己女儿年龄相仿的男人，最终因为金钱被女儿同学的男朋友杀害。其次是成

电影《长恨歌》剧照

长主题。“王琦瑶”的母亲是市侩的，父母形象的冷漠和缺失使得她一年至多回家一次，而这是她对所有感情孤注一掷的家庭原因。另外，“王琦瑶”交往的家境富裕好友，以及身处物欲横流和动荡不安环境裹挟下的众多小人物，似乎也让她止步于自我成长和奋斗。最后是救赎主题。“王琦瑶”的悲剧结果没有救赎她自己，但是故事的发生、发展和结局却能让更多读者唏嘘感叹，这也是一种反向救赎。此外，在书写体裁上，王安忆将散文笔法和排比手法运用到小说的写作中，不仅让平凡无奇或者琐碎的人物和事件读起来具有诗性和灵性，也为小说情节发展和空间场景转换做了很好的铺垫。小说文本对渗透着东西方融合特色的服饰、美食和社交等上海城市文化描述，也是对多重主题的复写。

小说获得第五届茅盾文学奖，2005年被改编成同名电影，2006年同名电视剧播出。2018年，《长恨歌》上榜中国作协《小说选刊》杂志社等机构评选的“中国改革开放四十周年最有影响力小说”。

方方的中篇小说《万箭穿心》和改编的同名电影，将丈夫出轨自杀、中年苦力养家、母子和婆媳关系破裂等主题，都加在汉正街的一名普通女贩身上。多重主题的叠加，让人物不多的故事和叙事冲突不断，从而塑造了更为饱满的人物。池莉中篇小说《生活秀》和同名电影，同样通过多重现实主题的叙述，将人物内心、情感和人性写到极致，这种取之于生活，贴近于生活的写实书写，往往最能亲近和打动受众。

玖月晞的长篇小说《少年的你，如此美丽》，以及吴君的中篇小说《亲爱的深圳》等作品，除了较为明显的成长和婚恋书写，也有关爱弱势、都市化和反思救赎等主题铺展，各种主题或由浅入深，或多重叠加，完成立体与多维地叙述。《亲爱的深圳》改编的电影《寻人启事》中，外来女工张曼丽和程小桃一心想嫁给深圳特区人，农民夫妻程小桂和李水库则由于来到深圳的时间先后不同，思想和价值观发生严重的错位。正如书写者通过男主角在电影中所讲，“我们要富裕而有尊严地生活”。小说文本《少年的你，如此美丽》改编的电影

《少年的你》关注的则是少年的尊严——关于读书、成长和恋爱的尊严。书写者和改编者的创作的意义，则在于通过少年成长与家庭教育、高考聚焦的现实主题复合，寻求社会和少年的互动，为当下的正青春的少年提供帮助和引导。

这种多重主题书写的作品，无疑增加了电影改编的难度，甚至有可能遭遇观众将两种文本对比后的失望，但文本转换带来的更大格局、群像感和成就感，也是很多电影改编者选择这些作品的原因。

### 2. 鬼怪、恐怖和悬疑下的多重书写

2019年，因丑闻停颁一年的诺贝尔文学奖揭晓了2018年度和2019年度获奖者。波兰作家奥尔加·托卡尔丘克赢得2018年诺贝尔文学奖，她也是历史上第15位获得这一奖项的女性作家。托卡尔丘克的书写特色是将民间传说、神话、宗教故事等元素进行融合，对波兰历史和人类生活表达观照。

将现实世界中没有的鬼怪妖狐，通过天马行空的想象进行书写，在中国历史和现实中也并不少见。而且随着读者阅读经历的丰富，单一主题的呈现已经没有多少惊吓和恐惧程度了，创作者们便开启了更多对神秘和未知的探索，通过鬼怪、恐怖和悬疑的多重构建，呈现复杂的跨越边界的书写形式和神秘世界。女性书写者在这方面既有自己的优势，比如缜密入微的观察，生动鲜活的感情书写，但弱势也相当明显，包括多数女性对恐惧题材的抗拒，对阴谋、秘密、谋杀等元素的捕捉和运用不足，以及对传奇悬疑等快意江湖主题书写的男性优势的规避等。

笔者梳理新时期以来女性书写的作品，此类主题的书写也取得了一定发展和成绩，创作者时而穿梭于数百年前的历史中，时而漫游于当下生活中的都市与乡村，又或是在喧嚣之外的普通空间打造密室惊悚，比如须兰的《银杏，银杏》，魏晓霞的《黑猫的狞笑》，谷小妮的《凌晨两点以后》，戴来的《茄子》，殳俏的《双食记》和《甜蜜之家》等，其改编作品也都很具有代表性。

电影《爱有来生》剧照

电影《爱有来生》改编自须兰的短篇小说《银杏，银杏》，从筹划、融资、选角，到自编、自导、自演，俞飞鸿用10年时间将其呈现给观众。影片围绕着一棵银杏树，讲述了“阿明”（段奕宏饰）和“阿九”（俞飞鸿饰）前世今生轮回守望的爱情故事。电影史上演绎过很多凄婉动人的人鬼爱情故事，如《人鬼情未了》《倩女幽魂》《画皮》等，树立了此类主题创作的标签。但《爱有来生》打破了“痴情女鬼”的主题定式，塑造了一个令人心碎唏嘘的“多情男鬼”，在历史与当下，现实与虚构的多维时间跨度、空间跨度中娓娓道来。灯光师赵非（代表作《大红灯笼高高挂》）、服装设计师莫小敏（代表作《刺秦》）、录音师王丹戎（代表作《集结号》）、剪辑师赵安儿（代表作《十月围城》）等制作强手的加盟，也显示了电影改编者对这部作品的心血和寄予的厚望。这种鬼怪和爱情主题的演绎，虽然大体上是一个通用性的故事，结局也很容易猜到，但很多读者还是会乐此不疲地去阅读，这也是很多电影改编者愿意不断发掘的原因。

中篇小说《黑猫的狞笑》改编而成的惊悚电影《七夜》，将鬼怪、悬疑和毒品救赎题材巧妙融合，通过新婚夫妇（蒋勤勤、柳云龙 饰）、女仆（张静初 饰）等5个角色，以及乡下婆家的老宅和7个日夜的时空，演绎了一个悬念不断、阴森恐怖的神秘“闹鬼”故事。恐怖氛围和惊悚感受的形成一般有两种方式，一种是视觉效果的刺激，一种是精神悬念的想象，相对于小说文本对后者的优势，电影文本则对前者的表现有得天独厚的优势。但是影片《七夜》却反其道而行之，将精神悬念和观众的心理尺度作为恐怖基调，通过立意新颖

电影《七夜》剧照

的故事和角色设置的大胆突破，使得这部小制作影片收获好口碑和票房的同时，也值得深入地对小说和电影两个文本进行探讨和研究。

诗人拜伦曾说“男人的爱情是与男人的生命不同的东西；女人的爱情却是女人的整个生存”。谷小妮中篇小说《凌晨两点以后》书写的正是这样一部在悬疑和恐怖背景下的阐述男女对爱情不同理解的故事。小说改编影片《窒息》也很成功，讲述工作环境中美女如云的摄影师沈潇（葛优 饰），婚后逐渐开始拈花惹草，并在妻子发现后的一次争吵中将其误杀，随后开始藏尸、抛尸的一系列行为和精神挣扎的故事。影片没有血腥和暴力的镜头，但镜头语言和画面营造的强烈“窒息”感，和男主角带入性极强的恐慌和心理意境，将多种主题元素演绎得鲜活细腻。特别是演绎主题的角色背景设置，作为喧嚣城市、计算机杂音和网络时代中的普通一员，更准确地说是“寂寞”的一员，怪诞又异常真实，丝丝入扣的矛盾、冲突、危机和悬念编织，非常准确地与时代特征融为一体。

晚于影片《窒息》一年上映的《好奇害死猫》主题与之相似，但改编的原著是短篇小说。这种一万字左右的书写体量，最能代表创作者的写作能力和文学水平，但也同样考验改编者的创作能力和主题把握。“70后”作家戴来，不仅在老中两代和“00后”的“夹缝”中创作，也在长篇小说占有优势的书写环境中，用心创作了很多优秀的中短篇小说，在反映社会问题和人的精神难题方面很有深度和力度。这些作品叙事方式老练，结构严谨，间或增加一些悬疑类的小插件，让故事的可看性增色不少。导演张一白在改编这部作品之前，积累了很多商业电视剧的成功创作经验，他将商业操作理念和元素带到电影创作的首部作品中，致力于打造中国首部黑色电影，虽然浓厚的试验色彩带来了不同的评价声音，但其呈现的另一种改编视野，也是对中国电影创作和历史研究的贡献。

作家殳俏创作短篇小说《双食记》之前可谓厚积薄发，她从学生时代开始担任多家学生刊物的记者，一直坚持以短篇、杂文和专栏形式进行文学书写，最终成为最受欢迎的美食作家之一。《双食记》最早的创意也是美食、美味和养生，以及“要得到一个男人，就先要抓住这个男人的胃”的俗语，但美食和做美食的人能让人沉醉，也同样能暗藏杀机，美食杀人的惊悚主题由此诞生。2008年小说文本被改编成同名电影，讲述忙于事业的丈夫陈家桥（吴镇宇 饰）、贤惠幸福的妻子李春燕（余男 饰）和在许诺中憧憬的小三COCO（江一燕 饰）三人之间的故事。婚外恋的表象之下，爱情、伦理救赎和悬疑不断糅合，当妻子街边目击丈夫车内拥吻陌生女人，意外摔倒而导致子宫和孩子同时失去，当看到丈夫的保险箱里盛满了猎艳照片和文字，这些装满秘密和谎言的匣子层层打开，故事也在层层递进中走向高潮——食两家饭的男人食物中毒。正如妻子李春燕对COCO所说：“你的菜，我的汤。相生相克，水火不容。一个男人，谁让他吃两家饭？”

殳俏时隔多年后创作的中篇小说《甜蜜之家》，也于2021年被改编成影片《秘密访客》。殳俏受邀担纲编剧，导演陈正道在国产悬疑类型片领域声望很高，曾创作《催眠大师》《记忆大师》等影片。原著的创意引人入胜，书写了一个由谎言和契约构建起来的虚假家庭，电影的惊悚感也达到了预期效果，但也许涉及主题太多而消解了叙事逻辑和内核，两个文本的受众感受都不是特别共情。

仔细分析女性书写和电影改编的这类复合主题作品，除了悬念丛生、情节迷离的讲故事的能力，恐怖环境和惊悚感受的打造，给受众留取疑惑和遐想空间也很重要。全球范围内的恐怖和惊悚悬疑小说创作，目前已经达到了一个高峰，我国则在一段时间的冷清之后，近年开始出现不同年龄的女性书写者，甚至带来了某种程度上的“出版狂欢”，这无疑是一件为电影、电视和网游等跨界改编提供源源不断作品的好事，但创作导向、作品同质化和抄袭模仿等问题值得关注，需要电影改编者慧眼鉴别。

## 四、女性书写电影改编的主题变迁

新时期以来，社会经济发展和文化交流融合，让女性书写的主题透视出跨文化和跨媒介的复调性，电影改编主题也随之呈现人道主义与关怀基调下的多元和差异尊重趋势，这也恰恰是女性书写发展的美好前景。

### 1. 伴随时代热点的主题变迁

20世纪70年代末到80年代末，不仅女性书写的热情高涨，创作视野也前所未有的开阔，为电影改编提供了很多反思历史和观照女性主体的作品。比如《十六号病房》《青春祭》《人到中年》等影片，不仅文学书写出色，有着同样精神沉淀的电影改编者也善于挖掘人物内心感情，在物质文化生活有限的改革开放之初，营造了一种乐观向上、热爱生活的时代精神。经过十年的发展，中国经济进入向社会主义市场经济体制大转轨阶段，瞬息万变的社会信息和国外思想、文化的影响下，电影改编也随着女性书写的多元化呈现更大的自由度和现实性。在《红发卡》《家事》《埋伏》《伴你到黎明》等影片中，“经济犯罪”“离婚”“个体户”“婚外恋”等主题元素首次涉及，这些都是电影改编对转型时期变化所引起人们心灵境遇的当下观照。这一系列人物形象和主题的尝试，也同时成为电影人文积淀和艺术创新的突破口。

进入21世纪的两个十年，多个年龄层的女性书写作品蔚成景观，书写者遍布更多领域和职业，网络作家也完成了从大城市向二、三、四线城市的扩展，作品的“粉丝”大军增长令人惊叹。有数据显示，小说改编的数量一直处于上升状态，尤其是2016年以来，随着IP概念的兴起，小说改编的现实题材影视作品数量暴增117%。由于网络阅读的受众主要是青少年，电影改编者也顺势选择其关注的网络热点IP，比如《鲛珠传》《吻隐者》《三生三世十里桃花》《微微一笑很倾城》等影片，婚恋主题下包裹的玄幻、历史和穿越元素屡试不爽，很多作品甚至完成了网剧、电影和电视剧的套拍。

有关机构对过去两年网络IP影视剧改编的潜力评估报告显示，古代言情、历史、玄幻等市场传统优势类别和现实题材的受众认可度高，幻想类新型题材也有突出特点和优势。用户评论和反馈中最重要的关键词分别有励志、感情、脑洞、设定和真实等。多媒介书写传播和多平台渠道播出共生的趋势下，女性书写和电影改编唯有与时俱进，才能真正实践记录时代和以人民为中心的创作导向。

### 2. 主题选择的细分

新时期以来的女性书写者，很多都是从学生或者青年时代开始通过文学打开心灵之窗，饱含热情和理想，正值青春与婚恋期，从《甜女》《十六号病房》《青春祭》等知青返城浪潮下的青春书写，到《蓝色爱情》《米尼》《桃花灿烂》等新世纪初期多样青春的追忆，再到《失恋33天》《匆匆那年》《何以笙箫默》等21世纪第二个十年的青春片高潮，她们为女性言说和电影改编添上了浓墨重彩的一笔。

梳理这些跨越四十余年的作品，笔者发现，除了这一主题的女性书写者和电影改编作品呈现逐年增长的趋势，而且随着驻站等网络写作队伍的扩大，在面对数量庞大的网络读者和粉丝时，市场化地产生了“青春+友情”“青春+科幻”“青春+悬疑”“青春+运动”等主题细分，更有针对性地对标目标受众。比如影片《会痛的十七岁》《泡沫之夏》细致入微地关注青春前的成长环境；《少

电影《左耳》剧照

年的你》《那一场呼啸而过的青春》则聚焦游走在社会边缘的年轻人情感；《致我们终将逝去的青春》《夏有乔木雅望天堂》《左耳》讲述“疼痛系”青春；《喜欢你》《傲娇与偏见》再现当代背景下“灰姑娘与王子”版爱情；《微微一笑很倾城》深度观照互联网时代，将“大数据”“网游”设置为悬疑和青春背景。这些细分主题后的成长和青春片，相较同类影片展示出较为新颖的差别意识。

在对农村和农民的观照方面，也出现了更细分的主题选择与创作。新时期阶段，女性书写者大多还是以知青作家身份对乡村遭遇，包括求职、返城、升学与婚恋上的所见所闻或亲身经历进行叙事，电影改编选择的相关主题也是依托和来自这部分书写，如影片《拓荒者的足迹》《北国红豆》《红衣少女》《村路带我回家》等。到了21世纪前后，面对市场化和城市化过程中的现代社会，女性书写者则多以曾经的乡土身份，更为敏锐地聚焦乡村的某个方面，或者城市生活中的流动乡民这样一个独特群体。电影改编者也针对性地选择了一些有代表性的书写，比如《春草和她的母亲》通过“春草”展现农村中怀揣梦想艰苦创业的群像；影片《地气》和《旗》(《等开花》) 的农村教育和留守儿童主题，厚重而深刻；《水牯子》关注农村失独老人和残疾儿童，《喊山》和《喊·山》两部根据同一原著改编的电影文本，展现了更为多样的农村外部环境、风俗习惯和人性理念上的变化。

女性书写者在创作这类作品时，注重从凡俗人生和平淡小事入手，挖掘其社会性和时代性因素，展现社会变迁和国家民族发展的背景轨迹。电影改编者则借助电影语言和表演艺术，通过塑造有血有肉、有爱有恨、有迷惘有挣扎的人，表现新旧农村中物质和精神方面的“美”与“闪光点”，以及其中的变化与问题，来实现对城市现代性的反向描述和观照。不过，因为相关生活经验的匮乏，以及受众面和投资的局限，能否书写和创作出更有深度和更受市场欢迎的作品，将是这一主题发展的瓶颈。

### 3.“中国梦”的新主题书写

从改革开放到新世纪，女性书写逐渐脱离了二元对立思维和拘泥于女性关系的书写，变得更具有弹性和包容性，与整体世界、整体文学的关联性和互动性也进一步加强。电影改编者通过选择不同的创作主题，也很好地呈现了女性书写者笔下的斑斓世界。2012年党的十八大把“中国梦”定义为“实现中华民族伟大复兴，就是中华民族近代以来最伟大的梦想”。这个梦想，凝聚了几代中国人的夙愿，更是女性书写需要承载的光荣使命。

以什么样的写作姿态和书写样式表现“中国梦”的主题，除了一如既往地表现社会意识和紧扣时代脉搏，更需要思考文学话语的切入点和视野角度，而并非盲目追求宏大叙事。女性书写在这方面的表现已经有一些不错的作品，比如范小青的《桂香街》、江觉迟的《酥油》、王旭烽的《爱情西湖》、迟子建的《布基兰小站的腊八夜》等，以普通百姓和个人的心愿、梦想来描绘国家和民族的愿景。

电影《桂香街》剧照

电影《桂香街》以“最美基层干部”——常州市钟楼区南大街街道吊桥路社区（东头村）原党委书记许巧珍为原型，讲述大运河申遗和社区居民间的故事；影片《布基兰》

从热血刚劲富有同情心的乡村派出所警察等人物角度出发，以小见大地推进故事和情节发展；电影文本《梅朵与月光》和原著小说《酥油》一样，展现康巴藏区的风土人情和大美风景；影片《柳浪闻莺》以西湖十景之一的“柳浪闻莺”为背景，讲述越剧和越剧演员的时代变迁与抉择。

值得一提的是影片《柳浪闻莺》，由茅盾文学奖得主王旭烽的系列小说《爱情西湖》改编，很好地表现了一个大时代背景下的小缩影。电影文本采用“戏中戏”的电影表现特色，两位女越剧演员真实生活的命运与舞台角色演绎形成一种微妙的互动，戏里戏外的切换，以及理想和现实之间的徘徊，将传统文化和人物命运交织呈现，寓言色彩十分浓厚。电影语言方面，则通过美轮美奂的水墨诗画意境和西湖山水，经典的越剧唱段和冲突节奏，具有很强的美学开创意识。

在当下，描述个人、他人命运和国家、民族命运，这种普遍与共同的主题，各种表现形式的文学和艺术都在涉及，但女性书写的力量和电影的力量依然极具优势。从文学文本到电影文本，在发展和创新过程中，所发掘的叙事视角和积累的写作经验，以及反思和思辨意识，能更深层次地叩问社会状态和个人精神内涵，在跨界合作中找到属于自己的那片天地。

## 五、改编电影主题选择因素分析

小说、散文、诗歌、民间传说等文学形式，以及漫画、戏曲等艺术形式，能够实现与电影之间的转化，是基于共同的异质同构元素的存在，比如故事，以及故事中的人物、时空和情节。但就其转化的难易程度而言，小说是电影改编最钟情的一种文本形态，原因在于“叙事基因”的更匹配。依据前章的统计归类总结数据，在女性书写改编这个样本体系中，长篇小说和中篇小说的数量占明显优势，两者的数量也基本均衡，短篇小说的数量则明显较少。

这一方面是基于两者之间的美学差异，使得电影创作者决定改编创作，以及选择具体的作品时，会考虑将要进行二次创作的作品信息是否海量，人物是否丰富等基本元素，就好比厨师对食材数量和种类的需求。另一方面，中长篇小说更容易打造文化IP效应，带动电影甚至跨界产业链的开发，比如通过游戏、动漫、网剧的开发，实现收益的最大化。

新时期开始，阅读和观影伴随着其他流行元素一起，成为一种时尚和谈资，受到人们的接受和喜爱，这也推动了女性书写和改编电影的发展。虽然有古今中外的优秀改编电影的灯塔效应，以及市场、受众等众多有利因素，但将女性书写进行电影改编，仍不亚于一场冒险。首先是二次创作的精力和时间耗费甚至超过原创，其次是原本众口难调的受众更愿意将两种文本对比，这场与读者想象重逢的遭遇战，在互联网时代，决定胜负的速度之快和影响之广往往超乎想象。基于此，本节将从产业化运作中的类型考量，档期与作者、作品效应，真实题材的魅力与痛点等几个方面，探讨改编电影主题选择需要注意的因素和经验教训，希冀对两种文本转化和传播提供些许参考。

### 1. 产业化运作中的类型考量

电影和小说、散文等多种形式的艺术和文学，都是具有意识形态属性的特殊商品。作为精神文化和物质文化、商品属性和非商品属性的复合体，从本质上就决定了它们成功的评判标准是经济效益和社会效益双丰收。

中国电影市场化发展的萌芽从新时期初开始出现，1993年广电总局第3号文件《关于当前深化电影行业机制改革的若干意见》的颁布，标志着电影市场化改革的正式启幕。2002年《电影管理条例》的颁布，标志着中国电影产业化进程的开始，此后电影的制作、发行和放映的门槛逐渐开放。文学和出版产业化的进程大体相同。中国电影产业化进程中一个标志性的节点是类型片走向成熟，规范的制片制度使电影生产成为一种批量的、流水线式的模式化过程。

目前比较成熟的电影类型有喜剧片、战争片、科幻片、恐怖片、体育片、歌舞片、成人动画片和灾难片等。

改编电影的主题选择，如果能综合考虑类型化的因素，会给整部影片的创作、生产和上映带来更多有利因素。

首先，改编电影在原著洽谈、剧本创作和拍摄制作的过程中，选择的主题和上映时机有可能出现重叠和变故，作为投资成本较高的商品生产，无疑增加了风险成本。而在类型化生产中，规范的制片制度使电影不再是单独创作，而是批量、流水线般的模式生产，具有提高制作效率，降低制作成本的优势。

其次，经过近20年的产业化摸索和创作实践，已经形成了一些成功的类型片和生产模式，在增加商业保险系数和投资回报方面，市场反馈良好，可以供电影改编时借鉴。目前，女性书写电影改编的主题选择，已经开始参考类型模式，比如中国电影集团公司对杨红樱作品，阿里影业、乐视影业等民营电影公司对唐七、吴小雾等女性书写类型文本的生产。

最后，很多中小成本影片比较注重主题和独立风格，这其实与类型创作并不矛盾。同期上映的影片忌讳主题雷同，但类型相同和重复，某种程度上不仅不会带来市场和口碑的负面影响，往往还能产生商业上的叠加和话题效应，关键是能够做到对类型的深度挖掘和定位。

文化产业已经成为国民经济的支柱性产业，中华文化的影响也在持续扩大，《“十四五”文化产业发展规划》提出，“以文化创意、科技创新、产业融合催生新发展动能”。女性书写和电影改编可以更好地发挥自身优势，通过整合资源进行创新和创意，在市场中不断提升估值溢价的收益，包括改编和网络催生的流量、用户等相关衍生业务和后续收益等。

2021年我国上映电影572部，电影市场票房472.58亿元。其中，国产影片共计529部，票房399.27亿元，占全年总票房84.49%。新增影院1106家，银幕6667块，银幕总数达到82248块。这一系列的数字表明，国产电影市场已经成为一片红海，不论投资大小，竞争都已然白热化。在这种情况下，文学作品到视听艺术的改编，不仅是两种文本创作者之间，受众与制作者之间，也是同类型主题的电影作品之间多种平衡策略、创意和创新的较量，而这些都与最终效果息息相关。

## 2. 档期与作者、作品效应

2021年，票房最高的3部电影均超过45亿元，但15亿元到45亿元这个腰部区间完全空白，剩余影片的票房全部集中在15亿元以下的，这种电影行业“马太效应”产生和加剧的原因很大程度上来自档期。春节档和国庆档的观影量和火热程度，甚至能直接决定影片的成败，而非重要档期和工作日的门可罗雀，则让影片避之不及。

电影“档期”的概念，在20世纪70年代中期美国电影市场化，以及与电视的竞争中浮出水面。二十年后，中国内地开始出现“贺岁档”。进入21世纪，包括暑期档、国庆档、春节档、端午档、五一档、六一档、七夕档、双十一档等众多古为今用、荟萃时新、或长或短的电影“档期”，已经接近全年总天数的4/5。档期与档期之间的含金量比较成为业界评估和选择的重要指标，经验丰富的公司往往会在筹备影片之前考虑档期定位和时间安排，一些大制作的类型片、续集甚至提前数年定档，以期确定并锁住“目标观众”。而多数的中小公司和中小成本电影，则依据电影本身的类型，参照近些年的票房走势及各档期的成绩、运作经验来进行整体的档期考量。正如爱情主题之于情人节、七夕节、光棍节，动画和校园主题之于儿童节及暑期档，恐怖悬疑主题之于清明档、双十一，灾难或中国梦主题之于国庆档、贺岁档……作为一种特殊的文化商品，除去拍摄及放映技术等因素提升带来的增值效应，票房很大程度上受到档期的影响。

女性书写改编电影，因为主题的多样性、制作机构对档期关注程度和经验积累程度的不同，以及各个环节配合的原因，出现了一些成功和失败的例子。比如影片《失恋33天》定档2011年“双十一”，“失恋”主题和档期主打的“光棍”牌高度契合，上映4天突破亿元票房大关。影片《爱有来生》因拷贝技术原因，仅仅推迟一周上映，便与原定的2009年“七夕档”失之交臂，票房不容乐观。例子也许只能代表某种现象和概率，而启用第三方专业研究机构，运用大数据进行精准分析，则是影片创作者必要的自我保护。

面对更多的改编作品和电影放映需求，多家视频公司布局的网络影院应运而生，成为小成本、小众影片进入市场的一个入口。影业公司除了参与出品、发行影片，相继推出荧幕、PC屏、手机屏、Pad屏和点播电视“五屏联动”的放映平台。此外，为了提升专业性和话语权，美团旗下的猫眼电影和阿里旗下的淘宝电影纷纷发布电影行业报告。

作者和作品效应，可以是“名人效应”，也可以是“类型化书写”标签带来的主题预知效应，这些对于改编电影创作的影响，类似于经济学和心理学领域经常提及的“叠加效应”。指向意义有正负两向，即当一件事对行为主体有利，另一件事也有利时，可能原本不利的第三件事，却因为第一、二件事的有利而变得有利。反之亦然，如果第一件事对行为主体不利，第二件事也不利，这时原本有利的第三件事则因为第一、二件事的不利而变得不利。叠加效应，实际上是一种扩大效应。剧作、制作以及营销是一个电影项目最重要的三个支点，在电影的商业属性得到越来越多关注时，市场反制创作的现象也日益普遍。女性书写电影改编作品的效果，往往也是多重因素叠加的效果，需要创作者多重考量。

《人世间》是梁晓声获得第十届茅盾文学奖的作品，著名女编剧王海鸰历时三年完成电视剧改编之后公开谈到，此前从不改编别人的作品，原因有二，一是一直坚持原创，二是改编有风险，改好了，原著好，改不好，编剧的锅，教训很多。

这是所有影视、戏剧在内的艺术形式改编的尴尬，而当出生于新世纪的“网生代”们走向成年，其口味的趋同和对网络热点的依赖，则会对电影改编带来另一种影响和风险。比如一些电影改编者会在“互联网+”中抓取各种更新极快的网络作品，而几乎没有更多的时间来讨论剧本；一些改编电影制作水平很低的电影仍然可以获得很高的票房，长此以往，就会形成一个“恶性循环”。

从新时期以来女性书写改编电影的梳理来看，作者和作品效应没有达到预期，甚至“叠加效应”甚微的影片为数不少，很大程度上与影片多重主题混杂和人物模糊化有关。以婚恋和青春成长主题为例，女性书写相关作品很多，热点和新意也层出不穷，加上拍摄门槛高成低就的兼容性，使之成为新老导演欢迎的改编电影类型。综观近年的国产爱情片，特别是中小成本制作影片，暗恋、初恋、失恋、虐恋等模式化、毫无新意的故事文本和剧情冲突，浮夸和脸谱化的人物载体，让此类主题陷入泛滥，面临对观众“再次吸引”的难题。

以影片《喜欢·你》为例，原著文本为网文作者“蓝白色”的长篇小说《终于等到你》，讲述“霸道总裁”式的恋爱主题。在较长的一段时间，这种主题的文学和影视创作处于比较受欢迎的状态，但目标受众并不宽泛。从买下版权，到影片上映历时3年，这基本是电影开发的平均周期，毕竟不论是长时间的剧作打磨，还是边写边拍的无剧本拍摄模式，创作的滞后性是电影艺术与生俱来的局限。这些改编过程中极为常见的不利因素的“叠加”，使原本是IP热产物的《喜欢·你》所期待的市场号召力和积极效应逐渐消解。

各个年龄阶段和职业的女性书写者，特别是网络书写者，是IP的创作大军。相关调查显示，关注度高的电影中有近一半是IP电影，占据了国产电影票房的半壁江山，这也造成了IP“低风险、快速收益能力”的市场混乱，青春小说、漫画、校园民谣、流行金曲、网络游戏、电视节目都成了竞相追逐的改编对象。但最终能经受住市场考验的，一定是主题鲜明，能讲好一个故事的作品，不管是原著还是改编作品，都能在创作中形成自身的“IP”效应。

### 3. 真实题材的魅力与风险

选择以真实事件和人物为原型进行创作，或者真实记录整个事件的作品进行改编，是电影创作者在主题差异化和类型化过程中的一种生存策略，原著和真实事件的第一轮发酵周期已经积累了关注度和读者，在此基础上的电影改编更容易收获成倍关注。安顿情感实录系列改编的电影《如影随心》和《绝对隐私》系列故事，以及原著作者自身真实经历改编的电影《世界上最疼我的那个人去了》《失恋33天》，从拍摄前期开始的话题勾连炒作，吊足观众胃口。影片《桂香街》《米香》《额尔古纳河右岸》《画魂》《梅朵与月光》，以及根据小说《喊山》改编的两版电影，都是女性创作者精心选择真实的事件进行改编。

综观近年包括上述影片在内的取材于真实事件的电影创作，并非全部达到了预期效果和收益，甚至带来了以下几方面的问题，需要在后续的创作中有所注意和规避。

其一，是减少争议和法律问题。电影改编会对原著及其所书写的原型事件和人物，进行程度不同的艺术创作，在这个过程中，稍不注意将导致争议甚至官司。比如灾难性和人文关怀影片，需要避免牵扯到真实事件的当事人，减少对号入座产生的二次伤害，与真实事件相关的敏感信息、细节也需要慎重选择和把关。而观照社会现实问题的电影，则要防止虚构情节导致原型人物不满，甚至引起侵害肖像权和名誉权的质疑，这样的纷争在电影界并不少见。

其二，不盲目选择“现实”标签。进入21世纪以后，各种媒介、平台的书写作品呈管涌之势，难免出现借现实之名的“伪现实”作品。这些要么将历史随意杜撰，要么将明星隐私随意影射的作品，电影改编如果没有底线地选择热点和话题，容易拍成脱离实际的“四不像”。

其三，“真实事件”慎用类型化。前文谈到在电影改编中，主题选择可以进行类型优化，打造相似主题的类型化生产。但对“真实事件”改编电影的主题，笔者认为应该单独对待，最主要的原因是类型化会削弱“真实”观感，当多部主题相近、事件相似的影片以同种类型呈现，不仅导致类型模糊化，也会让观众分辨不清而认为是“撞车”的作品。

读者和观众对名人故事、新奇谈资和危机事件的关注，促成了书写创作和电影改编的纪实、美学和商业考量，也很好地实现了电影公共文化的属性。毋庸置疑的是，电影还具有意识形态属性，具有引导观众、沟通社会、传播正能量的社会责任。影片《桂香街》对基层社区工作者真实状况的描绘，从小视角弘扬了道义责任和家国情怀；《额尔古纳河右岸》和《画魂》分别记录人类文明进程中的民族历史和个人历史……这些影片虽然没有商业片的视听震撼和观影快感，但其中包含的中华文化精髓带给观众的启迪、思考是无价的。

正如李克强总理在谈到文化遗产保护时所说，“市场经济是法制经济，也应该是道德经济”。电影是文化的组成部分，也是道德产业。电影发展一路走来，拍摄和上映的影片不计其数，但经典永流传，即使时间再久远，即使画面再粗糙，那些经典的镜头，优秀的影片，一如既往被观众提及，鼓舞人心且美好如初。

文学的经典浩如烟海，女性书写作品的经典也不断被承认和传播，她们的声音正前所未有地被呈现、被正视，她们也引导自己和社会进行反思和对话，电影改编有力地促进了这场跨媒介、跨地域和跨时空的对话。列夫·托尔斯泰说过，“艺术是这样的一项人类的活动：一个人用某种外在的标志有意识地把自己体验过的感情传达给别人，而别人为这些感情所感染，也体验到这些感情。”希望女性书写电影改编也多一些这样的感情和作品留存。

# 第三章

# 女性书写地域与电影改编演绎

地域书写一直是中国新文学的优秀传统。新时期以来，在各种文本的文学和艺术中，创作者们以发展和现代眼光，重新关注、描述和审视地域文化，拓展了地域文化的传播和影响。1984年底，中国作家协会召开的第四次委员代表大会提出的“创作自由”口号，很大程度上解放了包括女性书写者在内的创作主体。此后，国家层面对弘扬民族传统文化的重视和支持力度与日俱增，以聚焦中国传统文化、观照地域特色为主题的作品层出不穷。这其中的地域书写和反思，对展示和传播中华文化，对塑造现代文化价值观有着极其重要的作用。

本章主要探讨女性书写中的地域文化，以及电影改编中对地域文化的演绎，分析两种文本的地域呈现和区别，以及相关电影改编创作的选择和得失。

## 一、地域文化与地域文学

### 1. 地域文化界定及历史发展

作为人类特有的社会现象和历史现象，“文化”的涵盖范围包括物质文化和非物质文化两部分。不同地域、不同国家、不同民族在历史的发展和变迁中，形成了自己独特的文化。人类重要的思想和行为最先形成的地方即文化源头，随着文化源头的传播、交流、碰撞和融合，可以形成更大的文化区域和体系。在我国，汉文化与其他55个少数民族文化组成的综合体即中华文化体系，它所分布的地区就是中华文化区。这种文化区是历史的范畴，在不同时代，中华文化区的分布范围是不同的。“华夏文化”“中国传统文化”“中华文化”都是我国文化体系的不同称呼，在这个体系中，包括制度建设、意识形态、物质成就、语言文字和行为习俗等多个方面，其不断发展的分支和细分体系，在彼此交叉、依赖和影响中不断演进。中华文化是人类史上起源最早、历史最悠久的优秀文化，是中华民族的血脉之根和精神之源。

本章所指涉的“地域文化”，就是中华文化的文化分支。

正如俗语所述，“一方水土养一方人”“百里不同风，千里不同俗”，我国辽阔疆土上的众多民族，几千年来在中华大地各具差异的历史人文、自然地理、政治经济、风俗民情、环境气候、生活习惯等方面，孕育和发展了不同特质、各具特色的地域文化。

正如“文化”有广义和狭义的区分，前述的广义文化概念中，“非物质文化”部分即是狭义范畴，狭义的“文化”专指精神创造及其成果。“地域文化”概念的争议则比较多，有专指“先秦时期中华大地不同区域的文化”的所谓狭义界定，有更具指向的“中华大地特定区域源远流长、独具特色、传承至今仍发挥作用的文化传统”[1]陈述，也有“中华大地不同区域物质财富和精神财富的总和”的相对广义界定，但并没有达成共识。关于本书所指的“地域文化”笔者更倾向于取其广义界定。这也与前述采用的“文化”范畴相匹配。

地域文化的发展跨越数千年。中国地域文化的最早产生，源于复杂的地形地势和交通不便等客观因素，人们多数会长时间在固定的地域生活劳作、繁衍生息，从而在语言文字、人事风物、生活习俗、教育状况等方面具有趋同性，形成相对特有和特色的地域文化。但随着社会变更和人口迁徙，不同地域文化开始交流、融合，甚至冲突、碰撞，最终形成以汉文化为主体、多民族和多种类文化和谐发展的精彩纷呈的地域文化。

作为结合地域特征的一种文化形态，地域文化既呈现以地理结构和地理环境为背景的自然演进属性，又张扬社会发展中的政治经济、文化传统等社会人文属性的历史变迁。正是在这种长期演变和自身成长的过程中，地域文化的内涵和外延才会出现变化和产生争议，但除去这些分歧，地域文化还具有一些共

[1] 李麟主编《地域文化常识》，北岳文艺出版社，2010，第5页。

同的特征。首先，不同的地域文化产生的最深厚背景，都是中华文明和中华文化，作为其中的不同子文化和分支文化，在思维观念、道德范式及美学特征上，都带有很大的普遍性和共同性。其次，地域文化虽有一个时空的界定，但都处在不断发展和变化的过程中，其范围大小、内涵外延并非一成不变。再次，前两者共同造就地域文化的另一个特点，即包容渗透。各个地域文化都与相近的其他地域文化关联，互相渗透、影响和发展。

因为本章研究涉及女性书写和电影改编中的不同地域文化，包括地域特点、表现形式和发展变化等方面，所以需要从历史渊源和地域结构上，对我国地域文化各个支系进行简单介绍。

中原文化：核心地带是今河南省，因位于古九州的中央，又称“中州文化”。六朝古都洛阳，八朝古都开封，是这一地域作为数千年封建王朝政治中心的见证，这里也是北丝绸之路东端的起点。少林武功、河南豫剧名扬华夏。

燕赵文化：核心地带是今河北省，是农耕文化和游牧文化的融合产物，因此历史上出现了很多粗犷、豪放、尚武的侠士，艺术形式也很丰富，包括河北梆子、京剧、评剧、吴桥杂技等。

三秦文化：核心地带在今陕西省，是中华文明的发祥地，也是宋以前中国政治、经济、文化的中心。陕西省有“古文明活化石”“地下文物博物馆”之称。代表艺术有秦腔、唢呐等。

三晋文化：核心地带在今山西，有中华民族的根祖文化之称。晋商文化、佛教建筑、陈醋、黄土窑洞、民间剪纸等是其文化特色。

齐鲁文化：核心地带在今山东，因春秋时为齐国和鲁国所在地而得名。儒家文化在此区域发源，并传播到中国和世界，有“圣人之乡”美誉，以及“讲礼数、重义气”的民风特点。代表艺术有山东大鼓、山东梆子、山东快书等。

吴越文化：核心地带在今江苏，以及上海和浙江的部分区域。隋唐之后，中国经济中心逐渐转移至此地域，有“鱼米之乡”的地位。苏州园林、西湖美景、云锦、苏绣、昆剧、越剧等建筑艺术和文化艺术极为发达。

荆楚文化：核心地带在今湖南、湖北，湖泊和水运发达。湖北随州、谷城和神农架据记载是炎帝神龙的主要活动区域，有许多民间传说和文化遗址。汉剧、楚剧、花鼓戏、采茶戏等戏剧，以及民间歌舞艺术形式比较丰富。

关东文化：涵盖山海关以东的整个东北地区，汽车、钢铁等工业发达，为新中国经济发展做出巨大贡献，有“共和国长子”之称。多民族聚居，民俗、艺术形式也差异发展，“二人转”、东北秧歌、吉林歌舞等艺术独具风格。长春电影制片厂被誉为“新中国电影的摇篮”。

巴蜀文化：涵盖四川、重庆。数千年前，重庆曾是巴国首府，成都曾为蜀国王都，故此得名。地域多山形势险要，多雄险幽秀的自然景观，是西南丝绸之路的出发点和主经之地。三星堆遗址和金沙遗址，以及都江堰、川剧等物质和非物质文化遗产世界闻名。

滇云文化：涵盖云南、贵州。少数民族聚居和融合，带来了歌舞、服饰等民族艺术的发展。拥有三江并流、南方喀斯特之石林、澄江化石地三大世界自然遗产，以及红河哈尼梯田世界文化遗产的闪亮地域名片。

岭南文化：涵盖南岭以南，包括广州、香港等地。粤剧、广东音乐和岭南画派等艺术形式最具特色。

闽南文化：涵盖福建为核心的东南沿海地区。宋元时期，泉州成为“海上丝绸之路”起航点和东方大港，打开了中西文化交流通道。闽南方言是全国八大方言之一。

青藏文化：涵盖青海、西藏等青藏高原地区，喜马拉雅山、珠穆朗玛峰、纳木错湖、雅鲁藏布江、藏传佛教和牦牛山羊、奶茶酥油一起成为其独特的地域文化标记。

除此之外，中国的地域文明还有很多，比如京派文化、黔桂文化、两淮文化、琼州文化、台湾文化、西域文化、草原文化等。对上述地域文化的研究，从20世纪80年代开始正式提上日程，最早是关于地方戏剧和建筑文化等方面的研究，开创了“地域文化”作为独立学科的先河。进入21世纪以后，地域文化的研究开始走向系统，饮食文化、语言文化、旅游文化、政治经济、气候环境等均有涉及。这些研究、发掘和弘扬地域文化内涵和特质的工作，不仅为有效传承发展地域文化、积极培育地方文化自信做出了有益尝试和探索，也为经济社会的持续发展提供了精神动力和文化支撑。

党的十九届四中全会强调，要“坚持和完善繁荣发展社会主义先进文化的制度，巩固全体人民团结奋斗的共同思想基础……必须坚定文化自信，牢牢把握社会主义先进文化前进方向，激发全民族文化创造活力，更好构筑中国精神、中国价值、中国力量”。在长久的历史积淀中，蕴含优秀传统文化和红色革命文化的优秀地域文化，发挥了传承人文、繁荣经济、发展稳定的重要贡献。但是，也需要用发展和历史的眼光，引领地域文化在传承中创新，同时正视某些地域文化的局限和不足，在实现“两个一百年”奋斗目标和中华民族伟大复兴中国梦的崭新征程中，不断激浊扬清。

### 2. 地域文学的发展与现代呈现

伴随20世纪现当代文学和地域文化的发展，关于地域文学、地域类别和创作者的分类和研究已经开始。这种依托“地域”和“地域文化”而发展的文学，也会因为所书写地域的不同，而呈现多样性和多元化。“地域文学”在思想意蕴、语言特色、政治经济和历史风俗等方面的书写，具有丰富的阅读体验和文献参考、研究意义，是中国文化和中国文学整体的一部分。

进入新时期以后，社会政治经济发展和文艺创作复兴环境下，地域文学的书写和研究受到重视，很多学者和专家开始研究中国文学的地域性与文学家的地理分布。近代著名学者梁启超先生的《近代学风之地理分布》《中国地理大势论》是最早涉及中国地域文学的论文。曾任中国现代文学研究会会长的严家炎先生，于1995年主编《二十世纪中国文学与区域文化丛书》，对中国文化和文学进行地域分析，及时总结和呈现中国当代文学的发展面貌。进入21世纪，地域文学的书写逐渐升温，大批地域文学研究专家对地域文化、文学创作流派、作家作品及其影响关联的论析评价及时跟进，打开了地域文学发展的新局面。

关于地域文学的界定，并没有明显的范式或边界，既可以从作为创作主体的作家分析研究，也可以从作为创作客体的作品进行归类。作家创作的地域，以及作品书写的地域，都可以包含地域文化的本质要素和表现形式，并组成一个相互关联的符号系统，在此基础上发展成为地域作家群和地域作品系列。作家莫言在纪录片《文学的故乡》谈道："作家的故乡并不仅仅是指父母之邦，而是指作家在那里度过了童年，乃至青年时期的地方。这地方有母亲生你时流过的血，这地方埋葬着你的祖先，这地方是你的血地。"

这种主客体植身的地域土壤成为作品的文本意蕴的潜在或显性呈现因素，需要从文化视角、创作心理等多个角度全方位地解读。而这些地域因素以及在此基础上生成的文化特性，以对创作者无处不在的影响方式，自觉或不自觉地呈现于社会环境和自然环境的细节书写，成为作家或作品的标记。与此同时，很大一部分地域文学作品虽然涉及历史地理、哲学宗教、社会心理等众多领域，创作个性和呈现风格也千差万别，但是对地域文化和精神的坚守，对历史精髓的传承，却是不变的共同特征，这也使得地域文学发展在中国历史文化进程中占据重要的一席之地。

地域文学作为地域文化的重要构成，是相对于整个中国文学整体而言，不同的地域成长着不同的文学生态和样式，从不同侧面呈现社会和文学发展的面貌，同时也承载着创作者身份认同和精神认同的过程。新时期以来的地域文学发展，也呈现了这样一个从内到外的样本变化过程。

首先，乡土文学的发展与隐退。20世纪20年代开始，以农村和农民生活为主题的"乡土文学"开始发展，在农业社会的背景下，乡村无疑是一个最广泛最细致的"地域"。茅盾曾指出"乡土文学"不仅需要特殊风土人情的描写，还需要表现普遍性与共同的对于命运的挣扎，认为只有具有一定的世界观和人生观的作者才能做到。很长时间内，"乡土文学"也一直是作为农业大国的中国文学主体。随着新时期的到来，“乡土文学”也开始了开放中的乡土书写，虽然其内涵和外延因历史进程发展发生着变化，但作为知识分子介入现实的精神观照，在此期间仍然居于主流和主要位置。学者丁帆在《中国乡土小说史》中指出了这一具有地域和时空特色的文学类型本质——“在农业文明向工业文明的转换过程中，两种文明的激烈冲突使人们获得了观照传统农业文化的新视野，昔日那个笼罩着温情诗意的田园便从烟雾迷蒙中浮现出来。乡土，一个凝固的静态的农业文明的缩影便成为思想家、艺术家关注的焦点，乡土文学也从此才真正具有了独特的意义”。

变化开始于新时期，城市化进程加快，就业机会增加，农民和农村、土地的粘合力下降，“乡土文学”以隐退或转型的方式告别过去的农村“主场”，开始进行城乡社会转型期的“复合地域”书写。这些作品以反映农村和农业文化在现代工业发展中的变化，以及农民身份转变的精神变化为主，模糊和淡化了传统“乡土文学”的概念。

其次，都市文学逐渐占据优势。从乡土文学的主场，到都市文学的迅猛发展，是人类文明发展的必然结果。中国最早的都市形态，是鸦片战争后半殖民地半封建社会中的上海，直至新中国前，以上海等老牌都市为书写地域和客体的文学作品，表现的要么是大都市的物欲横流，要么是虚虚实实的男欢女爱。20世纪80年代中后期以来，改革开放成果初现，随之出现的问题也浮出水面，以“新写实小说”为代表的带有明显都市地域特征的文学作品涌现，创作主体异常丰富，甚至鱼龙混杂引发公众和学界争议质疑。笔者认为，都市文学并非泛指任何以都市为背景的创作，而应该具有都市文化底蕴、审美视角和价值观的思考。比如王安忆的“上海故事”，叶广芩的“北京故事”，张欣的“广州故事”，吴君的“深圳故事”，范小青的“苏州故事”，池莉的“武汉故事”等，否则只是借“都市文学”之名的哗众取宠和个体宣泄。相对于深圳等新时期以后成长起来的新都市，也产生了“新都市文学”创作实践，更年轻的创作主体和更多元的书写视角，丰富了都市文学的地域结构、风韵和气息。

再次，区域文学新实践的发展。我国目前已经形成东北综合经济区、北部沿海综合经济区、东部沿海综合经济区、东南沿海综合经济区、黄河上中游综合经济区、长江上中游综合经济区、珠江上中游综合经济区、内蒙古综合经济区、新疆综合经济区、青藏高原综合经济区等多个经济发展板块，以及京津冀城市群、长三角城市群、粤港澳大湾区、成渝城市群、长江中游城市群、中原城市群、北部湾城市群等多个区域发展新模式，"区域文学"的提法逐渐增多。虽然以上某些"区域"与此前笔者梳理的一些大的文化地域有相同的地理范畴，但是发生背景和意义内涵都发生了变化，文学书写也会随之变化。这种地域发展和变化带来的文学创作称谓和形态变更，更符合学术的现代性要求。文学制度和发展方向伴随社会政治经济发生发展，后者是使文学和文学生产获得良性循环、产生影响并被受众接纳的基本保证。"区域文学"这种更大地域的文学形态，意味着更多的空间范畴、书写主题，但也意味着更多的差异碰撞或者同质化倾向，是否能开拓新的创作视野有待实践。

最后，地域文学的全球传播。人类历史的发展永不停歇，从更宽泛的世界范围来看，不同的地域文学有可能产生更大的影响，正如马克思所预言——"由于开拓了世界市场……许多种民族的和地方的文学形成了一种世界的文学。"当代中国文学经历了2001年加入世界贸易组织和举办2008年夏季奥运会、2022年冬季奥运会等世界性的社会经济文化事件，进行全球视野和国际表达的文学创作逐渐出现，中国与"一带一路"沿线各国和地区的文化交流合作模式也已经取得了很多成果。具有中国特色，同时又融合世界各国间经贸往来和文化交流的文学书写，不仅有助于增进国与国之间的了解和沟通，也是中国文学对中国梦和中国精神的当代书写。但是在实践过程中也有一些值得注意的问题，比如方言表述和翻译的准确性，充分了解并尊重地域文化差异，以及文学批评的导向和内容把握等。

综上所述，地域文学的空间性是历史与现实，自然与社会，国家与时代，以及个体与命运等多种因素共同形成的结果。这些因素的变更、流动和迁徙，都会导致因“空间位移”这一核心要素变更带来的内涵迁移。当然，这种变化是地域文学发展的常态，对文化和文学呈现更丰富维度和层次的创作样式，对研究视角的更新，以及地域文学的可持续发展都将起到很好的促进作用。

习近平总书记强调，“要使中华民族最基本的文化基因与当代文化相适应、与现代社会相协调”。地域文学在与当代文化的融合发展中，提供了解决某些文学瓶颈的经验途径和丰富发展的拓展思路，但是在跨学科、跨媒介的发展和研究上，以及解决和回应时代问题上，还有许多丰富和深化的空间。

## 二、地域文学的女性书写

改革开放以后，地域文学呈现乡土书写势弱、转型，以及都市书写迅猛发展的趋势，女作家创作环境也概莫能外。在北京、上海、广州、深圳等一线城市，武汉、长沙、杭州、福州等省会城市，以及网络中的泛地域都市，均出现众多以不同城市文化为主题或背景的作品。城市化进程加快的同时，城市的包容性也越来越强，不管是新市民文学、新写实文学，还是各种体验书写，伴随着“她世纪”“女作者丛书”“女性文学”的商业炒作，姚黄魏紫五光十色地呈现着女性书写者和她们笔下世界的繁华落寞和悲欢离合，也昭示着这一创作群体的地位和话语权今非昔比。

不可否认的是，乡土地域书写仍然有创作者在坚持，观照呼应时代的同时，也真实反映存在的问题，本节也将一起分析。基于地域概念所包含的“作者地域”和“作品地域”两方面内容，笔者在本节将其结合梳理和探讨，分为“作家和作品地域一致的在地书写”“作者地域变迁之成长地书写”“作者地域变迁之转移地书写”“泛地域或虚拟地域书写”等几个方面，分析女性书写者创作的背景和思考，探讨不同地域文化对女性书写者的影响，以及作品中地域元素呈现的差异。

### 1. 作家和作品地域一致的在地书写

改革开放初期，出生长沙的作家残雪已经蜚声中国文坛。作为非科班出身的作家和先锋派文学的代表人物，她的代表作有《黄泥街》《山上的小屋》《赤脚医生》等。《黄泥街》是残雪的长篇处女作，写了一条总是脏兮兮的，甚至连下雨都是灰色的街和街边的人事物。在改革开放初期，很多发展中城市的旧城区，都有一条破败和老旧的小街，长沙也确实有这样一条“黄泥街”。但是，非科班出身的残雪打破文学书写常规，将浪漫诗意和深刻哲理，以碎片化和无主角化的方式书写。这种既依托真实地域又虚化想象，同时语言上也极具颠覆性的创作，发表过程注定曲折，虽经多位知名作家推荐给北京和上海等地文学杂志，均被退稿。1986年，在作家丁玲的支持下终于发表，残雪也因《黄泥街》正式成为一名专职作家。而此前的残雪，刚经历了从街道工厂的铣工转学裁缝的过程，这部作品也是工作之余的创作。

作者的经历和磨砺，可以是创作开始的动因，也可以是创作的灵感。成长于武汉的作家池莉，将视线和笔墨聚焦在这座长江汉水交汇、九省通衢的古老中部之城，曾被评论为“武汉文化有力的表现者”。《沧桑花楼街》《生活秀》《武汉的过年》《烦恼人生》《她的城》中，花楼街、汉正街，热干面配鸡蛋米酒、腊肉炒菜薹……池莉的作品世界何尝不是“她的城”，在这里有武汉市民的真实生存场景，有整个武汉的人间烟火。池莉的中篇小说《生活秀》，则让武汉小吃鸭脖子走向全国，《来来往往》《小姐你早》《生活秀》《大树小虫》等源源不绝的创作，真实地展示武汉的外表与里子，涵盖普通民众的生活和艰辛。在创作主体固定的都市场域中，书写对象却可以是形形色色的，从零工苦力、街商小贩，到都市白领、商贾政客，从而构成在地书写的立体、纪实和演进式的独特历史体貌。这种“新写实主义”创作手法，开创了文学书写的另一种潮流，成为新时期都市地域文学的标杆。除了池莉，姚鄂梅、李榕等湖北女作家也相继涌现，加入荆楚文化之地的现代书写，她们的作品甚至被评论界称为“汉味小说”。湖北女作家群体对于城市和平民意识、苍生情怀的结合书写，是荆楚文化融汇复合的现代演绎，更是魅力与风情的城市名片。

地域文学作品自带地域文化的展示和宣传功能，文学世界和真实世界的文化风情互相依托映衬，可以成为城市文化发展的一个新定位。而成长经历中所感受的地域文化熏陶和点点滴滴细枝末节的城市记忆，则可以成为创作者的一个新领地。苏州作家范小青在新时期以后，从知青文学书写转向在地的街巷小说，福建闽侯作家林那北（北北）同样把书写视角对准闽南地域的街巷。

范小青创作的有代表性的苏州街巷小说有《桂香街》《裤裆巷风流记》《城市表情》《城乡简史》等，创作手法和语言书写新颖独特，其中长篇小说《城市表情》获第十届全国“五个一”工程奖，短篇小说《城乡简史》获得了第四届鲁迅文学奖。叶弥、戴来等中青年实力派女性书写者，也在土生土长的苏州找到创作着力点，秦淮人家、曲艺美食、街巷河流，这些苏州特有的市井灵性、人文艺术和地域文化，在她们一本又一本的文学书写中，留下深深的文化烙印永久留存，影响一代又一代的读者去回味和想象。

与林徽因相同出生地的福建闽侯作家林那北，其实用的是笔名，“北北”则是更早前的笔名，其本名林岚却并不为大众熟悉。长篇小说《风火墙》采用了悬念叙事技巧，以福州三坊七巷的院落民居和越王勾践用过的青铜宝剑展开故事，将福建浓厚的历史与文化气息融入其中，展现时代风云下的家族命运。长篇小说《我的唐山》书写光绪年间台湾人民阻止日本人入侵的故事，表达了从大陆移居台湾的民众对台湾的深情。

茅盾文学奖得主王旭烽的长篇小说《爱情西湖》，以“西湖十景”——断桥残雪、南屏晚钟、平湖秋月、苏堤春晓、双峰插云、花港观鱼、曲院风荷、雷峰夕照、柳浪闻莺、三潭印月为切入点，通过十个中篇文本的并列呈现讲述一出出凄美缠绵的爱情故事。作品对西湖的价值和文化重新审视，融合了现代小说创作技巧和元素，是地域文学书写的新尝试和实践。

新时期以来，上海的女作家很多，书写上海的女作家也很多，但作者和作品的地域范畴同时为上海的，且书写上海都市文化的却不是特别多。作家程乃珊的《蓝屋》《金融家》《女儿经》《穷街》《上海探戈》《上海罗曼史》等小说和纪实文学，把上海父辈时代的上层社会生活，歌女影后、少奶奶、名媛佳丽、保姆女工的身世命运，街坊邻居的小故事小矛盾，以面面俱到的入微描述和文学想象，浓缩到文字之中。作家王安忆则在《鸠雀一战》《好婆与李同志》《长恨歌》《富萍》等作品中，书写上海小市民、外来移民在各自生存或彼此冲突中，随城市变迁的命运转换。两位女性书写者对“老上海”和“新上海”的书写可谓出神入化，不仅蕴含具有魔之魅力的都市特有的文化底色，也凝聚着个人对城市发展的反思。

上述女性书写者要么是一直从事地域文学的书写，要么是转型或兼顾，不仅长时间保有极大的创作热情，还进行了一系列小说技巧的叠加和创新。这些本土作家的在地书写视角、创作手法和地方经验，以及浓厚的群体氛围和阅读体验，为中国当代文学的迭代更新，为新都市地域文化形象的构建，为丰富人民群众的文化生活，发挥了重要作用。当我们回顾这些女性书写者的时候，她们如此鲜明的“地域”标签，也是城市和文化的标识，与地域文化融为一体。

### 2. 作者地域变迁之成长地书写

随着时代经历和工作、婚姻等因素不断转场的地域书写，是新时期以来许多女性书写者面临的境遇，这种变迁对于作者和作品的书写会带来怎样的影响，笔者从地域变迁后的成长地和转移地两个角度进行梳理，本小节先总结前者。

“一方水土养一方人”，但转场带来的是生活地点和水土的变化。新时期以来的许多女性书写者，都有知识青年深入农村的地域转场经历，转换的距离有远有近，其中有些人回到原地，有些人则留在当地，或者考学转场到异地。而更多的女性书写者，则在考学、转业、结婚等人生的关键节点，选择或接受了地域转场。而来自最纯真的童年、少年和青年时代的记忆，在陌生的时空重新回望时，有眷恋，也有对比和反思。正如“漠河”之于迟子建，“保定”之于铁凝，“北京”之于叶广芩，“傣乡”之于张曼菱，“乡土”之于葛水平、王华……没有这种跨越地域的重新观察和审视，就不会有更加有深度的作品。

在活跃于中国当代文坛的女性书写者中，迟子建是受出生地域和童年记忆影响比较大的一位。从1986年发表第一部中篇小说《北极村童话》开始，没等 9 月份瓜变甜，秋霜便来了的“漠河”，以及它的漫长冬季，成为迟子建不变的创作美学。在雪地里对天空的仰视，近距离观察大自然和原生态的生命轮回，感知平凡小人物的情感与经历，捕捉时代交汇处的传奇演绎……这座东北边境小城和土地，成为《白雪的墓园》《向着白夜旅行》《白银那》《朋友们来看雪吧》《额尔古纳河右岸》《布基兰小站的腊八夜》等作品打开的天窗和背景。在丰厚的自然风光质感，丰沛的回忆和畅想中，作者充满女性激情与冷峻理性融合的思考，同样是作品不可言说的独特魅力。以作品《额尔古纳河右岸》为例，开场书写即让读者震撼——“我是雨和雪的老熟人了，我有九十岁了。雨雪看老了我，我也把它们给看老了。如今夏季的雨越来越稀疏，冬季的雪也越来越稀薄了。它们就像我身下的已被磨得脱了毛的狍皮褥子，那些浓密的绒毛都随风而逝了，留下的是岁月的累累瘢痕。坐在这样的褥子上，我就像守着一片碱场的猎手，可我等来的不是那些竖着美丽犄角的鹿，而是裹挟着沙尘的狂风。”这部获得第七届茅盾文学奖的作品，成为迟子建地域书写的高地。虽然后来也创作了书写哈尔滨城市历史和现实的《起舞》，以及浪漫情爱主题的《踏着月光的行板》等作品，但那个边疆雪城构筑的地理版图，已经和迟子建的文学版图叠加在一起，成为新的只属于迟子建的徽标。

作家铁凝的童年和少年时代，是在冀中乡村和保定度过的。1982年创作的小说《哦，香雪》是她早期的代表作，以河北保定涞水县的台儿沟为叙述背景，将一趟连接城乡但只停留一分钟的火车，以及火车上时尚的城里人、自动开关的文具盒，与一群乡村少女的天真烂漫、群山小溪的诗情画意，进行对比书写，借“香雪”对山外文明的向往，对少女的自爱自尊进行赞美，表达了对故地的丰富情感和深情回望。在《麦秸垛》《东山下的风景》《小格拉西莫夫》《玫瑰门》《大浴女》《笨花》等作品中，虽然以不同的时代历史切入写作，但北方乡村的自然风光和方言习俗，是作品重要的叙事构成和不变情感。最让人尊敬的是，铁凝知悉自己当选中国作家协会主席后，郑重地给中国作家协会书记处书记陈建功写去信函，表态在担任作家协会主席期间，所有作品不参与中国作家协会主办的任何文学奖项的评选。

作家叶广芩读完高中和护校后，才离开出生地北京，分配到西安担任护士，1983年调入《陕西工人报》，1995年调入西安市文联，在创作研究室任专业作家。在客居他乡的数十年里，难以忘怀的家族历史和胡同生活，便在纸笔作品间传递。《采桑子》《状元媒》《去年天气旧亭台》被称为“叶广芩京味小说三部曲”，小说以皇家故事、京剧曲艺和邻里街坊等有滋有味的记忆碎片，进行精巧构思，嗟叹人生百种滋味，以及繁华退去之后“白茫茫一片大地真干净”的通透感悟。《全家福》《乾清门内》《黄连·厚朴》等作品中，从作品名称，到北京四合院的叙述空间，再到风趣幽默的京味语言，无不透露着作者的故乡思念和书写情衷。叶广芩还创作了很有地域语言特色的儿童文学，如《耗子大爷起晚了》《花猫三丫上房了》，童趣诙谐回味无穷，算是地域文学书写的自我拓展。

作家葛水平的处女作《甩鞭》，围绕太行山农村政治、风俗和人性的纠缠斗争展开，故事发生地点“山神凹”，就是她真实的出生地——沁水县十里乡山神凹。“甩鞭”，即旧时贫困村民在年节到山上甩放羊的鞭，在漫天的回声中，寄托对来年的希望。《地气》《天殇》《狗狗狗》《喊山》等作品中，葛水平继续对太行山和沁水河的书写，山村、山民和山俗既有朴素粗粝的本真，也有大气磅礴的厚重，更有令人震惊的现实感，这不仅在女性书写者的作品中是少有的，而且有别于很多常规的乡村地域文学。在新作《裸地》中，葛水平的书写依然保留太行山地域风格，同时观照农村“移民”主题。故地对于葛水平和她的作品而言，是熟悉的气息，更是一种力量，与尊严和自由相关的力量，书写的力量。

成长于贵州遵义少数民族县域的王华，曾经在乡镇小学代课，业余创作的以自己为原型的小说《村小》，开启了她的创作生涯。从长篇小说《雪豆》开始，王华开始了一种近似魔幻现实主义的尝试，这种神秘又荒诞的书写尝试无疑是成功的，《雪豆》获得全国第九届少数民族文学创作“骏马奖”，以及当年的《当代》文学拉力赛冠军。此后的王华进入高产期，《傩赐》《家园》《花河》等每一部作品都直击现实切入灵魂，书写角度和创作手法也很有新意。比如《花河》中采用第一人称和第三人称组合切换的多视角写作，很考验作者的场景和叙事构建，却成为王华的独特创作。

以乡村生活和经历、乡土地域文化为创作主题和色调，在创作技巧和书写手法上的创新，让作家葛水平和王华的女性地域书写既亲近传统乡土文学，又拉开了一定的美学距离。

成长于云南，有傣家边寨知青经历的作家张曼菱，是在进入北京大学中文系深造期间，将熟悉的傣寨风情故事创作成处女作《有一个美丽的地方》，并一举成名。改编电影《青春祭》被学界视为知青电影的巅峰之作。此后的作品《云》《星》均以家乡和她插队的云南德宏傣家边寨为创作背景，反映时代背景下地域风土和人物命运。科班出身的张曼菱不仅有优美的文笔，还有挖掘作品的慧眼，《花儿为什么这样红》《唱着来唱着去》是在对新疆考察后创作的地域风情文学，20世纪90年代在海南办企业期间，以当地文化为背景制作的电视剧《天涯丽人》引发全国热播。

成长经历的印记让作家们即使身在异地，也依旧有强烈的在场感，自由地出入真实和创作的地域，渗透着深深眷恋、满满责任和切切希望。在上述女性作家为代表的创作队伍中，作者地域变迁，带来的不仅仅是视野的变化，还有思维的变化，她们的书写基于地域，又跳出狭隘的地域，多了更多的理性观照和人性光辉。

### 3. 作者地域变迁之转移地书写

本小节梳理的女性书写者，地域变迁原因同上小节，不同的是在进行文学创作时，是将转移后的地域文化融入作品，不管是有意识，还是无意识，她们经历的是全新地域元素的审视和书写。

在岭南文化区域，广州作家张欣和深圳作家吴军是“城市书写”的标杆性作家。生于北京长于军营的张欣，20世纪80年代中期转业后，到广州工作并开始创作。作为一位外地人，张欣开始边深入观察这座城市边创作，广州生活和广府文化成为她作品的底色，这种都市书写反而在改革开放初期的乡土文学、知青文学的主流书写中脱颖而出。《谁可相依》《爱又如何》《深喉》《不要问我从哪里来》《终极底牌》《不在梅边在柳边》……高频的创作速度和契合人心困惑的敏锐书写，在广州这座开放的前沿之城，包容低调地给予打工者和淘金者心灵安慰和冲破困境的启发。对于定居时间长的创作者而言，也许他乡就是故乡，而原有的记忆和思维，会给新的书写带来参考和比较，有利于新的写作模式开启。

深圳经济特区设立不久，作家吴君便在此定居和创作，伴随深圳这座新兴之城一同成长。虽然地处岭南文化地域板块，但是面对这座“新城”和满城的“新人”，要写出特色着实不易。严格意义上说，吴君初期的创作更多的是乡愁书写和精神寻根，比如长篇小说《我们不是一个人类》中，红砖房、灰泥街等20世纪70年代后期的东北风貌描述和叙事。21世纪前后，在以都市白领、农民工和毕业大学生等深圳新市民和新移民的迷失和困境的书写中，吴军的深圳叙事特色才逐步形成。《复方穿心莲》《安宫牛黄丸》《福尔马林汤》《亲爱的深圳》等作品中，形形色色的人物和故事不断拓展，将特区最内在和最深层的纠葛推至光鲜的表面。《二区到六区》《地下5号线》《刚厦14号》等根据地理坐标进行的书写创新，也是作者在地域历史与深度叙事受限情况下的横向延展。多元、混搭和包容中，在这座不同于任何城市的新地域，吴君搭建了自己的新都市文学版图，这种模式可供尝试中的书写者借鉴。

作家方方和前述的在地书写作家池莉一样，是武汉地域文学书写的多产作家。但方方是南京人，20世纪80年代初期从武汉大学中文系毕业后，分配工作留在武汉，所以她算是地域变更后的在地书写。本节根据作家经历进行分类梳理，更多的是探究作者地域书写的动因和书写内容的关系，以及其中的发展变化。如果要比较池莉和方方两位作家书写武汉的不同之处，不妨拿她们最具有代表性的作品进行比较，池莉的《生活秀》《来来往往》《小姐你早》呈现的是城市烟火气和众生百态，而方方《风景》《万箭穿心》《水在时间之下》更多地从冷静和理性的角度书写叙事，这是两位作家避免同质化的书写策略，还是地域和成长经历带来的影响，需要再深入地进行研究。

长篇自传体小说《酥油》和《雪莲花》的作者，是在藏区帮扶、支教16年的安徽桐城作家江觉迟，《酥油》里的“麦麦草原”，就是吸引作者留下的地方。在一面支教，一面进行草原文化搜集的过程中，江觉迟以足足52本日记的形式记录下来，两本小说在此基础上整理而成。这种记录和还原真实事件的书写方式，不仅有藏区风土人情的地域外貌，还有普通藏民生活和理想追求的精神内核，在众多民族题材作品中脱颖而出，也为地域文学和现实主义创作提供了新的思路。

在笔者梳理的新时期以来女性书写者中，作家刘绮是最特殊的一位，她是北京人，从云南师范大学外语系毕业后，留在云南工作和创作。1953年，云南省人民文工团深入到撒尼人聚集的路南县圭山区进行发掘工作，作家刘绮随团历时半年整理撒尼口传叙事长诗《阿诗玛》。1954年初，《云南日报》及全国各刊物发表转载长诗《阿诗玛》，在国内国际产生很大反响，同名改编电影于1979年公映后造就影坛神话。虽然充满民族地域风情的长诗《阿诗玛》不是刘绮创作，但口传作品的整理费时费力，也需要融入整理者的智慧和文采。随着

“阿诗玛”走向世界，“阿诗玛”的家乡石林也成为闻名世界的风景旅游区，石林彝族自治县人民政府鉴于刘绮对此的巨大贡献，2014年授予她“云南石林荣誉公民”殊荣。其实，刘绮在地域文学书写上也可圈可点，著有长篇小说《茶山铃声》，短篇小说集《傣家金莲花》，以及儿童文学集《边疆早春》《鹤顶兰》等。彝族长诗《放羊的小伙》《阿伐若滋和布达若尔》，傣族长诗《召树屯》《嘎龙》也是刘绮参与整理的。

作者地域变迁之转移地书写，其实是可以更加拓展讨论的，鉴于篇幅原因，笔者选取了地域和书写方面比较有特色的作者和作品，算是举例说明和抛砖引玉。

### 4. 历史地域、泛地域和虚拟地域书写

每一部作品都涉及写作背景、空间和地点，但是只有那些涉及显著地域特征的书写，才具有地域文学的元素。在我国，各地域都有特定的人文风情和自然风景，历史、习俗、语言和气象地理等方面也具有明显的识别性特征。前述的作者和作品的地域性书写应该是比较显性的，笔者在研究过程中发现，有三类比较隐性的地域书写，也可以划入本章讨论的范畴。

首先，真实的历史地域书写。这种情况在历史文学书写中出现比较多，作家凌力和她的作品极具代表性。出生于陕西延安的凌力，从事导弹工程技术工作十二年后，在改革开放之初进入中国人民大学清史研究所，开始历史研究和文学创作工作。长篇历史小说《少年天子》和《梦断关河》分别获得第三届茅盾文学奖、第一届老舍文学奖。在历史文学创作领域，凌力是一位独树一帜的女性书写者，她的创作“无一字无来历”，这或许和她此前的理工专业和严谨的国防科技工作有关。《少年天子》讲述清兵入关后的第一位清朝皇帝顺治，以及他所处的漩涡中心，作者全方位地描写了清初各个不同社会阶层的生活、利益纠葛和命运，穿插了一系列历史重大事件。《梦断关河》以鸦片战争为历

史大背景，以刻画昆曲艺人的命运为中心，将普通人的生活和人生亲情拉近历史，增加了此类题材的感染力度。《北方佳人》《失落在龟兹古道的爱》《蒹葭苍苍》《清宫之谜》等作品也展现了凌力崇尚史实的严谨态度和深厚卓越的史学功底。

其次，现代都市的泛地域书写。这种情况的书写中，笔者选取作家李可和她的作品作为参考范例。系列小说《杜拉拉升职记》在2007年末至2008年的图书发行市场掀起一轮热潮，文本定位为职场小说，也可以说是新都市小说的一种。但因为故事的背景是写实，描绘了广州和上海这两座现代化大都市中的地域和文化元素，在对受众的信息输出中起到介绍和传递地域特色、地域文化的作用。而作者的职场身份和使用笔名的书写方式，在当下并不少见，是社会发展和个人权利尊重语境下多样化的文学生态和范式中的一种。

最后，地域虚化的网络书写。与清史专家凌力的书写相似的是，很多网络历史文学也涉及地域文化和风貌习俗，甚至历史事件的书写，但不同的是其中的真实程度和地域对比度存在偏差。在各种主题背景下，作者会借助地域元素的书写增加真实感和可读性，但是笔者在研究过程中发现，这种创作模式的弊端在于地域虚化与历史虚化的无节制和不可控，文学创作虽然有艺术加工的需要，但如果将最基本的客观史实、风俗人文等地域史实凭空设想，只会招致受众冷遇和质疑，甚至更严重的后果。

纵观新时期以来当代地域文学的女性书写，既有传统和稳定的创作群体，又有充满先锋性和现代性的探索队伍，各具风格的书写组成了丰富的文学形态，这是历史和时代的馈赠，也是作者和读者之福。

## 三、女性书写地域的影像呈现

电影文本和书写文本的最大区别在于表达和传播的介质不同，前者是视听的综合艺术，而后者是传统的纸质文学。在地域文化的呈现和成效上，两者各有优劣势，电影文本可以营造浓郁的氛围，但时空拓展有限，书写文本可以进行多种范式的搭配和创新，但表达受限。

总体而言，女性书写地域的影像呈现，除了画面语言和声音语言的电影艺术表达优势，还有书写文本创作者的主体特点，本节将围绕以上几方面探讨。

### 1. 画面语言：看见的“文化符号”

地域文化所包含的物质和非物质两大部分内容，不管是有形的自然风景和人文景观等实物和场所，还是表演艺术、手工艺、仪式、知识等无形的表现形式，电影创作者往往不吝表达。

首先，地域风情的自然景观呈现。根据作家张曼菱中篇小说《有一个美丽的地方》改编的电影《青春祭》，剧本创作阶段的名称是《傣乡人》，可见导演对这部影片的风格定位。片中借助汉族少女“李纯”的视角，呈现了一个古朴多姿的傣乡——郁郁竹林掩映下的竹楼白塔，青青湖水之畔的悠悠田野，以及淳朴山村中的温馨人情和温暖记忆。影片《梅朵与月光》则展现的是康巴藏区的大美风貌。伴随着女记者梅朵的足迹，雪山草原、高山峡谷的原始藏彝秘境，以及寺庙山寨、孩子牧民的普通藏民生活场景，鲜活生动地扑面而来。影片选景和拍摄视角，很好地呈现了原著《酥油》的意境，如作者江觉迟描述的雪山丛林——“很多大树又是合抱成林，根基裸露地表，盘根错

电影《梅朵与月光》剧照

节，交织成大片根网。树冠高耸聚集，仰面不见天日……那其实还是白玛雪山！我们只是临近了它更为壮丽的一面。这个方向的雪山，被两座高大青山簇拥着，以巨大磅礴之势铺展在我们面前。青山一左一右，像两只巨大的臂膀围拢住雪山……”如同雪域高原的美景带来的震撼一样，影片对信仰与生命的思考也让人震撼。由哈萨克族非职业演员演绎的影片《永生羊》，在风景如画的国家5A级风景区——新疆喀纳斯摄制，为了配合叙事的人文精神和内涵，很多深厚凝重的区域特色场景和画面，历时一年多才拍摄完成。

在浩若烟海的中国当代小说创作领域，在地域书写和文化表现上，迟子建是独特而又多产的一位作家，同时也是受电影创作者青睐的一位原创作者。中篇小说《白银那》被导演韩志君精心构思数年后，改编成如诗如画的影片《美丽的白银那》——黛青色的樟子松和美丽的白桦林在北大荒粗犷的土地上直冲蓝天，木刻楞、塔头草和达紫香映衬着的山村，以及忙着冬捕的人们，这些画面就是作者笔下那片中国最北端的土地。迟子建的中篇小说《布基兰小站的腊八夜》中，短短几行描述“布基兰是个林区小镇，两三千人口吧。这儿的火车站，是个四等小站，每日上行和下行的客运列车各有两列。往来的火车呢，淡季三四辆，旺季不过五六辆。货车运出的，多是板材和木炭；而运来的，则五花八门，食品药品、日用百货、电器建材……”，把故事的地域背景介绍得很清楚。导演安兴伟在影片《布基兰》中完整讲述故事的同时，对边境林场和山丘的选景也很好地呼应了铁路信号员、林业工人、猎手和萨满的角色设置和时代印记。《额尔古纳河右岸》是第一部描述我国东北少数民族鄂温克人历史和现状的长篇小说，同名电影将鲜为

电影《布基兰》剧照

人知、有血有肉的鄂温克人，他们生活的静谧森林，以及文化和习俗一同呈现，成为对地域自然和文明发展的最好记载。

然而并非所有的电影改编地域都原貌呈现，或者具备原貌呈现的条件。比如作家葛水平发表于2004年的中篇小说《喊山》，所讲述故事的背景时间则是1984年。当小说发表十几年之后再进行电影创作时，只能依托原著进行选景、造景和技术处理。《喊·山》将拍摄地选在了太行山大峡谷的深处，剧组成员需要每天花费数小时长途跋涉到拍摄地点，为了营造年代感和乡村落后感，后期对景色还做了特别处理。

其次，地域风情的人文景观呈现。电影《鱼肠剑》改编自作家林那北的中篇小说《风火墙》，拍摄地选为原著描述的福州老街区三坊七巷，在白壁乌瓦、马鞍形起伏，因防贼防风防火而得名的"风火墙"院内，辉映着墙内那个环环相扣的现代传奇寻宝故事。影片《桂香街》则将江苏地域特色风光和运河申遗的特色事件，结合起来表达主题。除了运河五号、焦溪古镇、青果巷、常州大学等地实景拍摄，片中曾参加抗美援朝战争的老英雄"孙老太爷"，还通过制作梳篦这一传统工艺，塑造了一位自力更生的老者形象。

电影《喊·山》剧照

电影《那一场呼啸而过的爱情》剧照

具有识别性的人文景观成为很多影片的无声叙事语言。《那一场呼啸而过的爱情》通

电影《额尔古纳河右岸》剧照

过成片空置废弃的厂房，冰天雪地的自然环境，技校、新潮迪厅与大浴池，将20世纪90年代中后期的东北，以及新旧经济体制交替期的地域和时代背景刻画深入。《左耳》里闽南式的大屋顶与西洋屋身相结合的嘉庚特色建筑，《寻人启事》《太阳雨》里躁动的特区街道、工厂和海滩，《长恨歌》里中西合璧古老又现代的东方之都，与故事情节走向契合，却又承担着独特的叙事功能。

再次，民风民情和习俗呈现。影片《万箭穿心》女主角“李宝莉”从汉正街帮人卖货的小贩，到改行挑扁担，这种武汉渡口古老的码头文化特色，使故事背景和新旧武汉的历史融合。而影片《额尔古纳河右岸》中随处可见的动物皮毛、风干肉和民族服饰，以及“祭火神”“萨满舞”等敖乡猎民的民风民俗，也在表现工业文明背后的农业文明和发展历史。影片《布基兰》中鄂温克的猎枪、猎犬、狍子、卜留克，与汉族的饺子、腊八粥一同呈现，交代了多民族聚居区民族融合的和谐现状。

### 2. 声音语言：听见的“文化符号”

电影声音是电影媒介基本元素之一，包括人声、自然音响和音乐。人声表现地域特色和交代地域背景，主要的呈现方式是方言。以影片《永生羊》为例，采用了哈萨克语为有声语言，其他语种为字幕的方式，试水海外发行。影片《忘了去懂你》，原著、编剧和导演一肩挑的重庆人权聆，将拍摄地点选在老家的江津白沙，并通过重庆方言的对话让影片的地域属性更加明显。

张暖忻导演在影片《青春祭》开拍前，就设想用一首具有新时期特色的插曲结束影片，最终作曲家刘索拉用百老汇歌曲的形式为顾城的诗《安慰》谱曲，完成了影片的插曲《青青的野葡萄》。影片《布基兰》的音乐也很有特色，主创团队联合爱乐乐团根据影片场景量身打造，民族艺术气息和人性情怀交相融合。

电影《永生羊》剧照

电影《青春祭》剧照

电影《柳浪闻莺》剧照

电影和戏剧作为两种叙事方式接近的艺术，常常互为媒介，一种艺术以元素的方式融入另一种艺术。中国电影的发展过程中，戏曲元素的运用时间很早，第一部电影《定军山》就是由著名京剧演员谭鑫培的经典唱段组成。此后，不论是戏剧题材电影《人·鬼·情》《霸王别姬》《梅兰芳》里的京剧，还是《游园惊梦》里的昆曲，《风声》里的唐山皮影戏，不仅有空间互换和戏中戏的叙事作用，也给电影增添独特的文化内涵和艺术魅力。《柳浪闻莺》也有这种戏中戏的微妙互文和地域文化特色，《五女拜寿》《情探·行路》《十八相送》《梁祝》等十余个越剧唱段，围绕故事的起承转合穿针引线，姐妹间的爱恨纠葛，与越剧的尴尬处境杂糅纠结，电影和戏剧的感染力有效放大。

### 3. 镜头语言：渲染的“文化符号”

镜头语言是电影主题表达中比较重要的部分，是影像内容的一部分。经由摄像机拍出的画面和剪辑节奏，往往代表电影创作者的意图，也很大程度上决定创作风格。

影片《黄连·厚朴》改编自叶广芩的同名中篇小说，导演丁荫楠用反复出现的北京天安门城楼和俯拍的四合院前景，搭建整体的空间地域背景。而在镜头语言方面，则采取用慢节奏的镜头记录老中医夫妇的饮茶、打太极等老北京中医世家生活，用快节奏的音乐和对话表现中青年的现实生活环境和特征。这两种特色鲜明的镜头语言在前半部影片中交替剪辑，既展现20世纪90年代末北京地域文化的新旧面貌，又以比较新颖的方式推进叙事节奏。影片后半部分则以“珍妮”这个准洋媳妇的加入，她的“西式”拥抱、贴面吻礼以及西方思维和行为，展开中西文明碰撞的叙事节奏。在整体镜头语言的打造下，浓厚的北京文化气息贯穿全片。

电影《哦，香雪》剧照

在影片《哦，香雪》中，散文化的叙事结构和纪实性的美学追求，营造了极为难得的诗意慰藉与人文温情。大量的长镜头，展现小山村台儿沟的农耕生活全貌。当第一列火车经过宁静的山沟，少女们萌动的欣喜和情愫，以及她们展现的精神追求和新面貌，通过鲜明的抒情和写意镜头呈现。贯穿全片的火车、手表和自动铅笔盒代表的现代文明，与磨磨喂鸡、开荒种地和手工木制铅笔盒代表的农耕文明，在电影里都被赋予了特殊意义。

镜头语言的表现与再现，客观与主观抒发，可以成为创作者的“遥控器”，在拍摄和后期制作过程中进行实践。电影《青春祭》的地域文化表现，不仅体现在拍摄阶段真实记录傣寨文明和不同传统之间的冲突，在后期也进行了一些技术处理。比如，云南处于亚热带和热带季风气候，动植物种类丰富、数量多，覆盖面积大，拍摄的画面和镜头以绿色为主，好处是有明显的地域特色，坏处是不利于多种叙事情节的走向和表达。为此，电影主创通过各种方式增加色彩结构，比如雾中的青灰、送葬的红、泥石流的灰、多彩的服装和道具，以及镜头和画面调色，散文式地呈现了傣汉青年在新时期的成长和新面貌。

电影《柳浪闻莺》全片是中华文化和地域文化的大展现，从西湖美景到传统服装，从唱越剧的垂髫和银心到开扇庄的画家工欲善，才子佳人、戏曲国画的雅致风格贯穿始终。影片还采用4：3画幅取代目前常用的画幅比，在呈现更多画面内容的同时，用镜头的历史叙述方式找回观影的年代感。

女性书写文本中的地域表达，在进行电影改编时，除了画面和声音等基本表现元素，还有改编者对原著的理解和把握，将会很大程度上决定影片的整体风格。从这个意义上说，女性书写者原著文本的书写和表达，直接决定了地域特色的识别价值，以及改编风格。

## 四、两种地域的不同表达

新时期以来，女性书写者在经济发展和社会转型过程中，用不同视角和主题记录时代变迁，很多作品传承和展现了丰富的地域文化，也有很多作品成为和成就了新的地域文化。站在21世纪的第二个十年，回望这些千姿百态的“北京故事”“上海故事”“武汉故事”“苏州故事”，五光十色的“西藏故事”“新疆故事”“漠河故事”“云南故事”，以及“小镇故事”和“乡土故事”，会发现中国文学的壮丽画卷正在延展，愈发具有新的文化意味。她们和作品的地域，以及改编电影的地域，以不同的形式表达和对话，共享文化盛宴。

### 1. 作者地域：流动与发展

笔者在此前的叙事中，将作者的书写地域分为在地、变迁和历史地域等四类进行个案探讨。本小节将对新时期以来女性书写改编电影的原著作者地域进行整体梳理，分析讨论形成地域作者群的主客观原因。

从地理位置看，江浙区域的女性书写者群体最为庞大。来自江苏的作家有范小青、鲁敏、戴来、叶弥、程玮、顾漫、黄蓓佳等，其中程玮和顾漫分别有两部作品改编成电影。来自浙江的作家有温小钰、王旭烽、张欣、庆山、卫慧、裘山山等，庆山有两部作品改编成电影，后四位作家籍贯浙江，但主要易地广州、上海、四川创作。

从地域文化看，江苏和浙江属于吴越文化区域，女性书写历史悠久。我国现代藏书家、妇女文献学家胡文楷曾在新中国成立初期出版《历代妇女著作考》，全书21卷，共收录了4000多位中国历代女作家作品。根据书中资料统计，环太湖流域至少有35个文学家族出现了女性文人群体，很多女性在家族浓厚的人文环境熏陶下成长，她们通过组建诗社的方式，交流创作并吸引更多的女性加入。逐渐庞大的吴越乃至江南区域的女性创作群体，不仅对当时的文学创作产生重要影响，经济富庶和文化氛围的互相成就，也促成更多家庭重视女性的文化教育，对地域文化的发展意义更为深远。比如清代著名作家曹雪芹创作的长篇小说《红楼梦》，其中诗书礼仪兼备的女性群体形象书写，与当时江南等地繁荣的女性创作文化密不可分。新时期以来，江浙丰沛的文化传统和创作底蕴，涌现了一大批优秀的创作者，鉴于本书的研究范畴，所以只列举了其中一部分。21世纪前后，随着国内外经济文化交流的增多，女性书写作品婉约细腻的文风和日常生活主题的传统进一步传承发展，创作类型和风格得到充分开拓，作者的流动性也增强，不再局限于固定地域的创作。

笔者梳理的数据中，女性书写者数量仅次于江浙区域的是上海和北京两地。

上海从地理位置上，原本可以划分到以吴越文化为基础的江南地域板块，但基于“海派文化”的独特性，笔者进行了单独梳理。以近代上海开埠后的城市发展为时代背景，在中国江南传统文化（吴越文化）的基础上形成的“海派文化”，在地域融合和文化发展的新背景下，已经不仅仅局限于上海本土，而是更大范围的长三角区域。海派文化既有江南文化（吴越文化）的古典与雅致，又有国际大都市的现代与时尚，既兼容并包又自成一体。从茹志鹃、程乃珊、王安忆、须兰、秦文君、唐颖、殳俏，到燕燕、卫慧、棉棉、庆山、任晓雯，既有出生于上海，又有因为地域变更来到上海的女性书写者。

“海派”这一概念最初起源于国画和京剧领域。国画方面，最早是指吴昌硕、黄宾虹等名画家为代表的“海上画派”，将西洋画技巧与中国传统国画融合创新，形成的中西结合绘画艺术风格。京剧方面，同样指承袭古吴越文化，将西方欧美文化与江南江北多种戏剧、曲艺融合而成的兼容并包风格。这种风格也逐渐影响到女性群体和文学领域，上海女性是中国第一批走出家门走向社会的新女性。上海女性书写者最早实践对自身和女性群体的书写，从另一个视野记录这座东方魔力之都。在百年来的文化碰撞、冲突与融合中，“新海派文化”继续海纳百川地包容各种类型的书写和创作。

与“海派文化”南北呼应的“京派文化”，最早的概念比较狭隘，指20世纪30年代北京部分作家群区别于“海派”的创作风格。今天的“京派文化”同样兼容并蓄、广纳博收，既包括老舍等作家为代表的文学，还包括以京剧为代表的戏剧、以四合院为代表的建筑等。在笔者梳理的女性书写者中，既有霍达、张洁、刘绮、谌容、陈染、叶广岑、徐小斌等经历和资历深厚的作家，也有陈彤、安顿、九夜茴、鲍鲸鲸等年轻的创作者。其中，作家刘绮、叶广岑易地云南和陕西创作，但后者的主要书写内容仍然属于京派范畴。

在笔者梳理的作品范围内，东北区域的女性书写者的数量位居第四，何鸣雁、迟子建、金仁顺、吴小雾、魏晓霞、八月长安、王可心、媚媚猫等老中青作者的创作都很有特色，既有边疆和民族风格的传统地域范式，也有以老工业基地转型背景的发展观照模式，还有网络空间和题材的拓展书写探索。因为地域的广阔，深厚的历史记忆和文化符号，以及时代变迁中发展、转型的建设经历，东北书写从来不缺少地域性的话题和主题，但是在新一轮的振兴战略中，如何创作时代新特色和新能量的作品，是摆在书写者面前的新课题。

以重庆为代表的巴蜀文化、以武汉为代表的荆楚文化，其地域位置分别在长江的上游和中游，不仅历史悠久，也可谓“得天独厚”。这两个地域的女性书写者在笔者的梳理中，数量仅次于此前所述四地。除了各自所述的文化地域特色，重庆和武汉的共同特点是地处水运要地，水域四通八达，各种经济形态和南来北往的人构筑成独特的“码头文化”，也给两地作家池莉、方方、叶梅、喻杉、权聆、饶雪漫、杨红樱、唐七等，提供了更多“新写实”的元素和厚度。进入21世纪，重庆和武汉的码头辐射范围扩大，开始由内陆向海洋、由内生经济向外向经济发展转变，但是传统的码头和城市文化，如何在接下来的四方文化汇聚中继续前行，如何在作家和作家群的区域性差异缩小中继续书写，也是机遇和困惑并存。

笔者梳理的女性书写改编电影的原著作者版图上，齐鲁地域作者数量位居第六，在新时期以来续写的历史和乡土主题背景中，赵冬苓、乔雪竹、张海迪、宋潇凌、明晓溪等女作家拓展了表达方式，为地域文化注入了新的元素与活力。

从笔者梳理的女性书写者和作品管窥，“流动”与“发展”是主题词，在求学、工作和进取的人生旅途中，她们用善感和细腻的触角，用治愈自己和更多人的初衷，一路披荆斩棘，最终收获成果，也奉献更多成果。

### 2. 影像地域：取舍与重构

影像的地域营造包括声画物质空间，以及在此基础上与人物和社会互动的精神及现实空间。

影片《万箭穿心》的地域影像，通过对原著的取与舍打造。首先，将原著中过多的人物、线索和对话舍弃，重点撷取男女主角和儿子、婆婆的故事展开，给武汉的城市风貌人情更多时空展示和留白时间。其次，突出呈现了女主角“李宝莉”的情感和生存困境，“她”做起“棒棒”，在路边嗑瓜子和与人争抢生意，奔波在城市的每一个角落……从而彻底地与在江边城市武汉这个现实空间里摸爬滚打的群像和互动勾连出来。同样，《阿诗玛》《布基兰》《额尔古纳河右岸》《永生羊》《梅朵与月光》等特定地域影像书写，通过对原著地域的取舍，最大限度地在影像可及的氛围内呈现更加真实的物质、精神和社会空间。影片《布基兰》《额尔古纳河右岸》均在内蒙古根河拍摄，这里离迟子建的“北极村”只有三百公里，是与驯鹿相依为命的鄂温克人现实的生存之地，也与“布基兰”小站的背景极度相似，可谓占尽影像地域书写的天时地利人和。

电影《万箭穿心》剧照

而在更多的影像地域打造中，电影改编者因为再创作考虑，会将各种空间易地和重构。池莉中篇小说《生活秀》的背景在武汉，导演霍建起则选择重庆拍摄。虽然也有还原的“吉庆街”的日与夜，但是舍弃了原著中的武汉方言，“来双扬”在去戒毒所探望弟弟的路上，乘坐的交通工具也是重庆的过

. 电影《生活秀》剧照

江索道。导演曾谈到地域重构的初衷：重庆有武汉的江景和市井，武汉却没有重庆的很多视觉元素，比如山城与弯曲道路，比如独特的老房子等。无独有偶，影片《好奇害死猫》《少年的你》等越来越多的影片也选择在重庆拍摄。这涉及很多影视产业的现实问题，比如投资与成本，比如政策扶持等。但不可否认，重庆的地域文化也是吸引电影创作者的重要因素。重庆是巴渝文化的发源地，文字记载的历史有3000多年，巴渝文化、宗教文化、开埠文化、抗战遗址文化、码头文化的沧桑与厚重，群山环绕、江河纵横、吊脚楼石板路、索道轻轨、迷宫建筑的自然与现代，对于电影的视觉语言表达有着决定性的优势。哪怕将深入人心的原著地域重构，或者完全建构一个属于二次创作的地域，电影改编者也在所不惜。

作家湛鹤霞的中篇小说《牛市真多事》的地域背景是她的故乡——湖南湘阴的农村水乡，影像拍摄地则是云南曲靖炎方乡，演员均为当地村民。影片的原生态叙事风格和表演，以及纪实性拍摄手法的运用，并没有减少对原著地域书写的呈现，同样是电影创作者对影像地域重构后的一种思考和尝试。

### 3. 地域与他域：对话与竞争

著名电影评论家钟惦棐曾用“七分文化 三分电影”，强调文化之于电影的意义。文化底蕴和文化氛围是国家间、区域间和城市间竞争和发展的重要软环境，电影地域和他域的空间同样来自历史与现实的文化依托。

随着城市进程的进一步发展，以及区域经济的更大范围拓展，如何回望中华文化和地域文化，如何实践并展望未来的文化发展，是电影行业在内的所有文化产业和从业者面对的挑战。以史为鉴来看，有很多积极的例子，比如吴越文化依托经济后来者居上，成为近现代文化的主力军；京派和海派文化，将地域的边界模糊化，以更包容和开放的姿态获得发展，构建了地域文化的另一种向度。

电影也需要在文学场域、历史和现实图景，以及跨媒介的变化和发展中，寻找对话和合作的渠道。通过更为良性的竞争，展现电影艺术的独特魅力和美学价值，为传统地域文化价值的重新发现及作用发挥，为中华文明的伟大复兴提供强有力的电影力量。

地域文化的电影书写，离不开女性作家的发现、传递和审视，离不开她们对自然、社会和民族的责任，这些作品为传统地域文化与中国现代文化的良性互动提供了很多机会，也为电影改编提供了丰富的创作来源。文学和电影的书写样本，不仅是有效的传播和传承载体，也将成为各地独特地域文化的新元素，成为各地深厚人文精神展示和传承的一道美景，将增进地域空间的对话与融合，以及精神空间的多元与和谐。

# 第四章

# 女性书写电影改编的<br>文本坚守与嬗变

继20世纪初五四运动之后，中国妇女解放运动伴随改革开放的春风，又迎来一个高潮。这个时期的女性书写，大大超越了此前的内容和主题，既有知识青年上山下乡的实践之作，又有不同职业生活的现实观察。在与时代的接触、刻画和思索中，一批批写作爱好者走上了专业作家的道路。当女性书写者以更独立和公开的群体身份进行创作，她们笔下的世界，比现实世界更加风起云涌和神秘莫测，比如铁凝的《玫瑰门》、张洁的《沉重的翅膀》、王安忆的《长恨歌》、张抗抗的《北极光》、迟子建的《额尔古纳河右岸》、池莉的《来来往往》等作品一经发表，无不引起公众广泛关注。

作为具有共同叙事性特征的媒介，文学文本和电影文本拥有很大比例重合的受众群。当女性书写中视阈表达和审美价值足够吸引电影创作者，两种不同介质的文本由此关联、迁移，并在不同的社会语境和文化气候、观影需求下，完成从“文学到电影”的承续/置换。产生于20世纪60年代中期的接受美学（接受理论）认为，文学作品的教育功能和娱乐功能在读者阅读中实现，这也是作品获得生命力的过程，读者在这个过程中是主动的，是推动文学创作的动力。接受美学把文学接受活动分为社会接受和个人接受。对于以观众为中心的电影文本，笔者认为也适用于这一理论。

为了对原著文本和电影文本的影像化过程进行更为细致的解读和分析，笔者选取不同时期、不同体量和不同题材的四部影片——《人到中年》《蓝色爱情》《世界上最疼我的那个人去了》《喜欢·你》进行分析。在研究方法的选择上，通过对文学文本和电影文本的细读和比较，从改编视角、创作策略、差异表现、艺术手法等方面，探讨改编逻辑和合理性，希望能为女性书写电影改编提供一些借鉴与启示。

## 一、电影对女性书写文本的依靠与角力

新时期以来的女性书写电影改编，很多文本都选择最大限度地尊重原著或保留其精髓，特别是在改革开放初期，经济和文化发展尚未完全打开局面，处于权威地位的文学作品在向电影文本转化的过程中，毋庸置疑让改编者形成压力和敬畏之心。同时，这也与接受理论和受众期待意识观照不无关系，受众作为生物的和社会的本质，会根据自身情况和认知经验，将新产生作品与原有文本进行对照和接受活动。进入新世纪以后，受众文化生活日趋丰富，文学作品在电影、电视等大众文化的扩张中，受众规模和黏性受到侵蚀，再加上观影人群的多元化，导致电影文本对原著文本的还原度出现更多分化，甚至是解构和重写。

从媒介和叙事手段来看，以语言为艺术载体的文学，与以声画为艺术载体的电影，两个文本实现有效迁移的最大障碍，是抽象符号系统和具象符号系统的差异。因此，即使是同一部文学作品的电影改编，在不同时代和创作策略之下，文本的主题、视角、人物和情节均会呈现不一样的面貌，这也是一些文学作品被多次改编的原因和魅力所在。

在《哦，香雪》《洁白的山茶花》《有一个美丽的地方》《北国红豆也相思》《额尔古纳河右岸》《白银那》等文学作品中，女性书写者基于女性特质，将擅长表达的情绪、敏锐和意蕴，倾注到每一个时空，每一个人物和每一句话语，和读者一起认识自己、认识世界。这种女性文本中独有的意象，成为电影改编者最愿意坚守的元素，比如影片文本《青春祭》，用极讲究的画面和声音语言，将原著描绘的青山绿水竹林白鹭与傣家特色风俗人情的诗韵，变成视觉化的他乡情思和缕缕诗意。电影文本《生活秀》中，吉庆街的夜幕灯光下“来双扬”风姿绰约的身影，也正是池莉小说原著中的韵味和审美追求。《长恨歌》

的小说文本以老上海人文环境、社会环境的细腻描写为特色，勾勒出特定时代的人物性格和生存环境，影片文本则以长镜头和全景空镜头，完成典型社会环境的迁移。

作家辛夷坞的两部长篇小说《致我们终将逝去的青春》《原来你还在这里》，主要书写女性成长主题，婚恋只是主题下的某一方面经历，但是在改编后的电影文本中，主题和叙事被置换成婚恋和男女主角的对手戏。叶弥的短篇小说《天鹅绒》通过两个小故事，将外化的“肉”“枪”“天鹅绒”与相关人物的内心世界连接。而导演姜文则在电影文本《太阳照常升起》里，将疯妈丢失的“两斤肉”置换为“绣花鱼鞋”，通过女人的身体部位、“猎枪”、“吹号”等符号变更和增加的情节，以及强化的语言隐喻性，将人的压抑和欲望以身体叙事和性的暗示呈现，这种不同的改编逻辑也引来褒贬不一的评价。电影文本《七月与安生》在改编过程中，也对短篇小说文本的主题、叙事情节和人物进行调整改变，用后现代女性主义对女性的认知视角，将一直压抑地生活在被安排的家庭框架中的七月，置换为更具有反叛性力量的安生，让迷茫的女性找到真正的自己。

女性网络书写改编电影成为21世纪第二个十年的新景象，在笔者梳理的作品中，整体来看呈现比较高的制作水平和票房口碑，这一方面与网络IP的受众基础有关，另外也与电影创作者在投资风险面前精挑细选作品的把控有关，比如影片《少年的你》《喜欢·你》《那一场呼啸而过的青春》等。网络文学改编电影的模式已经日趋成熟，从书写、改编到宣发、上映的队伍越来越壮大和专业，很多互联网公司不仅参与大电影的投资和制作，也打造网络平台拓宽放映渠道，满足不同

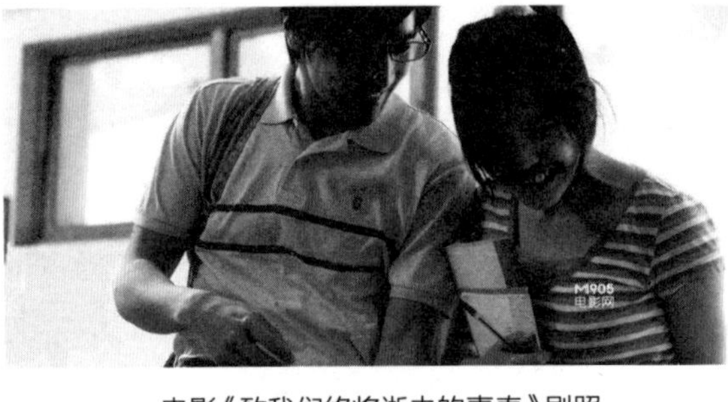

电影《致我们终将逝去的青春》剧照

受众的观影需求。

从近四十年的女性书写改编影片文本来看，忠于原著、取其精髓、局部重构和整体挪移等改编模式皆有。电影创作者根据自己的创作需要，或抓住原著与主人公关系紧密的事件和主题、情节连贯成片，或从某一作品中节选相对完整的情境和事件人物加以扩充，或将原作中的部分或整体主题、情节与人物挪移时空完成，这种情况有时甚至会取几部作品组合而成。而改编后的电影文本，在叙事方式与主题，情节与人物，视听与表现等方面，虽然或多或少都会呈现原著文本的“影子”，但究竟是“东风借势”，还是“乏善可陈”，永远是摆在两个文本迁移过程中难以预料和不太受控制的结果，毕竟最终的评介效果掌握在受众和舆论手中。

为减少这种文本迁移过程和结果中的不利因素，同时确保将原著文本中构建的语言抽象空间，有效传递到声画具象空间，在20世纪初有声电影问世之后，电影剧本开始以介乎原著和电影之间的“过程文本”形式存在。这种使得电影创作的步骤和分工更加具体和可控化的文本，在电影创作实践中，又形成“文学剧本”和“分镜头剧本”两种形式。从原著文本到电影文本，关于时空切换、人物语言、心理活动和情境描写的表现细节，都需要在电影剧本中先期转化。

这个“预演”过程有诸多方面需要特别注意。首先，是确定影片文本的风格，从而有的放矢地以基本笔法设计如何转述并付诸实施，主题、素材、人物与情境的选择与增删，都在风格的框架内定位与进行。其次，是故事和叙事逻辑与完整度的打磨，需要建构连贯性的开端、过程和尾声，不仅过程与过程之间呼应、契合和推进，还需要重组一系列强有力的戏剧性故事情节，并在这个过程中突出“戏核”，以单线或复线的形式推进其呈现和走向。再次，是人物的重新定位与完善，从突出主题、强化叙事和典型化方面，进行人物戏份和生命力考量，删除原著中多余的人物，增加需要叙事的新人物，重新界定主次人物、正反面形象及命运。最后，电影剧本也需要像原著文本和电影文本一样精心结构，在理顺上述风格、故事和人物等要素的脉络和线索的情况下，依据整体的内在诉求来安排叙事节奏、段落和场景。在整个过程中，需要从原著文本的视角跳脱出来，考虑所定位的电影观众的观影需求和观赏心理，以矛盾集中突出的小说式结构，或者非情节表现为重点的散文式等多种明显化的类型形态定位。

新时期以来，电影创作呈现整体向好基础上的几次波动，比如20世纪90年代初，电影市场化改革之前的不景气状况，21世纪之初的多元化和过度竞争，以及自2020年以来常态化的新冠肺炎疫情影响等。女性书写改编电影也概莫能外，在这个过程中，改编文本还受到更多因素的影响，最终导致不一样的作品命运。比如改革开放之初，开放的经济和文化氛围给女性书写者和电影改编者都提供了自由表达、广阔书写的空间。影片文本《红衣少女》曾被称为“女性导演崛起之作”，为新时期主题思想和改编创作打开了一扇新的窗口，其作品的本身意义和示范意义可见一斑，原著作者铁凝对改编文本也很认可。比如影片文本《青春祭》着重刻画原著文本中的新时期与女性心理的关系和变化，让一个穿着旧军装的女性知识青年，大方地面对性别差异，完成懂得美和向往美的思想转化，成为女性书写电影改编的标志性作品。“女人的气质不是天生的，而是被塑造成的”——这是波伏娃在《第二性》中所强调的，女性书写在改编后的电影文本中，仍然很大范围和程度地保有对于女性主题和性别气质的成分，并完成对女性世界观、价值观的引导和影响。

电影《好奇害死猫》剧照

另外，也有一些女性书写在不同性别、不同视角的电影改编者笔下，呈现出超越原著视角的创新意义。影片《七月与安生》对于新的女性主义观点的加入，电影《蓝色爱情》对于女主人公视角和内心独白的加入，影片《好奇害死猫》对于原著《茄子》的多维度扩充，都是坚守与嬗变中的用心和优秀演绎。21世纪以后，民营和国有电影制片单位同台竞技，也引入了很多新的合作模式，出现了更多女性书写文本向电影文本的迁移，其中很多较为成功的范例增大了电影创作者对女性书写作品的关注度和“黏性”，包括霍建起、黄建新、夏钢等男性导演参与创作的多部作品。

## 二、《人到中年》：忠实改编与去戏剧化尝试

1982年，电影《人到中年》上映后轰动一时。笔者查阅相关材料发现，中影公司当时统计的观影人次为1.26亿。对比几十年后的电影市场，2021年，影片《长津湖》以57.7亿元的总票房，超越此前长期占据票房榜首的《战狼Ⅱ》（56.8亿元/2017），成为中国影史票房榜冠军，两者的观影人次分别为1.24亿、1.59亿，优势对比并非十分明显，由此《人到中年》当时的观影热度可见一斑。

电影《人到中年》改编自作家谌容的同名中篇小说。原著文本讲述某医院中年眼科医生陆文婷默默工作、忘我奉献的同时，遭遇严重身体危机和家庭困境的故事。小说在1980年年初的《收获》杂志发表后，引发文坛内外的广泛关注，一方面，伴随新中国成长的知识分子崇高的精神面貌和群体魅力书写，引发了强烈的阅读共鸣；另一方面，小说文本也敏锐地触及20世纪70年代末的社会现实和矛盾，揭示知识分子与社会贡献不相称的待遇问题。

同名改编电影由王启民、孙羽联合执导，潘虹、达式常主演，较为忠实地还原了小说文本的思想内核和时代风貌，在同时代的影片中表现优秀，得到观众和业界认可，1982年上映后获第3届中国电影金鸡奖最佳故事片奖和第6届大众电影百花奖最佳故事片奖。时隔近四十年再回望这部影片，虽然有一些因时

代发展和电影创新带来的美学认同差异，但是影片依旧具有某种尚未褪色的艺术魅力。笔者尽量从更客观的角度以及影片完成时的语境，进行梳理分析，思考影片的创作技巧和得失。

### 1. 主题与叙事的高度还原

影片文本《人到中年》的编剧由原著作者谌容担任，这很大程度上决定了影片对小说文本的还原度，也尽可能地确保了原著文本精髓和主题的准确把握。早在创作这部获得中国作家协会第一届全国优秀中篇小说一等奖的原著文本时，谌容不仅阅读大量医学书籍，还深入同仁医院眼科交流取经、观摩手术，了解很多医生和家属的工作生活状况。真实地反映生活是小说获得认可的重要原因，包括巴金等著名作家和学者公开表示，到处都有陆大夫，她（他）们就在实际生活的四周。在电影文本的创作中，导演邀请谌容改编原著，确保更好地还原其主题和内核，真实地呈现小说文本的现实主义艺术魅力。

小说文本没有采用常规的线性叙事模式，而是从核心事件和核心人物——病床上已经进入病危状态的主人公陆文婷展开故事，在人物半昏迷半清醒地幻觉中，回忆过去，讲述现实。这种小说创作结构上的选择和突破，也被如实还原到了影片文本的开头。同样，原著文本中浓墨重彩书写和刻画的知识分子群体形象和她（他）们的价值观，以及创作基调，都得以保留和复刻。潘虹（饰演 陆文婷）、达式常（饰演 傅家杰）等主创人员分别根据角色职业到医院和汽车研究所体验生活，导演王启民和孙羽真实生活中的逼仄的居所，也成为剧组拍摄的参照。编剧谌容将创作之初的"真实的生活"，带到了影片文本之中，两位导演和其他主创则再现了主人公"陆文婷"十八年来在医学上含辛茹苦、坚韧不拔的奉献经历和坎坷境遇。

除了编剧因素，这种还原也与当时的创作语境分不开。改革开放以后直至20世纪80年代，电影在创作思潮和叙事主题方面，仍然以文学和戏剧作为借鉴和仿效对象。以电影文本《人到中年》创作的1982年为例，《山菊花》《心灵深处》《牧马人》《天山行》《山道弯弯》《赤橙黄绿青蓝紫》《内当家》《张铁匠的罗曼史》等一大批电影作品均改编自小说文本，《茶馆》《骆驼祥子》《张灯结彩》《梨园传奇》《孔雀公主》等影片则分别改编自话剧、戏曲和长诗文本。这种现象一方面说明文学和戏剧创作的繁荣，另一方面则凸显了电影原创意识和作品的匮乏。而鉴于当时文学的支配地位，以及这些原著文本影响范围、满足观众期待需要等因素考量，电影文本的改编策略基本是忠实还原。

但是，由于电影文本和小说文本创作媒介和表现手法的差异，不论是整部影片，还是某个叙事情节，思想上和艺术上完全一致的改编几乎很难实现。比如，《人到中年》影片和小说文本的开场，都以女主角病危入手，但是小说优势在于能通过护理和探望的亲人、朋友、同事、领导，将“陆文婷”的工作、婚恋、养育儿女等不同时间、不同场景的情况进行交叉描写和补充。但电影文本并不能完全还原，即使理顺逻辑和空间关系，影片文本中陆文婷病危的系列幻觉画面，仍然稍显生硬和刻意，并未达到原著刻画人物心理和生理状态的书写意义和艺术意境。再比如，送别好友姜亚芬和她丈夫刘学尧的家宴，两个文本都将之作为重头戏描述，用以呈现知识分子群体的个体差异和内心世界。小说文本对白很多，信息量也很大，电影文本即便有画面和声音双重信息传递手段，但在时间和场景的局限下，只能删剪和压缩很多对话和情节，“为中年干一杯”的家宴并未达到感人的效果，也让表现亚芬夫妻出国前苦闷心绪的叙事意图草草结束。

当然，笔者并不否认《人到中年》影片文本在美学建构和人文关怀角度对人物和情节所做的一些调整和处理，一来这些变更相对整部影片和原著文本比例有限，二来在稍后部分笔者会分析这些不同，因此，笔者在此不就这些细节赘述。

不管怎样，主题与叙事高度还原小说文本的影片《人到中年》，以更加大众化和更具传播效果的媒介影响，将中国20世纪80年代知识分子的生存状态展示到更多人面前，也引发了更大的关注和争议。两种文本对社会现实和矛盾关照的勇气和责任，是社会进步和发展不可或缺的，而两种文本在新时期积极互动的良好关系，极大地丰富了广大人民群众的精神文化生活。

### 2. 丢掉戏剧拐杖的电影突破

进入新时期以后，中国电影创作氛围和意识更为开放，创作队伍不断壮大，电影理论评论进一步发展。电影文本《人到中年》上映之前，对电影创作影响较大的理论观点是“丢掉戏剧的拐杖”“电影应与戏剧离婚”等反对电影银幕舞台化和过度依赖戏剧的主张。白景晟在《电影艺术参考资料》1979年第1期上发表的《丢掉戏剧的拐杖》，以及张暖忻、李陀夫妇在《电影艺术》杂志1979年第3期上发表的《谈电影语言现代化》，通过对电影本体的研究，从三个方面强调电影的独立艺术性。首先，文章认为“戏剧冲突”是戏剧的基础，小说等文学中的人物冲突，虽然近似戏剧中的人物冲突，但与主题有关的抒发感情和发表议论部分，也并不采取戏剧的表现方式。电影在这一点上更接近小说，不需要像戏剧那样自始至终紧紧地围绕着人物冲突直接地展示内容。其次，时间、空间的形式方面是电影和戏剧最明显的区别。戏剧的分幕分场，划定出一个有限的时空范围。电影却不受舞台的时间、空间限制，它可以不断地变换空间；可以扩展时间、压缩时间，也可以造成时间的倒流，或时空的迅速转换；还可以运用快速摄影和慢速摄影，改变时间的速度。再次，文章认为戏剧的手段主要是对话，但“声画结合的蒙太奇”是电影的一种特殊手法，应该尽量挖掘它的潜力。

几位文章作者都有着丰富的电影创作经历和经验，这些有感而发的建议和见解，在当时极大地推动了电影理论的交流和争鸣，为电影艺术思维和美学建构、电影创作提供了急需的养分。从新时期开始，电影创作者尝试从视听的综合效果和镜头语言等方面进行独立思考，电影《人到中年》在创作上呼应上述理论主张，在同时代的影片中口碑和票房表现不俗。

中篇小说《人到中年》叙事和情节跨度大，意象描写和留白也比较多，特别是如何将精神的东西在画面中传递，给电影文本的情节衔接和镜头语言表达提出更高要求。改编者沿用原著倒叙形式，以及陆文婷与丈夫、单位领导、患者关系的叙事链条，在此基础上通过眼科孙主任、陆文婷、焦部长等多个角色的闪回画面和脸部特写镜头，控制影片叙事节奏和层次，不仅更加立体地交代了小说文本的信息，也丰富了观众的观影感受。

电影文本还将原著中排在手术、恋爱之后的初进医院的回忆调整到影片开头位置，这一小段眼科孙主任对陆文婷的面试，以及后者简短几句回答："我讲不好，我觉得有些手术，我们还是空白……比如用激光封闭视网膜破口，我们应当尝试……""查字典看，很吃力。我喜欢外语。"巧妙地介绍了陆文婷的工作和人物性格。此后，从恋爱到工作和生活，腼腆、不善言谈的陆文婷以一种独有的知识分子气质和亲近感，有效地树立起影片风格和美学范式。

导演还很好地将非语言交流的镜头和画面叠加、对比使用，比如医生的职业属性和工作场所决定女主角语言表达的受限，导演用病床上、手术中、门诊室、家里以及恋爱中等多个场景下的眼部和面部特写镜头，表达女主角精疲力竭、严谨认真和单纯可爱等各种身体和心理状态。在这些灯光和角度有着细微差别的镜头语言中，观众可以获得非语言交流的巨大能量，也将现实主义和自然主义很好地融入影片之中。

影片文本中，与陆文婷年龄相仿的傅家杰、姜亚芬、刘学尧，他们的境遇没有大的区别，在惺惺相惜的美好情感之下，这些有着责任感和使命感的知识分子的内心世界和情感，对电影观众是陌生的。因此，即使整部电影没有跌宕起伏的剧情和激烈的矛盾冲突，也没有人物之间的交锋和斗争，却从对白台词到动作表情，从场景设置到服装道具，在朴素平实之中，吸引观众去感受与以往叙事稍稍不同的故事。如果说原著通过大量诗意的语气词和描写抒情，让文本有了不同的清新风格，那么电影则是通过散文式的段落节奏和特写画面，带给观众朴实的共情。改编者遵循现实主义手法，在对影片进行再创作的过程中，以电影特有的艺术手段，保持和传递了小说文本的精神和内涵。

### 3. 不同介质的典型形象书写

典型是文学语言系统中显出特征的富于魅力的性格，它在叙事性作品中，又称典型人物或典型性格。文学典型问题，是文学创作、文学评论和文学理论研究的中心课题之一。恩格斯的“典型环境中的典型人物”论，则科学地揭示了典型人物与典型环境的辩证关系——典型环境是典型人物赖以生存的现实基础，没有典型环境，典型人物的言谈、行动甚至心理都失去了依据和针对性。这些理论在指导叙事文体创作，尤其是现实主义小说创作的过程中发挥了重要作用。

新时期之初，文学和电影创作开始关注普通人的情感和命运，通过一系列个别的艺术形象来反映生活的本质和时代特征，这些富有历史特色、审美魅力和个人特征的典型形象，摆脱模式化的窠臼，呈现更缤纷的内心世界，让受众感受艺术典型的魅力。比如路遥《平凡的世界》的主人公“孙少平”“孙少安”,《人生》的“高加林”，高晓声《陈奂生上城》的“陈奂生”，蒋子龙《乔厂长上任记》的“乔光朴”，张贤亮《绿化树》的“章勇璘”，何士光《乡场上》的“冯幺爸”等。

谌容《人到中年》的“陆文婷”，也是这样的文学典型。小说文本发表后，那个“从小，她就是个孤苦伶仃的女孩子”，那个医学院领导眼中“小巧的身子，瓜子形的脸儿，一头乌黑透明的好头发，短短地剪齐在耳垂下。她坐在对面的椅子上，安静得像一滴水”的小姑娘，到像“一茎瘦草”支撑眼科业务却依然是“十八年一贯的住院大夫”，再到“超负荷的运转”中终于倒下的陆文婷大夫，和她将副部长、农村大爷、小姑娘等病人一视同仁的医德，吸引了读者和文学界的关注和讨论。中年知识分子工作和生活双重压力的矛盾，在新时期之初被作者敏锐地挖掘，并且将这个矛盾作用于眼科大夫和两个孩子妈妈——“陆文婷”。经历、性格、职业和家庭等诸多因素一起，让“陆文婷”以一个以往没有的形象，成为新一代中年知识分子的“典型”。

英国文学批评家、传记作家珀西·卢伯克在其20世纪小说理论经典著作《小说技巧》里，虽然对托尔斯泰《战争与和平》的主题持批评态度，但是认为其中的青年人形象具备了跨时代的文学记忆——“那些年轻人，容貌与才能，心情与脾气，都各不相同，但都和各时代、各地方的青年一样富有青春活力——故事有了他们就立刻显得热闹活跃”。

“陆文婷”作为文学典型，也具有特定的时代意义。但是作为一个已经深入人心的典型形象，要在电影银幕上演绎出来，能否符合原著读者的预期，能否再次打动受众，著作者谌容、演员潘虹等主创还是下了很多苦功夫研究。编剧谌容将原著中“陆文婷”的重头戏几乎全部保留，甚至连对白台词也没有丝毫走样。比如抱着发烧的女儿回家，却来不及给儿子做中饭，她拿出零钱让孩子去买烧饼，和原著一样简洁的两句话，在欲言又止的场景演绎中，更加触人心弦。再比如，给焦副部长做第一次眼睛手术时，面对乱哄哄的闯入者，“陆文婷”在电影文本中依然保留原著“请你们出去”“不要说话”“我是医生”等几句原话；第二次手术时，更换不合格的手术针，以及焦副部长咳嗽小插曲，也与原著如出一辙。虽然这几个情节对于刻画角色在生活和工作中的多维性和全面性较为重要，但如果不是谌容自己改编，恐怕在人物刻画和素材撷取上不会如此复原。

演员潘虹对于“陆文婷”这个典型文学形象的银幕转化，更多地是以生活化的表演和细节取胜。在三台手术的叙事场景中，陆文婷对焦副部长的淡定从容，对王小嫚的耐心关爱，对孙大爷的熟络自然，都在简短话语、眼神姿态和专业手势中不露痕迹地演绎出来。病危之际，在面对丈夫、单位领导和好友探访时，病床上的“陆文婷”将眷恋、不悔和不舍之情，通过受限的面部表情和神态传递，让人揪心不已。

《人到中年》的电影文本，在原著作者谌容、演员潘虹等主创的合力打造下，成功地将“陆文婷”从文学典型变为银幕典型。在第三届中国电影金鸡奖最佳故事片奖的颁奖仪式上，正如评委会的评语所说，“《人到中年》在银幕上成功地塑造了社会主义新人‘陆文婷’的典型形象，概括了在新中国成长的一代知识分子崇高的精神面貌。”

典型人物的刻画由外在形象和内在本质生成，对于这种“典型”的不同介质转化，往往更增添了成功的难度。原著文本中焦副部长夫人“秦波”，满口都是马列主义的词句，但做的又是另一套，这种言行不一致的人物在生活中并不少见，被受众和文学界戏称“马列主义老太太”。在影片文本中，“秦波”不仅保留了重头的出场戏份，还将原著中焦副部长的术前嘱托，由电话联系改为到医院诊室拜访“陆文婷”。但是典型环境与典型人物之间具有互动性，优秀的文学作品让它的人物在环绕着他们的特殊环境中形成，而相对而言更大众化的电影银幕，通过简单对话和面部表情并不能真正将原著中细致的描写全部演绎出来，从而某种程度造成了原著中这一典型人物的迁移脱节。基于文字和画面传递的人物基调存在明显偏差的情况，大众和评论界对于这个人物的塑造一直存在争议。这种对文学原著理解以及演绎上的差距，在很多改编作品中都有不同程度的反映。

毋庸置疑，电影是遗憾的艺术，即使“陆文婷”这样一个公认的从文学典型到银幕典型的书写，仍然有很多不同意见，比如她的无私奉献和隐忍，比如她把工作看得比家庭、爱情、生命更重要，以及这背后的审美意义和价值意义等。另外，文学样本中的情绪和细节，在人物塑造过程中所起的作用，以及传递到电影文本中的信息比例和把握程度，都增加了最终效果的不确定性和微妙性，导致银幕“典型”的弱化或强化。笔者认为，改编是特定时代背景下的再创作，客观条件和主观条件都会存在差异和不同，但在某种意义上说，《人到中年》主创为争取影片拍摄所做的前期和后期努力，以及借此传递出的珍惜人才、珍惜生命的鼓与呼，仍然具有重要的历史和现实意义。

## 三、《蓝色爱情》：文本的艺术与商业探索

新时期以来的女性书写改编电影中，根据方方中篇小说《行为艺术》改编的电影《蓝色爱情》，正值迈入新世纪承前启后的时间节点上映，是导演霍建起继《赢家》《歌手》《那山　那人　那狗》《九九艳阳天》之后的第五部作品，其创作手法、影片风格具有一定的时代性和成熟度，笔者将从主题情节、电影结构、人物形象和风格呈现等方面阐释电影文本对小说文本的取舍和加工。

### 1. 似曾相识的主题情节

作家方方的创作既有超越性别的历史使命、现实观照的冷峻力量，又有女性作家特有的视角和细腻悲悯，在市民题材和知识分子题材两个领域表现突出，前者如《落日》《行云流水》《桃花灿烂》等，后者则有《何处是我家园》《在我的开始是我的结束》《乌泥湖年谱》等作品。中篇小说《行为艺术》创作于1993年，作者糅合市民和知识分子两类题材于一体，挖掘市场经济背景下个人与生活、与内心之间的生存状态和心理困境。在小说文本中，两条反差极大的叙事主题和线索并行，成为情节“发动机”。其一是恋爱主题和线索，一心想当画家最终子承父业干刑警的“我”，在桥头偶遇并救下一位意欲自杀的时尚美女“飘云”，却成为后者“行为艺术”的捕捉对象，但青春的荷尔蒙还是让热情主动的飘云和向往艺术的郜林跌入情网。其二是复仇/犯罪主题和线索，现任刑警队队长杨高的父亲，在卧底黑社会时被残忍杀害，手心上留下的“驹”字让杨高自小立志从警破案，旧案频频流露新线索，男主角“郜林”受命追凶。

电影文本《蓝色爱情》原名《以刑警的名义》，从小说发表之初便着手改

电影《蓝色爱情》剧照

编创作，反复打磨7年才完成影片。小说文本的爱情和凶杀线索，依然成为电影的情节“发动机”，但主题和情节则是进行了非常巧妙的打磨。

原著中爱情和复仇/犯罪的主题，以及两条并行的线索已经可以展开故事的起承转合。但是电影似乎不满足于平行叙事，而是让原著中的两条线索交叉——原本发生在刑警队队长杨高父亲身上的“卧底死亡之谜”，引发了女主角“刘云”父亲去世和母亲失语的双重迷惑，男主角“邰林”需要借助恋爱身份调查刘云和她的家人。新的线索设置直接导致了一系列矛盾和冲突的升级。

首先是男女主角的多重冲突。原著设置的恋爱线索，再加上随时出现、真假难辨的“行为艺术”诱因，以及邰林随时出警的工作性质，已有诸多不可避免的矛盾和冲突。而当电影文本中疑凶“马白驹”和女主角牵扯到一起，结果只能使“刘云”的背景和内心更加复杂，邰林则因为职业原因不仅不能把真实情况告知，还必须利用她开展侦查抓捕罪犯，原本的恋爱交往成为互相猜忌和纠缠不清的一潭浑水。

其次，是男女主角各自的内心冲突。邰林艺术梦想破灭、身不由己成为警察，内心和职业之间有着强烈的冲突，身边所有的人也都说他“不像警察”。从事艺术工作的刘云成了他的精神寄托，从最初为了刘云放弃对案子的调查，到忠于职业和责任不得不背叛感情，哭着说的一句“我这辈子不谈恋爱，下辈子不当刑警”，将内心冲突推到高潮。原著文本中的女主角“飘云”属于想象丰富、主动热情的艺术人士，而电影文本中的“刘云”则不仅需要面对幼年失去“警察父亲”的心理阴影，还需要利用警察调查母亲失语真相和一生痛苦的根源，她“渴望寻找，又害怕找到”。

再次，话剧舞台延伸的艺术与现实的冲突和思考。小说文本中女主角的“行为艺术”只是恋爱线索的小情节，电影中的“行为艺术”则与话剧舞台相结合，解释剧情、深化主题并构成完整故事，展示更多人的感受与内心冲突。这种冲突延伸至银幕内的舞台上下，并隐喻银幕外的真实时空。生活中的场景和画面也可以看成艺术，每一个人都是艺术家，但生活并不总是依从于人的期望，很多时候需要将强加于自身的角色违心接受。在由无数个“个人生活”生成的新世纪的现代性“世界”里，影片的隐喻和折射铺陈无疑与观众产生了共情。

恋爱和犯罪两条情节线索的交叉和冲突升级中，电影文本主题也变得更为多维，比如男女主角层层闯关后的“成长”主题，马白驹顾及女儿自首的“救赎”主题，母子冰释前嫌的“伦理”主题等。改编后的“爱情”主题，在种种冲突和磨砺下，更为真心和坚韧，而随着原有“复仇”主题的消解，“犯罪”主题也更为淡化。

相对于讲述残疾运动员爱情故事的处女作《赢家》，以及讲述乡村邮递员父子之间故事的《那山　那人　那狗》，《蓝色爱情》的多主题创作无疑是霍建起比较成熟的作品，这一点也体现在片中情节改变和逻辑合理性考虑方面。

两个文本的开头，都有男主角邰林的一段内心独白，但电影文本的独白设置在剪去“文艺青年”标志性的长发过程中，返回时便遭遇刘云的“行为艺术”，随后将女主角带回警局接待室问询。一气呵成地交代男女主角背景和爱情主题，警局场景替换原著的男主角宿舍，有度的好感替代原著中的亲吻暧昧，也更贴近生活和变更后的背景设置。邰林这种对待情感的有度和循序渐进，以及工作中对职责的坚守，一直贯穿影片中的场景和细节，这些才是刘云觉得特别和动心的原因，也更符合电影观众普遍和传统的感情观。

从刘云第二次见面委托邰林找“马白驹”，到邰林意外在刘云家发现撕掉两页的杂志，再到图书馆查询到被撕书页内容和作者，最终假冒记者到同心中学见到“马白驹”，侦破情节设置和推动更符合逻辑，情与法斗争中的人物也更丰满。刘云给马白驹通风报信和后者的自首，都是人物置身情与法漩涡中的两难选择和真实状态。

此外，一些细小的情节设置也体现了电影文本的用心，比如邰林理发的镜头在片头和片中两次出现，暗示其面对心理冲突的抉择。不同于小说文本中“飘云”站在市中心滨江大楼顶层纵身下跳，电影文本中的“刘云”改在跨海大桥的一跃，让邰林再次用英雄救美的行为加入她的“行为艺术”之中，与影片开头遥相呼应。

### 2.“戏中戏”电影结构

电影文本不仅需要注重主题叙事和情节设置，画面造型和影片结构也是决定成败的关键因素。对于小说文本《行为艺术》的取舍和加工，很大程度上依赖于能否将其以视觉和造型的形式呈现在银幕上。

电影文本《蓝色爱情》将女主角刘云的职业设置为话剧演员，爱情和犯罪主题的两部分故事也都围绕她展开，她的内心冲突和情感走向是整部影片的“戏核”。在这种情况下，引入戏剧结构中的特殊类型——“戏中戏”，并通过女主角在话剧舞台的表演和独白，分割正戏与戏中戏形成的两个视觉和意义空间，建构起属于影片自己的表现空间。与此同时，正戏与戏中戏之间相互解释、相互渗透的“互文关系”，也在推动剧情走向和释疑之中构建另一想象空间。

正戏开头，邰林救下欲跳桥的刘云，随后又将自称杀人的女主角带回警局。在戏中戏中，女主角头戴花环，在暗色的背景下对着镜头自言自语“聪明人总在进行艺术创作，而凡人总是生活在别人的艺术创作中，这是一个连环套”。

正戏进行到一半，邰林不愿意利用刘云调查案件，而与女主角的情感关系又在进一步发展中，连情侣间的亲密都心不在焉。在戏中戏中，头戴花环的女主角，在舞台上荡着秋千，惆怅自白“你和我接吻时为什么睁着眼睛”。

正戏中，女主角刘云寻找“马白驹”和母亲失语的真相；在戏中戏中，头戴花环、身着白袍的女子则在寻找“过程与结果的关系”。

这样的互文在影片中频繁出现，带有高度隐喻性和剧场感的画面造型也成为《蓝色爱情》独特的表现方式。相比原著中的自由与放任，女主角在两个空间的思考和寻找过程中，也得到了成长——

女：我终于找到你了。

男：我知道你会来，我已经等了很久了。

女：与你不寻常的相识，让我怦然心动，在你充满情调的目光里，我看见了我如歌的美丽。我们之间有一种默契。我几乎相信了你……

男：可是你找的并不是你想要的。

女：寻找有时候是个陷阱，进得去，出不来。

男：你到底要找什么？

女：不知道，也许是……

男：行为。这个世界就是人类的一件艺术品，每个人都是艺术家，每一天都可以写进艺术史。我们永远相互配合，彼此生活在对方的艺术过程之中。我们最后要说的是“谢谢合作”。

女：可行为是过程，不是结果。我们永远无法逃避最后的结果（剧中男人出现在台阶上）……你是谁？我不认识你，不！这不是我所要的。

男：这，就是结果！

女：不！不……

在片尾的正式演出舞台上，在剧场观众的注目中，这是全片唯一以对话形式呈现的“戏中戏”，也是最后一个“戏中戏”。演出结束后，跨海大桥上男女主角再次相见，真情告白，除了兑现此前的“行为艺术”承诺，“戏中戏”的猜忌和彷徨也圆满画上句号。

值得一提的是，小说文本中有很多男主角郜林的独白，这也是文学作品中比较常用的一种人物表现方法。但是电影文本却将之转化为女主角刘云的独白，并且比较频繁地呈现，发挥了转场、揭示剧情、刻画人物内心等多重作用。独白的台词则非常明显地采用了莎士比亚的语言风格，从词汇、句型和格式，到模糊的语义，值得反复推敲。刘云的饰演者袁泉拍摄此片时，刚从中央戏剧学院毕业分配到国家话剧院，刘云的纯洁美丽和孤独忧伤被她通过萨翁式的心灵独白精彩演绎，可以与专业的话剧媲美。此后，袁泉也通过《琥珀》《暗恋桃花源》《简·爱》等作品，证明自己具备优秀话剧演员的专业水准。这是后话。

### 3. 双重视角的性别叙事

性别叙事是综合运用性别理论与叙事学相关理论，对文学和电影等叙事性艺术进行批评的方法。小说文本和电影文本的叙事都需要通过电影角色之间的冲突来推动电影情节的发展，文本中男/女角色的性别符号及其书写视角，对于人物构建和叙事目的有很强的指涉性，由此产生的叙事话语，被认为拥有某种性别力量。

小说文本《行为艺术》从男性/男主叙述视角出发，讲述刑警工作和家庭生活中的种种失落，以及与青春美丽、从事艺术工作的女朋友的恋爱经历。原著文本在郜林的叙事视角下展开，使得受众只是单方面接近和感受到男主角的内心与情感世界。电影文本《蓝色爱情》则在原有的单一叙述视角上，增加了女性/女主叙述视角。小说文本中没有故事铺垫、独来独往的“行为艺术”女主角飘云，不仅离生活远，离受众也远，没有人知道她的内心世界和所思所想。电影中的女主角刘云，却如同郜林一般立体细腻，她的快乐与忧虑，感情与感想，都在性别叙事中毫无保留地呈现。这种双性视角以及两性独白的采用，在某种程度上，赋予电影叙事“他／她者”反向镜子这样一个增加的维度，如同“戏中戏”与“正戏”被赋予的互文镜像意义。

两个文本都设置女性成为“行为艺术”的主体。小说文本和电影文本都是“看”的形式展现，包括刚刚提到书写视角和镜头的“看”，文本角色的“看”。而对于“行为艺术”主体的设置，则是为了从市场和商业角度出发，考虑受众的“看”，文本书写者的主观意图更为明显。“看与被看”是美国电影学者劳拉·穆尔维《视觉快感与叙事性电影》一文的核心观点，于20世纪70年代中期分析好莱坞经典电影文本时提出的。劳拉·穆尔维认为，电影提供若干可能的快感，其一就是观看癖，并提出在有些情况下，看本身就是快感的源泉，而相反的被看，也是一种快感。这种“看与被看”理论，基于对女性对象化地位的关注和寻求改变的诉求，曾一度掀起女性主义电影理论研究和电影批评的热潮。与之同期的女性主义浪潮，女性主义电影理论研究和电影批评，也影响和改变了一部分文本书写的性别叙事。

但在商业电影中，女性在视像中的处于“被观看状态”是毋庸置疑的。正如学者戴锦华在《电影批评》（第二版）一书中所指出的：“在中国乃至世界的历史与文明中都充满了女性的表象和关于女性的话语，但女性的真身与话语却成为一个永远的‘在场的缺席者’……女性的困境，源于语言的囚牢与规范的囚牢，源于自我指认的艰难，源于重重镜像的围困与迷惘。”分别创作于20世纪90年代初期和21世纪之交的《行为艺术》和《蓝色爱情》两个文本，书写背景是快速发展的经济和多元并存的文化交织而成的时代大潮，商业化的运作模式已经试水文化产业，这也是男性“理想观察者”主体和地位被保留的原因。

小说文本的性别叙事，并非完全趋向受众和商业，女主角“飘云”在恋爱关系中的主体和主动地位，显示出书写者将女性主义付诸文化实践的尝试，或者一种平衡考虑。电影文本的性别叙事，在淡化女主角主导地位的同时，增加了男主角在恋爱和工作中的存在感和认可度，也是对改编后男/女双重视角的一种平衡和商业考量。在影片《生活秀》中，霍建起导演也有这样的调整：女主角“来双扬”的追求者“卓雄州”，从小说中写字楼里的非精英男性，变身为资产雄厚的房产商，在男女双方的魅力较量中不再被动和卑微。如果说池莉的小说文本是用性别叙事视角撕开男性的外衣，任其尴尬地直接展示内心，那霍建起的电影文本则用通过转化或者提升的性别叙事为男性披上一件体面的外衣，重新返回属于自己的场域，完成角色的性别叙事。所以电影中“来双扬”虽然独立，却依然“被看”，并在男性视角和意愿下被动地展现自己。

性别叙事以及由此产生的权力关系，更多地受到叙事主体和市场/商业的约束。不论是小说文本还是电影文本，不论是原创还是改编，作为大众化媒介产品的属性，起着至关重要的作用。电影文本《蓝色爱情》表面上是将一种更为开明的态度带入两性视角和平等性别权利表达，但对“行为艺术”女性主体的“被看”保留，以及女性恋爱支配地位弱化，实际上是电影文本创作者自身性别差异和市场因素约束的博弈结果。与此同时，新时期以来后现代主义、后结构主义和多元文化论的多重影响下，性别差异的二元对立转向多元化的观照和认同，女性主义理论也由此转向。这些综合因素让小说文本和电影文本不再有惯例可循，但设置在这种性别叙事和视角下的角色、关系和情节，会因此获得更多的戏剧张力。因此，即使没有三角恋爱和兄弟成仇等桥段，《蓝色爱情》在潘粤明和袁泉的演绎下同样精彩纷呈，前者的外形和气质与“郃林”完全契合，后者的美貌、精灵与淡淡忧伤更胜原著文本的“飘云”。其他角色也在新的冲突和矛盾中改变，如刘云母亲李文竹的失语，李文竹丈夫卧底身份的巧合暴露，马白驹自首前与女儿相认等。

### 4. 现代唯美的艺术风格

电影文本是导演、编剧、摄影、服装、美术等专业人士集体创作的结果，融入了整个团队的构思和智慧。在小说文本向电影转化的二次创作过程中，导演是连接两个文本的“核心”，也直接影响作品的最终风格。在主题情节、电影结构、性别叙事等方面对原著文本进行商业化改造后，导演霍建起并没有试图创新电影类型，而是延续自己标签式的唯美艺术风格。影片拍摄地点选在大连，海洋的“蓝色”成为整体基调，同时呈现一个宽广宏大又深邃冷静的叙事背景，故事发生的主体空间则是大连新旧城区的现代化建筑和西式老建筑，用独具魅力的空间呈现影片的不同叙事需要。

电影《如影随心》剧照

霍建起对影片唯美风格的坚持，也许就像《蓝色爱情》文本中的邰林，理想和现实会产生矛盾，但也会和平相处。美术系科班毕业的霍建起，用画家的构图和笔墨进行一部又一部的电影创作。要让故事和故事中的人物都散发着迷人的魅力，达到理想的要求，对小说文本《行为艺术》历时七年的打磨可以说不计时间成本。而2019年上映的另一部影片《如影随心》，从接触安顿的原著《绝对隐私——当代中国人情感口述实录》，到筹备拍摄的三年，霍建起跨时十年才将挑战唯美极致的电影文本完成。

《蓝色爱情》目标受众锁定青年群体，富于现代感和动感的画面，明快的剪辑节奏，与成长、婚恋和犯罪的多重主题呼应推进。人物情感的交流和性格的发展，也需要在这个叙事空间和有限的时间内进行。在这种情况下，简短的“蓝色”海洋空镜头不仅发挥了点题、转场和叙事的功能，也增强了影片的艺术气质和意境。改编自须一瓜中篇小说《淡绿色的月亮》的影片《夜色撩人》，在影片的开头和结尾同样用“淡绿色的月亮”画面点题和制造意境，表现感情初始的活力，以及对于修复美好夫妻关系的向往。《蓝色爱情》文本中类似这样的摄影和画面还有很多，比如反复出现的有轨电车，以及它们在夜

电影《夜色撩人》剧照

空中的流动光轨，相同服装但景别和场景不同的独白段落，不同叙事视角和事件中的北大桥等。

在《蓝色爱情》文本中，不仅有现代感和诗意的城市，有青春飞扬的年轻人，也有依旧存在的那段往事。摄影、音乐、美术、服装等各个分项创作，与导演一起构成了一部浪漫情怀、哲理探讨和文艺气息的合体作品，也构建了难以效仿的影片风格。除了影片《蓝色爱情》，在新时期以来的女性书写改编电影中，导演霍建起后续又拍摄了 3 部作品，分别是池莉中篇小说改编的同名电影《生活秀》（2002），安顿短篇小说《爱恨情仇》改编的《情人结》（2005），安顿短篇情感实录《曾经的外遇，永远的同谋》改编的《如影随心》（2019）。《那山　那人　那狗》（1998）、《暖》（2003）等影片则改编自彭见明、莫言等作家，不在本书探讨范畴。

从上述四个方面的分析看，《蓝色爱情》既不具备纯商业片的属性，也区别于“艺术片”和“艺术电影”，而是既注重艺术品位又注重市场反应的影片。目前很多人将这类“商业性”和“艺术性”兼具的影片称为“文艺片”。对此，学界仍存在争议，毕竟在成熟电影工业体系和类型片范畴，并不存在“文艺片”这一分类。实际上，介于商业电影与艺术电影之间的这类影片创作成本相对较低，能够吸引更多的电影人和制作人加入，孵化和培养电影制作的后继人才，这对中国电影生态的涵养和持续性收益都是积极的因素。

经历井喷式发展和新冠肺炎疫情影响的中国电影市场，会逐渐走向一个更趋理性的阶段，市场会更加细分，优秀的商业片必须有文艺的情怀和道德美学前提，优秀的艺术片同样拥有商业发展前景。在新冠肺炎疫情之后的恢复期，以及流媒体平台等技术革新带来的观影分流预期下，创作者更需要认清自己的创作处境，巧思和专业能力是必不可少的素质，否则不仅容易陷于不伦不类的尴尬，也存在极大的资金风险。

## 四、《世界上最疼我的那个人去了》：从长篇散文到电影

根据作家张洁同名长篇散文改编而成的电影《世界上最疼我的那个人去了》，在原著文本完成近十年后，成为导演马俪文（影片署名 马晓颖）搬上银幕的处女作。在笔者梳理的新时期以来女性书写改编电影中，影片《世界上最疼我的人已经去了》（2002）、《永生羊》（2010）、《八月未央》（2021）均改编自散文。散文改编的难度很大，电影创作者出于各方面考虑较少涉足，导演马俪文及其创作团队对于长篇散文《世界上最疼我的那个人去了》的改编具备一定的尝试勇气，笔者试图从叙事结构、表现形式和改编视角等方面，比较电影文本对散文文本的坚守和嬗变。

### 1.“非虚构散文”与散文电影

文学中“非虚构”的概念源于20世纪中叶，西方很多作家将新闻报道的写实方法，与传统小说的虚构和想象力结合，进行新的写作尝试。国内学者在20世纪80年代将报告文学、非虚构小说、纪实小说和口述实录文学等统称为“非虚构文学”。为呼吁文学创作者介入、审视自己当下生活与经验，探讨和实验更多新的写作方式，《人民文学》杂志在2010年开设“非虚构”栏目，并发表李娟的《冬牧场》、梁鸿的《中国在梁庄》、阿来的《瞻对》、王小妮的《上课记》、郑小琼的《女工记》等一系列作品，引发“非虚构”创作的热潮。时至今日，关于“非虚构”的概念界定和内涵阐释仍有不同见解，笔者在此借鉴学者陈剑晖2021年在《中国当代文学研究》发表的文章《“非虚构写作”概念之

辨及相关问题》中的界定——“非虚构写作作为一种广义上的文学类型，它是‘虚构’之外的一切写作的总和；作为一种狭义上的文体，它是散文文体里的一种文学样式，其概念要小于散文。”

《世界上最疼我的那个人去了》创作于1992年，张洁用“非虚构”长篇散文的形式，把失去母亲后的痛与悔写得悲伤彻骨，用一种情感所能达到的极致方式，记录和回忆与母亲相伴的最后岁月。正如张洁文中所说，“没想到这十几万字写得这样艰难，初始每写几个字就难以自持……在我所有的文字中，这十多万字可能是我付出最多的文字。”这位1978年开始书写的作家，此时已经凭借长篇小说《沉重的翅膀》，获得1985年的第二届茅盾文学奖，并且在20年后凭借长篇小说《无字》二度获得茅盾文学奖。

“非虚构散文”的代表作品是作家李娟的散文集《冬牧场》，讲述她自己跟随新疆哈萨克牧民深入东牧场生活的经历，这部作品是笔者前述的《人民文学》举办的非虚构写作计划的成果。创作长篇散文《世界上最疼我的那个人去了》的20世纪90年代，虽然出现了一批反思历史、探寻人文和观照社会的散文作品，但多以随笔和介于散文、小说之间的书写方式居多，张洁如此真实深刻的经历和感情书写，算是“非虚构”散文的更早创作，也是一位优秀作家职业才华和素养的自然流露。

相对于人物形象和情节故事充分铺陈的叙事类书写作品，以及意境和意象蕴含丰富的抒情类作品，甚至同属“非虚构散文”的《冬牧场》等作品，笔者认为以情感和内心悔恨为内核的《世界上最疼我的那个人去了》，仍然是改编难度之最，而更难的是情感还原和接受，这应该也是张洁多次拒绝改编授权的原因。

电影文本《世界上最疼我的那个人去了》整体采用对应原著文本的散文电影范式，但是在线性叙事的主体结构下，颠覆与重构了部分情节和人物。这种改编使得影片呈现两种风格。首先是散文风格，用看似松散的结构将线状和块状情节连接，有“形散神不散”的美学观照。其次是非真实风格，与原著文本和真实生活的“淡化”“留白”“委婉”相背书写，跌宕起伏的冲突和对话与情感线跳脱，张力过度而内力不足。

在电影文本中，我们看到的是女作家（斯琴高娃 饰）的慌乱奔波和暴躁脾气，虽然散文文本也有这样的直接和间接表述，但把没有耐心、粗暴呵斥、恐吓母亲等更多琐碎情节频繁甚至夸大地呈现时，悔恨和伤痛的情绪少了表现空间，更是没有给观众留白和思考的时间。虽然散文电影不具备诗电影般的唯美、隐喻和想象的意境，但主观感受、情绪表达和传递仍然需要一条有效通道，在张弛间游刃有余地释放。

令人遗憾的是，原著文本中有很多倾诉排比和隐忍的感情流露，能够起到舒缓叙事节奏的作用，也适合用镜头语言表达，却被改编者舍弃，比如：“听到有人叫‘妈’，我仍然会驻足伫立，回味着我也能这样叫‘妈’的时光，忍咽下我已然不能这样叫‘妈’的悲凉；在商店里看见适合妈穿的衣服，还会情不自禁地张望很久，涌起给妈买一件的冲动；见到满大街出租的迷你‘巴士’，就会埋怨地想，为什么这种车在妈去世后才泛滥起来，要是早就如此兴旺，妈就会享有很多的方便……”在此，笔者想再次强调“留白”对于丰富影片文本意蕴的作用。首先是“虚”的空白笔法，比如在影片文本《青春祭》中，身兼编剧和导演的张暖忻将很多表现时间和空间的非叙事画面组接到一起，让观众在舒缓的观影中感受深远意境。其次是“虚实结合”的空白笔法，在影片文本《生活秀》中，叙事结构和张力表现都比较强，但画面和色彩精心营造的“来双扬”的微笑、落寞与忧伤，以及伴随人物情节起落而不曾改变的吉庆街，都让观众的思绪和感受有了落点和缓冲的空间。

回看散文电影近百年理论和实践发展，从强调情节和戏剧结构，到不采用完整连贯的情节冲突和使作品更加接近生活的本来形态，包括《公民凯恩》《城南旧事》等国际国内经典创作，其实并不排斥戏剧性，但需要在相对自由的散文结构和自然的日常生活描写中，表现真实可信的艺术效果，而在某种程度上，电影文本《世界上最疼我的那个人去了》失去了一定的真实性和感受。

### 2. 个人型叙述声音与电影表现形式

美国学者苏珊·S. 兰瑟是女性主义叙事学的创立者，她将结构主义叙事学和女性主义文学批评进行有效对接，将叙事形式分析与性别视角融为一体。在《叙事行为：散文化小说的视角》《虚构的权威——女性作家与叙述声音》等专著中，她不仅率先探讨叙事形式的社会性别意义，还总结了女性叙事声音实现话语权威的三种策略，即作者型、个人型、集体型。虽然苏珊·S. 兰瑟的理论以小说为研究主体，但笔者认为原著文本《世界上最疼我的那个人去了》的叙事结构和视角符合其研究分析体系，因此大胆借鉴探讨，算是一种探索。

在散文文本《世界上最疼我的那个人去了》中，叙述者是文本中的主角，是以往的自我书写，同时也是作者的经历书写。苏珊·S. 兰瑟在比较三种女性叙事声音实现话语权威策略的不同时指出，"个人型"叙事声音即自身故事叙述，将私人声音公开化，同时也指有意讲述自己故事的叙述者，其优势在于可以统筹其他人物的声音，但不具备"作者型"叙事声音那种超越具体人的优先地位，以及更多地发挥知识和判断的宽广余地。

从某种意义上说，原著文本具有"个人型""作者型"的两个话语优势，散文文本以"一九九一年七月底，妈突然以迅雷不及掩耳的速度衰老了，身体也分崩离析地说垮就垮了。好像昨天还好好地，今天就不行了，连个渐进的过程也没有"的简短开头直接进入叙事，在叙述事件走向和内心感受的个人视角基础上，也加入大量医生、朋友、保姆和母亲等人物有关疾病知识、就医建议和判断等信息，并在这个过程中完成了人物、作者、叙述者，以及所处时代、阶级的关联建构。

女性书写者有力的叙述声音，总能受到更多同性的关注，特别是有同样经历的同性。导演马俪文正是这样一位女性，特别的是她当时正在中戏就读导演专业，电影文本《世界上最疼我的那个人去了》是她的处女作。马俪文改编电影的初衷是为了自己的母亲，她当时正在天津照顾长期不在一起生活，患食道癌晚期的姥姥，书中的情节和情绪母亲正在经历，特别是姥姥去世后母亲也垮了，长时间走不出内疚和遗憾。为了拍摄这部影片，她进行了很多设想，也费尽周折地劝说张洁，但后者一直以不愿私人情感公之于众拒绝拍摄和改编。马俪文最终在某个冬夜将手写的“不管怎样我依然爱您的作品”留言塞进张洁家的门缝，开始漫长的等待。

从拒绝到合作的过程用时很长，集编、导于一身的马俪文也用尽所有力量来创作电影文本。正如电影文本的开头，以倒叙的方式将“姥姥”突然离世这一核心事件和情感爆发点呈现，女作家诃在慌乱和悲痛中自白：“我失败了，我败给了妈。我不可能战胜得了命运，也不可能挑战得了上帝，妈是含冤而死的，是我害死了妈，是我的刚愎自用害死了妈……”这段内心独白奠定了本片羞愧与悔恨的主要基调，这与原著文本是一致的，但导演不仅仅表达女作家的经历和感情，与此同时也借助作家的“个人型”叙述身份，将自我经历和情感糅入其中，使得电影文本开场便呈现更加迫切和强烈表达的改编意愿。

电影文本《世界上最疼我的那个人去了》保留了原著的场景和情节，甚至挖掘了很多细节处的书写，比如女作家游走世界列国、签售和参加活动的繁忙日常都用画面悉数呈现；母亲要求做手术时和医生的应酬话语“从今天开始你就是亲人了”也原样保留；接母亲回家时借丈夫的司机之口，说出“姥姥”脸黑的病情隐忧；手术室门外独自一人时，也喊出“妈，您放心”……再加上贯穿全片的第一人称画外旁白，电影文本中的“女作家”也成为重要的叙事主体。导演采用如上所述的写实主义手法和长镜头，试图塑造和还原叙述信息，同时还将交叉蒙太奇运用其中，将不同时空的事件交叉剪辑，以呈现女作家诃忙乱、焦虑的紧张形象，以及为别人付出多、对母亲有亏欠的女儿形象。

长篇散文《世界上最疼我的那个人去了》在十几万字的书写中，“作者型”和“个人型”的叙事声音并没有显性的区分或标识，读者在涓涓细流的情感和点点滴滴的事件中，被无声地引入，体会和领悟女作家内心的真实表露。但是电影文本中，各种表现手法的加入和集中、显性地表现方式，让原著文本母女二人的情感交流，匆匆掩盖在情感冲突之中。改编表现情感为主的文本的叙事难处在于，创作者试图还原原著文本，又试图有所创新和突破，兼顾两者的矛盾在电影有限的叙事时间内被放大，要么整体叙事失衡夸张，要么呈现撕裂和不和谐的反面效果预期。

影片《城南旧事》也高度还原了原著文本的生死、危机和困惑等情感书写，而且叙事涉及更多的人物和事件，导演吴贻弓采用更为简洁和符合文本的电影表现方式，以及象征性的重复镜头语言构建节奏，用频繁出现的音乐营造意境，将生命无常的忧伤和哀叹充分表达。

当然，电影文本《世界上最疼我的那个人去了》对于原著文本的叙述声音有很多巧妙地表现，比如影片开始板块，女儿出差归来进入到母亲家中的场景，导演用“母亲”听到保姆叫“阿姨”时，转身接电话的动作，表达了原著文本的两个叙事细节，一是女作家经常不在母亲身边，很多时候只能打电话问候；二是母亲的眼睛和病情如散文文本开篇所述，以迅雷不及掩耳的速度衰老了。影片运用长镜头来表现母亲的日常生活，在某种程度上缓解了叙事的视觉紧张，上述都是值得肯定的电影表现方式。

### 3. 虚构的场景情节与完美想象

电影文本《世界上最疼我的那个人去了》对原著的时间背景进行了整体挪移，由20世纪90年代初，变更为新世纪初。前者是作家张洁创作长篇散文的时间，后者则是导演马俪文拍摄影片的时间。有相似家庭情感经历，但是成长时代和背景不同的两位女性，通过散文文本《世界上最疼我的那个人去了》产生关联。也许是还原拍摄原著时代的条件和经费受限，也许是出于创作者自身因素考虑，但是时间挪移设置并未与文本内核产生关联，仅仅是涉及一些细节的改变，比如母亲一万元的手术费变更成了十几万，跑步机的添入以及母亲术后锻炼等情节的加入。

电影《世界上最疼我的那个人去了》剧照

电影文本的空间背景相较原著文本也有一些比较大的改变。比如，原著文本中母亲的家是单元房，从医院看病返回，作者有这样的描述："回到家里，已是暮色苍茫、八点多钟的时分了，下车以后，妈没有让我搀扶，她说：'你去开门吧，我自己上楼。'……她刚上了二楼的大阳台，慢慢地、小心翼翼地走着，看上去和一般的老年人没有什么两样。"作者对母亲居住条件和家庭变迁背景也有相关交代："……特别是搬到西坝河以后，暖气烧得很热，不像在二里沟住着的时候，一到冬天房间里冷得连毛衣、毛裤、棉袄、棉裤、大衣、围巾、口罩都得穿齐戴好，那还冻得妈浑身直抖。她不止一次拉着胡容参观西坝河的房了，说：'你看多好啊，比起过去的生活，真是天上地下了。'……"电影文本中母亲的家设置成四合院的平房，除了有一定的地域特色和营造更多的镜头空间考虑，并没有呈现与时间挪移的关联。特别是母亲手术前与邻居告别，用四合院里奔跑玩耍的别人家的"儿孙满堂"场景，来衬托母亲的冷清、无助和女作家的繁忙，不仅与原著情节出入较大，在叙述视角上也发生了变化。这个冷静而全知的视角还在医院、锻炼等场景中叙述和记录，试图以叙事主体之外的改编者话语优势，充实电影文本的信息和画面。

也许是长篇散文文本采取日记体方式，在事件发展的时间线之下，能容纳更多的母女生活琐事和情感，电影文本的难度在于要使之视觉化的同时，还要考虑增删和调整的细节与逻辑。但是笔者觉得其中一些调整，特别是与原著文本不符合的添加元素，影响了整部作品的神韵。比如，母亲生病后，女主角打电话给美国的女儿，问能不能回来，姥姥很想她，女儿说完“快考试了”，两人的对话匆匆结束。随后的场景中，母亲在医院床前主动和女儿聊，说孙女在美国，回来要不少钱，要有山高水低，别让她回来，姥姥才安心。在原著文本中，上述情节信息来自姥姥和孙女的书信，朴实地将三人之间的感情和各自内心的默契交代得非常清楚，打不打电话，说不说实情，都会为对方考虑到极致而不留痕迹。另外，姥姥手术之前备皮，女儿却受丈夫委托去火车站接他父母，电影文本用蒙太奇手法对比姥姥的孤独落寞和女儿的顾全别人；姥姥术后马上出现的“谵妄”症状，迅速升级的母女矛盾刻画，以及女儿赶赴医院途中摔倒，出院后母亲在托老所门口等情节，不仅与原著文本相去甚远，更看不到母亲对女儿的“疼”，以及女儿对母亲的“悔”。

不同类型的电影具有不同的创作原则和美学范畴，对于真实事件改编的影片，如何适当遵循虚构的原则，如何保持真实与虚构之间的平衡，是改编者们需要考虑的一个重点。

原著文本关于婚姻关系、关于丈夫的叙述很少，仅有“二婚”“做过心脏手术”“是单位领导”等零星信息，在母女二人的关系和情节中几乎“不在场”。但是影片文本增加了很多丈夫的戏份，包括与妻子聊手术费用，说家里的钱已经寄给女儿“书包”了，需要去单位借；丈夫去医院探望母亲，女作家不满丈夫装修工期延误，在医院走廊大发脾气；母亲去世后，丈夫体贴地告诉女作家说房子装修好了，引发女主角伤心等。虽然不同媒介文本之间对同一时间的表述存在差异与张力，但笔者认为在原作真实基础上的改编，需要从一些有迹可循的证据出发，进行尽量符合事实的情节和人物改编，而不是追求剧情或者人物的完整、完美。

新时期以来的女性书写改编电影作品，很多都涉及了母女困境主题，与《假装没感觉》《春草和她的母亲》等影片相比，《世界上最疼我的那个人去了》带有半纪录的色彩，也力求引起更多的女性关注这种困境带来的彼此伤害和遗憾，正如改编者在影片开头特别书写的“谨以此片献给所有的母亲”。虽然很多女性导演并不愿意作品被贴上性别标签，但是出于性别共情而关注、反映女性生命困境与情感困境，以及对女性生存和体验的关心慰藉，在任何时代都有正面的积极价值。

## 五、《喜欢·你》：类型创作的借势与变奏

21世纪以来，网络女性书写者数量越来越多，在受众中的影响越来越广，很多优秀的作品被改编成影视剧，不断刷新收视纪录，比如桐华的《步步惊心》，阿耐的《大江东去》《欢乐颂》，流潋紫的《后宫·甄嬛传》，顾漫的《何以笙箫默》，蒋胜男的《芈月传》等。驻站晋江文学城的作者蓝白色，在爱情主题文本创作中风格多变，《无爱承欢》《步步错》《遗爱记》《终于等到你》《时光还在，你还在》等作品在读者中口碑不错。影片《喜欢·你》改编自其中的网络长篇小说《终于等到你》，2017年上映后收获2.11亿元票房，成为年度国产爱情片中的一匹亮眼黑马。电影上映三年后的2020年，改编电视剧《我，喜欢你》在腾讯视频播出。笔者从主题、叙事、人物和视听语言等方面，对小说文本和电影文本的异同进行比较分析。

### 1. 网络IP的精心选择

网络文学创作进入新世纪方兴未艾，随着受众群的增加和积累，影视剧创作者从2010年开始试水这类网络文学IP题材，在随后的几年一直处于创作的旺盛期。电影文本《喜欢·你》正是在这种背景下创作改编。原著《终于等到你》（网络原名《男人使用手册》）因为采用日记警语和经验式的编目书写，以及挑逗味蕾的美食内容衬托，让原本比较泛滥的“霸道总裁爱上我”式婚恋主题，有了很多新意，使其能够在浩瀚如烟的网络小说作品中脱颖而出。

电影创作的投入和产出比存在很多不可预料的决定因素，票房和口碑的两个极端结果往往在很短的时间内上演，这让创作者热血沸腾又忧心忡忡。除了对小说文本和主题的斟酌，网络小说的粉丝数量及其活跃度，成为电影创作者一个极为重要的考量因素。很多网络书写者在每日更新和网站连载的过程中吸引了大量固定读者，他/她们会追随书写网站和个人博客等文本平台和媒介，留言讨论情节走向、人物喜好，提出写作建议等，甚至组建属于“原著粉丝”的沟通渠道。他/她们期待看到作品的视觉化再创作，也会成为电影改编过程中重要的宣传和推广力量，更是电影消费的“主力军”。

电影文本《喜欢·你》不仅选择了这样一部具有固定粉丝和热度的网络原著作品，也在筹备、拍摄到宣传等影片创作和上映的各个阶段，与“原著粉丝”和媒体联动互动，投放与原著文本相关的信息、动态及物料，将改编电影最大化地与网络小说文本产生关联和话题。最终，无论是互联网营销所建议“经常给观众一些新鲜的事物，让他们为之惊喜，并设法将这些惊喜持续下去，直到影片发行”[1]，这样的心理攻略实施，还是电商合作、线上线下互动、调档换档等套路式营销，在网络文本对比和话题性的叠加效应中，《喜欢·你》在众多霸道总裁书写和“小妞电影”的趋同性创作热潮中，有了更具内核的吸引力和辨识度。

### 2. 多主题糅合的类型变奏

网络文学作品虽然也有言情、玄幻、穿越、盗墓等泾渭分明的类型书写范式，但读者更多的是在想象中完成阅读体验。电影创作不仅要顾及社会发展和电影消费主体的变化因素，以及对原著文本内容选择、增删和更多相关考量，还需要将读者想象变现，以适合电影文本的创作方式呈现在银幕上。影片

[1] 阿里云：《越来越多的电影开始依赖互联网进行营销》，《云资讯》2015年3月20日。

电影《喜欢·你》剧照

《喜欢·你》延续了“神经喜剧”的文本风格，也杂糅、复合和创新了更多类型元素，演绎了多样风格的类型“变奏”改编。

神经喜剧，诞生于从无声到有声的电影重大技术变革及20世纪初全球经济大萧条的社会变革时代背景下。剧作多以上流社会富家女与差别化阶层的男主角之间的两性对抗为主要戏剧冲突，用“神经质”式的对白、表演和情节来推进叙事，最后以大团圆结局。其类型在20世纪三四十年代迅速兴盛，“二战”期间及随后得到发展。《一夜风流》（1934），这部在奥斯卡历史上第一次囊括最佳影片、最佳导演、最佳男女主角以及最佳剧本五项大奖的全满贯作品，被认为是这一类型的代表作——“在戏剧冲突构成、主题表述、叙事风格等各个方面建立了神经喜剧的类型标尺。”[1]乔治·萨杜尔则以“把观众的注意力转移到一个安乐世界中”来评价影片产生的社会心理认同。随后拍摄的《育婴奇谭》（1938）因角色古怪奇异、对白机智幽默、情节意外狂乱等典型性表现，对神经喜剧的风格形成、发展起到推波助澜的作用。20世纪70年代，神经喜剧再度进入创作视野，为适应时代转变，这一类型创作在满足观众逃避现实心理需求的同时，故事背景更趋都市化，所呈现的两性关系趋于中产化，“神经质”表演和情节有所淡化，着重演绎一个完整故事，如《爱的大追踪》（1972）、《落跑新娘》（1999）、《电子情书》（1998）等。而这一类型在中国同样得到延续和发展，如早期的《太太万岁》（1947）、《乘龙快婿》（1947），以及近年来的《北京遇上西雅图》（2013）等。

[1] 冯欣：《作为意识形态战场的性别喜剧——好莱坞神经喜剧研究》，《北京电影学院学报》2010年第2期，第65—71页。

网络小说文本《终于等到你》在男女主角差异化和情节效果、语言台词等方面具有“神经喜剧”类型创作基因，电影文本《喜欢·你》将其延续，并在人物塑造、视听表达及叙事结构上都对这一类型传统做了突破和改变，形成新的“变奏”。在电影中，基于“一对不搭调的男女因美食结缘的爱情故事”主题和文本特质的对抗性意识形态贯穿全片，阶层冲突、年龄冲突、个性冲突、生活习惯冲突、地域冲突，甚至对白冲突……影片试图延续和扩大这一电影类型的“神经”气质，为剧情的展开做铺垫。不同于《罗马假日》基本照搬《一夜风流》的“千金小姐”与“落魄记者”的叙事文本和载体，《喜欢·你》原样采用小说文本建构的“平民化”女主角——“顾胜男”。这种人物身份的“变奏”与神经喜剧类型文本女主角的阶层设置相去甚远。如果说，神经喜剧《北京遇上西雅图》（2013）关注于中产阶级的价值和文化反思，《喜欢·你》则试图书写一个平民女性独立自强的主流价值观，其意义在于更贴近中国社会变革和经济发展中的普通民众，拉近与目标观影群的心理距离。男主角身份的反向设置的沿用，也是因为网络小说文本的刻画已经具备足够的人物冲突，满足“神经喜剧”类型的阶层矛盾和嘲讽需要。但变更后的女主角设置甚至比原著文本更加“灰姑娘”，连容貌的加分项也被去掉，这也许是改编者为了妥协于现实中更多的普通女性，以及“网生代”“乐活族”“小镇青年”等诸多青年亚文化群体。这种看似更有时代感的创作杂糅，有向某些现实中不劳而获的性别关系和阶层关系“呼应”，又暧昧示好于主流价值观和文化的嫌疑。

叠加效应，在行为经济学和心理经济学领域运用较广，指向意义有正负两向。即当一件事对行为主体有利，另一件事也有利时，可能原本不利的第三件事，却因为第一、二件事的有利而变得有利。反之亦然，如果第一件事对行为主体不利，第二件事也不利，这时原本有利的第三件事则因为第一、二件事的不利而变得不利。叠加效应，实际上是一种扩大效应。剧作、制作以及营销是一个电影项目最重要的三个支点，在电影的商业属性得到越来越多关注时，市场反制创作的现象也日益普遍。电影类型创作的“变奏”，也往往是创作者多重考量和效应“叠加”的结果。但是《喜欢·你》主题的多重兼顾与摇摆乱感，从艺术和心理层面而言，易导致人物角色的模糊化。顾胜男（周冬雨饰）和路晋（金城武饰）的高落差年龄设计，以及“私人女厨”（林志玲饰）美丽、矜持的角色，都缺乏突破性和有新意的代入感，和“小妞电影”“大叔电影”及普通三角恋混杂，消解了神经喜剧的“神经”气质，角色辨析度因趋于脸谱化的表达也有所降低。此外，两性话题在生活中的隐晦性、两性间的反讽和嘲弄，是神经喜剧主要“神经”和“喜感”来源，不仅仅在男女主要角色上，还包括贴着各种标签和符号的其他人物。正如《育婴奇谭》《毒药与老妇》《太太万岁》等影片中，配角所演绎的性别和反讽的喜剧效果也往往对全片起到了多点支撑的作用，而《喜欢·你》其他角色几乎无关影片的神经喜剧类型化创作。

### 3. 叙事结构碎片化

《喜欢·你》小品式情节设置有的具有真实性，有的则明显带有虚幻色彩。在神经喜剧的类型文本中，这种假定性的纠葛以及不常见的各种冲突凑集，让神经喜剧的喜剧效果能够淋漓尽致地发挥。但是，小品化情节的张扬并不意味着剧情和叙事结构的碎片化。“讲明白一个故事”是类型片最基本的叙事任务。网络小说《终于等到你》数十万字的体量足够讲清楚一个故事，包括完整的男女主角家庭背景和性格形成原因。但是显然电影文本《喜欢·你》面对这个完整的故事难于割舍，试图在一百分钟的电影画面中尽量还原故事，以及人物和逻辑。在时间和体量不够的情况下，匆忙在影片后半段闪现式地加入一些人物关系，但这些试图解释人物性格背景、推动剧情冲突的情节和人物设计未能达成所愿，反因叙事节奏控制的偏差，妨碍了影片认同机制的成功构建。比如“私人女厨”这一看似麻烦、有戏点的三角恋关系，缺乏特色和充足的戏码支撑，最终草草收场；父子和解、男女主角感情遭遇障碍、感情障碍克服的剧情走向也没时间展开；路晋父亲、路晋助手和酒店总经理的人物设计显得干瘪，没有发挥原著文本中的铺垫和衬托作用。

在经典神经喜剧中，如《一夜风流》和《育婴奇谭》，人物关系的复杂化恰好是创作者放弃的，情节和剧情设置都以男女主角的斗智斗勇和各种意外为起承转合，并完成叙事。影片《太太万岁》的人物关系虽然复杂，但岳父（石挥饰）与女婿（张伐饰）的人物塑造，以及妻弟与小姑的情感戏，都在男女主角叙事主体下展开得巧妙而充分，人物饱满，没有突兀及节奏的不稳定。导演许宏宇尽管有十几年的剪辑经验，影片整体剪辑流畅，但并不能代偿叙事时空、叙事结构的创作遗憾。观众接受并认可一个故事和叙事的心理过程，需要将影片依次呈现的信息点联系起来，建立相应的逻辑关系。显然，《喜欢·你》对视觉元素和小品式情节的过度关注，压缩了叙事时间，也扰乱了有效的叙事逻辑关系的建立和人物塑造，实属遗憾。

在这部呈现精致创意美食与甜蜜清新爱情的主题中，周冬雨完全成为画面和叙事主角，在迷糊邋遢的生活造型和斗智斗勇的菜品制作中，将一个个的碎片化情节连接。周冬雨是继周迅之后，备受导演喜爱的女演员之一，演艺道路发展很快，从处女作《山楂树之恋》开始，《同桌的你》《心花路放》《谎言西西里》《七月与安生》，一路获奖无数，也拥有众多粉丝受众。与金城武联袂出演《喜欢·你》的年龄差，以及“神经喜剧”的类型题材，对周冬雨的创作要求和票房预期都很高。在影片文本中，她也将与“霸道总裁”路晋（金城武 饰）初见时的惊慌失措，“以菜会友”的欣喜甜蜜，收获表白时的娇痴狂喜演绎得颇有一番味道，但是过于精心铺

电影《七月与安生》剧照

陈的段落，与男女主角内心的情感走向不甚合拍。女主角闺蜜徐招娣（奚梦瑶饰）被改编成一位新时代的网络主播，她和男主角助手孟新杰（孙艺洲 饰）的感情副线，也因为叙事时间所限，碎片成点点滴滴，构不成完成的情感发展线，更没有起到小说文本中的关联剧情和人物的作用。

### 4. 语言冲突让位视觉移情

神经喜剧是一种听觉大于视觉的类型电影，正如乔治·丘克在1940年执导的经典神经喜剧《费城故事》（1940），就几乎全部以对白为主，《一夜风流》《育婴奇谈》《史密斯先生到华盛顿》《苏利文的旅行》等影片也让观众领略了男女主人公唇枪舌剑的乐趣。电影评论人马克·卡曾斯在《电影的故事》一书中认为，“这种对话重叠的技法，在过去的电影中未曾如此被强调过，后来则为喜剧片和剧情片的表演技巧增添了几许真实感”。

电影文本《喜欢·你》因美食在片中所承载的视觉、叙事以及冲突构建的需要，主动弱化了原著文本中的精彩对白呈现，在类型化创作中使这一原本出彩的元素成为配角。影片前半部分，顾胜男和路晋的美食“逗趣斗智”胜过言语交流。随着故事的推进，男女主人公又开始了浪漫的恋情演绎。贯穿影片的蒸、煮、煎、炒、炸、煨、焗等特写镜像蒙太奇处理方式，主要承担了视觉传情、移情、表达感情的需要和作用。这些美食视觉元素，一方面剥离了神经喜剧语言的对抗性，另一方面又以另一种心理和视觉需求吸引并带入观众。这种视觉移情手法的优势在于，更轻松地将观众带入某种状态/剧情，并且能迅速转入另一种截然不同的状态/剧情，给叙事表达提供了更多可能性。神经喜剧中对白和人物演绎的表情及肢体语言的融合，在视听效果上是一种互为弥补、互为矫正，以及演绎冲突和推进剧情的需要。

毋庸置疑，视觉移情和让位语言冲突，并没有让电影文本《喜欢·你》的类型化创作在原著文本的基础上，取得更大的商业化元素的“叠加效应”。爱情片的普世与共情，以及拍摄门槛高成低就的兼容性，使之成为新老导演皆欢迎的电影类型。综观近年的国产爱情片，特别是中小成本制作影片，暗恋、初恋、失恋、虐恋等模式化、毫无新意的故事文本和剧情冲突，浮夸和脸谱化的人物载体，让创作陷入泛滥，面临对观众“再次吸引”的难题。《喜欢·你》文本用“霸道总裁”式虐恋的“旧瓶”，装上美食制作的视觉轰炸“新酒”，虽然收获了一定的票房和口碑，但是与类型和元素不那么杂糅，认真讲故事的很多同类创作相比，受众和业界的综合反馈仍有遗憾。

《喜欢·你》电影文本的创作开始于2014年，历经3年“上市”，对于一部中小成本的商业电影而言，几近时间和成本控制的极限，但这也是网络文学改编的平均周期。这种改编时间的滞后性，使原本是IP热产物的电影文本《喜欢·你》所期待的市场号召力和积极效应逐渐消解，而创作者为了应对市场“利空”对原著文本进行的关于主题、故事、情节和人物的改造，虽是IP高潮时代结束调转船头的自我解救，但改造痕迹和目的太过明显及仓促则带来了上文提到的弊端。

新时期以来的女性书写改编电影中，很多类似的网络作品改编，比如《何以笙箫默》《第三种爱情》《夏有乔木雅望天堂》《微微一笑很倾城》《致青春·原来你还在这里》《那片星空那片海》《鲛珠传》《最好的我们》等，题材和改编风格各异，市场反响也不同。网络IP对于电影创作的商业化叠加效应的不可控和意外因素，以及巨大的红利诱惑，必然使众多创作者在百般矛盾中仍然跟风，创作出大量需要等待市场检验的电影作品和类型。但是，在相对成熟的电影市场中，类型化电影的创作与创新，代表受众观影期待的不同需求，也代表创作的责任与担当。从这种意义上说，《喜欢·你》等网络文学的改编和创新书写，正是在这种矛盾和背景下的一次实践路径尝试——“模仿”与“变奏”的妥协，艺术与商业的角力，票房和口碑的考验。

新兴媒体和书写方式的出现，一定程度上是对传统文学和电影作品的创新和完善，新媒体时代的多元化、多方位，与电影为更多受众服务的媒介属性高

电影《第三种爱情》剧照

度契合，呈现出更息息相关的联系。电影从创意、制作、发行到放映的产业链体系，每个环节对IP资源都有着强烈的需求。网络书写文本不仅为电影创作提供最为丰富的灵感源泉和作品，还提供了有关作品主题故事、类型样式、情节人物的诸多受众反馈，为电影的创作提供借鉴和参考。与此同时，电影改编也为网络文学的发展提供更大舞台和发展动力。从网络文学到电影文本，到后电影产品、知识产权的收益，以及文学、电影、电视、话剧、音乐等不同领域产生的互动和联动，为文化产业的发展提供了新的发展路径。

# 第五章

# 女性书写电影改编的<br>产业观察与思考

新时期以来，中国电影产业发生了一系列重大变革，包括影片制作、发行、放映在内的全产业链环节，新情况和新挑战无时、无处不在。从突破行业垄断，到民营电影公司崛起，再到互联网技术深度参与，改革开放四十多年来，电影产业每一阶段的变革，都足够影响深远。如果不能从产业角度展开对女性书写改编电影的研究，将会缺少对其实践路径和形态的更为客观的评介，也无法对作品的差异性和丰富性进行全面的概述。本章将以电影业重大决策、关键事件和影片创作为纵轴，以电影产业链各环节为横轴，进行产业梳理和探研。

## 一、女性书写改编电影制片与发行纵览

改革开放至今，中国电影制片与发行/营销业发生了巨大变化。本节将以中国电影市场化发展和产业化改革进程的几个时间节点，对女性书写改编电影进行阶段分析，探究其发展历程和变迁规律。

### 1. 1978—1992年：体制内的复苏与精耕

“文革”结束后，面对社会大众增长的精神和文化生活需求，电影业界从两个方面给予支持和保障：一方面，由相关机构成立影片复审小组，对新中国成立后十七年时期生产的633部影片中大部分因“文革”停止公映的影片予以解放；另一方面，各电影制片厂有计划、按比例进行生产复苏，同时继续沿用十七年时期的苏联制片模式。

数据显示，1978年全国发行的长片节目共计433个，电影观众达到231.4亿

人次。由女作家刘琦等整理的彝族撒尼人叙事长诗《阿诗玛》改编的同名电影，也在复映影片之列，于1979年元旦在全国公映。这部封存了14年的电影，以如诗如画的石林风景，《马铃儿响来玉鸟唱》的民族歌曲，缠绵悱恻的爱情，引发万人空巷的影史奇观。也就是在这一年，全国电影观众数量增至293亿人次，人均观看电影28次/年。

虽然1979年国产影片生产数量为59部，但加上复映片和译制片等引进片，“中影”公司发行的长片节目有135部。除了复映的影片《阿诗玛》，女性书写改编电影直到20世纪80年代初才有《百合花》（1981）和《人到中年》（1982）两部影片上映。直至1983年，共有《女大学生宿舍》《甜女》《拓荒者的足迹》《十六号病房》四部女性书写作品改编的影片进入市场，是这一时期女性书写作品改编的影片生产数量最多的一年。此后，除去1985年生产了《红衣少女》《张家少奶奶》《青春祭》3部影片，其他年份要么保持在1-2部的稳定状态，要么则没有影片出现，特别是1990—1992年期间，呈现连续空白的状态。

这种状况与当时的计划经济体制有直接关系。1978年，为了迎接新形势的需求和发展，国家在原有长春电影制片厂、北京电影制片厂、上海电影制片厂、珠江电影制片厂、峨眉电影制片厂、西安电影制片厂、八一电影制片厂的基础上，又批准成立了内蒙古电影制片厂、天山电影制片厂、广西电影制片厂和潇湘电影制片厂，拥有故事片拍摄权的制片机构增加到11个。1979年以后，北京电影学院青年电影制片厂、中国儿童电影制片厂、深圳影业公司、云南民族电影制片厂、福建电影制片厂相继成立，此阶段列入国家生产计划

电影《十六号病房》剧照

的故事片厂达到16个。其制片与发行方式为国家拨款拍摄影片，“中影”公司统一收购并发行。影片所涉及的历史、现实、农村、青年、工业和儿童等题材的选定，以及数量和搭配比例，均按照上级单位的要求严格执行。这种带有计划经济色彩的生产模式，保证了国家主流意识形态的宣传，也维持了电影业的基本运转，但在某种程度上也造成了影片生产与创作主体、市场需求的脱节。1979年，中国电影合作制片公司成立，但同样受困于计划经济体制的背景，以及中国电影处于自身恢复阶段，海外资金较少介入。

1978—1992年期间，共有18部电影改编自女性书写，拍摄单位涉及9家。上影厂数量最多，有4部作品，分别为《阿诗玛》《女大学生宿舍》《张家少奶奶》和《女儿经》。北影厂和长影厂均为3部，分别为《拓荒者的足迹》《北国红豆》《村路带我回家》，以及《人到中年》《甜女》《十六号病房》。北京电影学院青影厂和儿影厂各有2部作品，分别为《百合花》《青春祭》，及《豆蔻年华》《哦，香雪》。这些影片文本在思想深度、创作手法和艺术风格上，展开了一系列新的探索。比如长影厂历经周折、不避锋芒拍摄的影片《人到中年》，上影厂反映大学生精神风貌的中国青春片奠基之作《女大学生宿舍》，珠影厂颇具现实观照和超前意识的都市电影《太阳雨》，以及引起中央和舆论广泛关注的《青春祭》《豆蔻年华》等。

电影《村路带我回家》剧照

以党的十一届三中全会和第四次全国文代会为开端的新时期第一个十年，电影业界和广大电影工作者坚持“二为”方向和“双百”方针，创作生产了一大批思想和艺术优良的影片。特别是1979—1987年，计划经济的恢复和良性循环阶段，为电影制片和发行提供了较少受到干扰和影响的环境，不仅以启蒙和审美为本的电影范式得以发展，国产影片数量也从1979年的59部，增加到1988年的153部，增幅超过150%。“中影”公司每年发行的长片节目，从1979年的135部，增加到1988年的222部，增长幅度超过六成。

然而从20世纪80年代末期开始，计划经济体制对于电影制片和发行的掣肘影响逐渐明显。首先，资金、经费的短缺和限制，直接导致了制片环节的尴尬处境。定性为事业单位、企业化管理的电影业，正式开始独立核算、自负盈亏。虽然国家给各电影制片厂提供少量的流动资金辅助生产，但相比逐年跃升的制片成本，资金差额巨大。1989年底，上影厂、西影厂贷借欠款均超两千万，北影厂等多家制片单位也背负大量欠款，一些连年亏损的制片厂甚至在银行都贷不到款。其次，摇摆和不合适的发行模式，加剧了各大制片厂的财务危机。从新时期之初的统一买断价格，到广电部1987年（975）号文件规定的代理发行、一次性买断和按比例分成等多种结算方法实行，再到1989年又恢复按拷贝结算，并将单个拷贝价格从9000元上浮至10500元……多轮辗转后仍然难以摆脱前所未有的困境——24%的城镇电影院、23%的县级电影公司、30%的制片厂亏损。再次，制片和发行机制导致的创作利润骤减，使得1985—1988年全国制片厂利润从6383.11万元跌至1527.5万元。1985年影片成本占销售收入的68.32%，而到1986年已提高到93.94%，1988年则达到104%。而此间的十余年，我国电影放映单位增加到了17万个，近50万从业人员的工资待遇问题加剧了困境局面。这些无法破解的难题，从最后几年女性书写改编电影的缺位可见端倪。

### 2. 1993—2001年：困境中的商业摸索

1993年1月5日，国家广播电影电视部发布了《关于当前深化电影行业机制改革的若干意见》及其《实施细则》（征求意见稿）的通知，包含对中国电影行业影响深远的10条重要决策。其中最重要的就是取消计划经济下维系40余年的统购统销，国产故事片不再由中影公司统一发行，各电影制片厂直接面向电影市场发行放映。被业界称为“广电字（3）号文件”之所以年初出台，已经是形势所迫。1992年，全国制片收入只有1.68亿元，几近难以为继，而放映收入达到19.9亿元，是其十几倍。与此前一年相比，电影发行和放映收入也分别减少了17.9%和15.9%，观影人次则从144亿断崖式下跌至105亿。

这一阶段共有15部女性书写作品被改编成电影，其中1996年最多，共有《伴你到黎明》《红发卡》《家事》《埋伏》《男生贾里》5部影片上映。从制片机构来看，北影厂作品最多，有《月落玉长河》（1993）、《与往事干杯》（1994）、《伴你到黎明》（1996）、《黄连·厚朴》（1997），以及中影集团成立后拍摄的《蓝色爱情》（2000）共5部电影。在1978—2001年这段跨越整个新时期的时间里，北影厂也是拍摄女性书写改编电影数量最多的制片机构。

中国电影行业机制发生重大变革后，女性书写改编电影数量不仅没有增长，相比前一阶段甚至出现了17%的降幅，除了政策层面的因素，与社会环境和制片机构等其他因素也有很大关系。

政策方面主要是国家和主管机构对“主旋律”电影的扶持与资金倾斜。1987年2月，全国故事片厂厂长会议上，时任电影局长滕进贤首次提出了“突出主旋律，坚持多样化”的创作口号，要求电影人摄制积极健康向上、弘扬时代精神的影片。这被公认为是“主旋律”概念的首次提出，为了推动这种题材影片的创作，国家在政策、资金等方面给予大力支持。1993年“广电字

电影《家事》剧照

（3）号文件”出台之前，“主旋律”电影制片和发行自成一个操作系统，以社会效益为首位，此后计划经济向市场经济过渡，“主旋律”电影的特殊地位并未改变。1994年12月20日，国家电影事业专项资金管理委员会发出的《关于加强重点故事片使用国家电影专项资金的规定》指出，从1995年始，采用借款、奖励、资助三种办法扶植重点影片。1995年2月，广电部发出《关于实行电影发行放映许可证及年检制度的规定》，其中第六条规定，发行放映单位“每年必须发行放映不少于规定数量的国家主管部门确认的重点影片”，电影局的规定数量是15%。1996年3月召开的“长沙会议”是新中国成立以来规模最大的全国电影工作会议，提出要在第九个五年计划期间，实施每年推出10部精品影片的“九五五〇”工程。“主旋律”的概念也进一步拓展——凡是表现人世间的真善美，弘扬中华民族的传统美德，灌注现代人意识的都是主旋律。自此，通过制片和发行方面的多个规定，以及“华表奖”和各级机构的“五个一工程奖”奖金支持，“主旋律”影片的生产和发行不仅保障充分，更成为国有制片单位纾解经济困境的渠道。

在保障“主旋律”影片生产的同时，各电影制片厂创作的资金极其有限，有统计数据显示，1995年长影厂全额投资的影片仅一部，同年北影厂投资的影片，剔除劳务和设备费用，投入的流动资金仅为几十万元。各电影制片机构的制片思路开始转变，电影的商品性进一步被强调和重视。笔者统计发现，这一时期的女性书写改编电影的导演，均是各电影制片厂选择的具有艺术经验的优秀代表。以北京电影制片厂为例，1993年出品的《月落玉长河》由谢铁骊导演；1994年和1996年出品的《与往事干杯》《伴你到黎明》均由夏钢导演；1997年出品的《黄连·厚朴》由丁荫楠导演；2000年出品的《蓝色爱情》由霍建起导演。值得一提的是，为应对加入世界贸易组织的新形势，1999年中国电影公司、北京电影制片厂、中国儿童电影制片厂等8家电影企事业单位组建的中国电影集团公司在北京成立。2000年中影集团完成制片重组，其中第一制片公司仍使用北影厂的厂标、以子公司形式摄制影片，《蓝色爱情》正是在这种

电影《埋伏》剧照

背景下创作的，获得当年国产电影票房榜第29名的成绩。

导演黄建新在这一时期，除了为西安电影制片厂拍摄《红灯停，绿灯行》（1995）和《谁说我不在乎》（2001），还受邀为潇湘电影制片厂拍摄影片《埋伏》（1996）。黄蜀芹、徐耿、刘苗苗等导演也参与了这一时期的改编，这些经过市场历练的创作者，将艺术与商业的实践、探询带入作品，在影片生产中起到了重要作用。

社会环境方面，在电影市场化过程中，社会资金和海外资金很大程度上为陷入资金和创作泥潭的各制片机构，以及整个电影行业活力的提升，起到了很多积极的作用。但是有利就有弊，各制片机构过度依赖社会融资，更加剧了后者的纷乱和无序。以满足某些受众低俗的观影需求和追求短期效益的创作，将国产影片的整体质量拖至低点。对此，广电总局电影局1993年9月10日颁布《关于加强电影制片厂向社会筹资拍摄故事影片管理的规定》，警告各制片厂要提高影片的质量。由于很多电影制片厂通过出售厂标和联合投资的方式，进行合作拍摄的运作，因此警匪、枪战、武打、惊险等题材的电影，以及企图以“奇观中国”的视效赢取国内外市场的影片仍然层出不穷。

这一时期的女性书写改编电影，仅有2001年摄制的《谁说我不在乎》，公开资料显示引入社会资本，由西安电影制片厂和北京紫禁城影业有限责任公司、陕西金花影视制片有限责任公司联合拍摄。其余影片均由原有国营电影制片厂，或改制后的国有电影企业出品。可喜的是，影片《谁说我不在乎》单在北京的票房就超过250万元，远超同期热门进口影片《决战中的较量》，在当年的国产电影票房榜中名列第六，算是合作拍摄的良好开局。西安电影制片厂从制片开始向自主发行拓展，与全国32家省市电影发行公司，以及3000余个地

（市）/县公司和13万个电影放映单位对接，也是很好的经验积累。

### 3. 2002—2011年：产业化中的求变与生机

2002年底，党的十六大报告再次明确“文化产业”的概念，作出深化文化体制改革、发展文化事业和文化产业的战略部署。2002年到2011年，站在文化体制改革风口浪尖的电影产业，开始在变革中谋求新的发展。

作为源头的电影制片改革势在必行。早在会议召开前的2002年初，新颁布的《电影管理条例》明确鼓励企业、事业单位和其他社会组织及个人参与摄制影片，并享有与原国有制片厂同等的权利和义务。2003年底，广电总局出台第20号令——《电影制片、发行、放映资格准入暂行规定》。2004年11月，广电总局发布第43号令——《电影企业经营资格准入暂行规定》。电影制作、发行、放映领域的政策堡垒被逐一突破，主体准入资格和门槛进一步降低，投融资开放范围逐步扩大，并用法规形式将电影产业改革的成果巩固。民营制片业雨后春笋般出现，相关数据显示，2002年，民营影视公司和其他社会力量投资电影的比例已经达到1/3以上。以2003年为例，国产影片生产数量为140部，其中民营资本投资96部电影，占比68.5%。这一时期的女性书写改编电影中，《绿茶》（2003）、《七夜》（2005）、《求求你，表扬我》（2005）、《窒息》（2005）、《做头》（2005）、《好奇害死猫》（2006）、《太阳照常升起》（2007）、《姨妈的后现代生活》（2007）、《双食记》（2008）、《爱有来生》（2009）、

电影《求求你，表扬我》剧照

《斗牛》(2009)、《米香》(2010)、《天上人》(2010)、《失恋33天》(2011)、《我的少女时代》(2011)等均不同程度地引入民营资本。

除了上述涉及制片、发行和放映的整体性政策，电影发行业在此阶段更是迈出了历史性变革的一步。2001年底，国家广电总局与文化和旅游部联合出台的《关于改革电影发行放映体制的实施细则》，明确提出将组建一家新的发行公司。2002年，初步完成电影院线组建工作，全国35条院线陆续挂牌营业，电影发行网络持续几十年的行政区划管理模式彻底打破。2002年底，民营企业"凤铝铝业"参与广东南方院线组建，成为我国首家参与院线经营的民营资本。2004年初，第一批7家民营企业获得了国产电影的发行资格，国有企业控制国产影片发行市场的格局正式宣告被打破。

2002年是女性书写改编电影享受改革红利的一年，共有《安德烈的晚上》《世界上最疼我的那个人去了》《生活秀》《假装没感觉》4部影片上映。随着制片和院线扩容，国产影片市场开始正面迎战进口影片市场，并进行多种模式探索。2003年，导演石建都拍摄完根据杨红樱同名长篇小说改编的电影《女生日记》后，买下了这部自己执导、中影集团投资170万元的影片发行权，成为内地首位买断电影发行权的导演。2006年，《好奇害死猫》因本身独特的题材和定位，从全国院线经理看片会开始，便不断被增订拷贝，再加上影片定档十月这一颇有保护色彩的"国产片放映月"，成为国庆长假后上映的拥有拷贝数量最大的一部影片。2008年上映的《双食记》则采取不发行DVD，以数字拷贝支持院线长线放映的发行策略，最终在宣传跟进、口碑营造的成功运作

电影《双食记》剧照

中，收获不错的票房成绩。

2009年也是女性书写改编创作丰收的一年，有《爱有来生》《斗牛》《男生贾里新传》《淘气包马小跳》《寻人启事》5部影片上映。《斗牛》因管虎导演赋予的独特电影风格颇受关注，但因为定档相对冷清的9月份，最终导致收益少于预期。影片《爱有来生》则因拷贝技术问题错过七夕档期，再加上公映的前后时间段扎堆了数十部带“爱”的同类影片，成为当年电影票房最失利的影片之一。

影片制作和发行失利的例子并不少见。根据叶弥短篇小说《天鹅绒》改编的影片《太阳照常升起》，是导演姜文第一部尝试以商业模式运作的文艺片，在陷入多家公司的投资和撤资波折后，宣发费用的不足、非常态的创作与叙事方式，不仅使得影片收益不及制片成本的1/3，也带来颇受争议的口碑。

电影《太阳照常升起》剧照

此时间段最后两年上映的7部女性书写改编电影中，《杜拉拉升职记》（2010）和《失恋33天》（2011）制片和发行优势明显。影片《杜拉拉升职记》制片定位准确，背靠中国电影集团的各种资源，再加上DMG娱乐传媒抓住市场脉搏的宣发操作，成为领跑当年春季电影市场的影片。《杜拉拉升

电影《杜拉拉升职记》剧照

职记》尝试从剧本阶段开始植入“高端定制”电影广告的模式，共加入包括汽车、手机、电脑、旅游、化妆品、食品饮料等20种左右的广告品牌。相关数据显示，影片《杜拉拉升职记》植入广告收益超过该片成本。此外，在发行和营销阶段，制作方还通过反复稀释原始投资人股权的方式，引入连续的投资。

改编自鲍鲸鲸长篇小说《失恋33天》(《小说，或是指南》)的同名影片，以投资890万元、票房3.51亿元的悬殊制片收益比，不仅创造了女性书写改编电影的票房“神话”，也创造了中小成本制片和发行的“奇迹”。这部被评为“改革开放40周年中国十大优秀爱情电影”的影片，对于女性书写和电影改编都很有研究意义，笔者在稍后的小节中将详细分析。

这一阶段的女性书写改编电影，最明显的特征是数量稳中有升，受关注度和竞争力在业界中保持中上水平，制片和发行方式更趋多元，创作和研究价值更为明显。

### 4. 2012—2022年：重新出发与万物生长

2012年是中国电影产业化改革的第十年，政府工作报告明确将文化产业建设作为国民经济支柱产业的发展目标。也就在这一年，全国电影票房收入170.73亿元，同比涨幅高达30.18%，超过日本成为全球第二大电影市场。从新时期开始的改革历程中，电影业每一阶段的发展，都是在正面迎接新的挑战，在多轮的体制和机制变革中更加成熟。

在这一时期的电影制作环节上，互联网已经作为一种新兴力量，参与并推动影片创作。从2014年开始，许多互联网头部企业开始涉足影视领域，腾讯、百度、阿里巴巴相继成立影业公司，通过大量购买有知名度的作品和网络文学版权，进行多题材和规模化创作。在宣发方面，则将自身的平台优势和大数据功能相结合，用“精准营销”手段颠覆传统电影宣发。淘票票、猫眼电影等在线票务平台的发展，在拉近制片、发行和观众的距离同时，积累了海量的创作和生产数据。

新时期以来，中国电影制片和发行体制、主体、方式都发生了翻天覆地的变化。既有集制片和发行于一体的公司，如中影集团、光线传媒、华谊兄弟、博纳影业、腾讯影业、阿里影业等，也有资源丰富的专业发行公司和发行联盟，如联瑞影业、聚合影联、四海发行、五洲发行、猫眼微影、淘票票等。这些公司之间既竞争又合作，增加了电影产业链各环节的黏度和弹性，以层出不穷的市场化思维，为观众日趋多元化的观影需求提供新的选择。

这一时期的女性书写改编电影数量最为庞大，以年平均 5 部影片的规模保持在稳定状态，其中2015年至2017年共有24部改编作品，为此阶段创作的高峰期。

由电影频道节目制作中心、北京今典影业有限公司、北京电影学院青年电影制片厂联合出品的影片《万箭穿心》，改编自作家方方的同名小说，制片成本仅400万元，但是以主题和故事取胜，首映礼和试映分别收获央视著名主持人倪萍和崔永元称赞，被誉为“2012年华语片佳作”。

2013年创作的5部影片中，《等风来》由拍摄过《失恋33天》、业界称之“性价比”最高的滕华涛执导，但与3700万元的拍摄成本比较，发行和放映收

电影《等风来》剧照

益几近赔本。《喊山》《水牯子》《夜来香》3部影片制作水平中上，但是也没有达到预期的市场反响。由华视影视投资有限公司、中国电影股份有限公司出品，光线传媒发行的影片《致我们终将逝去的青春》，从五一档前几天上映，到五一假期结束的短短12天，成功获得6000万元拍摄成本的 8 倍多收益，最终投资票房比为1：12。这也带动了相关产品和开发的连锁效应，同年底，原著作者辛夷坞（原名 蒋春玲）以500万版税居第八届中国作家富豪榜第18位，2016年由原著文本改编的电视剧《致青春》播出。

这一时期由女性书写作品进行电影、电视或网络多种媒介改编的数量可观，如《何以笙箫默》《第三种爱情》《微微一笑很倾城》《那片星空那片海》《会痛的十七岁》《三生三世十里桃花》《最好的我们》等，其中绝大多数都是网络IP题材。相对而言，几种媒介改编方式中最先面世的作品受关注程度更高，也更容易获得制作和发行收益。

2014年底上映的爱情电影《匆匆那年》，由同类题材创作经验丰富的张一白执导，制片成本4000万元，不仅“意外”摘得月度冠军，也超越《太平轮》《一步之遥》等大投资和高热度影片，领跑年末贺岁档。连续两年先后上映的影片《致我们终将逝去的青春》和《匆匆那年》，前者制作成本和宣发接近6000万元，后者成本4000万元，均创造了“小马拉大车”的市场奇迹。除了粉丝效应的变现和创作题材的大众性，宣传营销也是很重要的一环，两部影片成功地将社交媒体和话题营销做深做广，确保上映期间成为网络讨论的最热门话题之一。

电影《匆匆那年》剧照

从2016年开始，中国电影市场增速放缓，电影制片和发行开始向提质增效的方

电影《烈日灼心》剧照

向迈进。2017年3月1日，《中华人民共和国电影产业促进法》正式实施，作为中国文化领域第一部行业法，为中国电影产业从“大”到“强”提供了法律保障。

党的十八大之后的十年，女性书写和改编电影继续发力，既有《七月与安生》《少年的你》《那一场呼啸而过的青春》《致我们终将逝去的青春》《匆匆那年》《喜欢·你》等受到年轻观众喜爱的青春电影，也有《烈日灼心》《喊·山》《六人晚餐》《如影随心》《阳台上》等有主题和叙事深度的影片，还有《水牯子》《布基兰》《梅朵与月光》《柳浪闻莺》等充满地域风情和文化内涵的影片。不论是原著文本还是电影文本，体裁、风格、样式和表现方法更为丰富多彩，内涵也更有道德、有温度、有余味，扩展了艺术反映生活的广度和深度，在记录和观照时代，引领和丰富群众生活中发挥了重要作用。

## 二、女性书写改编电影票房与受众分析

电影作为重要的文化产品，具有经济和文化的双重属性。电影票房不是中国电影的全部，但却是电影产业发展的基本保障，也是考量文化产业成熟度的重要标尺。受众作为电影消费的终端和主体，其观影习惯、喜好，以及年龄、身份和收入状况等，是从制片、发行到放映的从业者需要了解和分析的。国内和国际电影领域的专家学者率先从理论上与业界进行呼应：20世纪30—40年代，夏衍、洪深等电影艺术家和评论家已经开始研究电影观众，并引导其审美

取向；英国电影理论家梅耶尔的《电影社会学》（1945）和曼威尔的《电影与观众》（1950），将电影与观众的社会学关系作为研究主张；法国著名电影理论家麦茨在《想象的能指》中，同样强调观影者的能动作用；新时期之初，我国著名电影理论家钟惦棐在《话说观众学》（1981）和《电影美学：1982》中，探讨电影观众学和电影美学的重要性。

新时期以来的女性书写改编电影，在整体的电影生产背景之下，受众的消费行为和结构到底呈现怎样的特点，笔者按照前一小节的阶段划分进行对应梳理。

### 1. 1978—1992年：从复映热潮到受众流失

新时期伊始，大批复映影片的放映，与受众的观影需求高度契合，从而形成全国性的观影热潮。虽然1979年全国电影观影人次高达293亿，但因为计划经济体制下的统购统销发行放映机制，票房收入与制片机构和主创人员无关。为缓解制片和发行放映之间的收入矛盾，文化部1980年发文要求中影公司根据拷贝量按一定单价与制片厂结算。参考国产故事片拷贝99—120个的平均值，以及单个拷贝9000元的价格，生产一部影片卖给中影公司的收入在90万—108万元之间。相关数据显示，全国11个电影制片厂在1980年共完成75部影片，平均利润和成本相当。以上海电影制片厂为例，1979—1982年四年间，单部彩色故事片平均成本从56.5万元，逐年下降至38.5万元，高于全国平均利润率。

但是好景不长，随着电视节目以及群众文化、体育活动的多样化发展，影片收益和观众人次下降迅速。根据《电影经济》1986年第4期发表的电影市场调查数据，1983年5月至1985年5月，全国放映影片356部，其中289部亏本，占比高达81%。1985年至1988年，全国制片厂利润从6383.11万元跌至1527.5万元，降幅76.07%，而故事片单片平均成本提高67.14%，平均销售单价却只提高9.78%。与此同时，1979年至1984年，观影人次年平均降幅为6%，仅仅一年之后，全国主要城市降幅达到20%—40%。一些艺术性较强、受到专家和高知观众好评的影片，上座率却不理想，有的甚至低至20%—30%。如影片《黑炮事件》《绝响》《盗马贼》，以及女性书写改编电影《青春祭》《最后一个冬日》等。

此阶段包括江苏、北京等省市的相关机构，已经开始重视受众调查。一项针对20世纪80年代初期数百部影片的调查中，女性书写改编电影《人到中年》多项数据指标名列第一，普遍认为该影片真实地反映了中年知识分子的生活，以及对事业极其兢兢业业的态度。1984年，另一项针对北大、清华等八所高等院校“大学生与电影”的调查则显示，电影在大学生的业余文化生活中并不占最重要的地位，在文艺作品、音乐、电视和电影等多项活动中，“电影”的感兴趣程度位居第三名。

根据当时电影经济与改革调查研究组材料，1989年底，上影厂、西影厂、北影厂均出现严重亏损，各制片厂基本靠银行借款维持影片再生产。为完成影片生产指标，维持企业收益，制片厂出现了几种制片导向，一是降低制作成本，二是紧盯献礼片，三是试水娱乐片。1988年开始，娱乐片创作在国产影片制作中占据压倒性优势，《当代电影》等业界刊物曾专门举办“中国当代娱乐片研讨会”。“献礼片”因发行收入得到保障，成为上述三类影片中的赢家。

这一时期的女性书写改编电影，由于铁凝、王安忆、程玮、程乃珊、乔雪竹等作家创作的原著紧贴时代，以及王好为、史蜀君、李前宽、张暖忻、陆小雅等导演的主题把握和艺术发挥，表现了较高的创作水平和超前的思想意识。《人到中年》《红衣少女》《村路带我回家》《豆蔻年华》《哦，香雪》等影片中，生动饱满、富有新意和深意的人物形象，优美流畅、饱含诗意和激情的画面风格，给受众留下深刻印象，也成为电影创作和学术研究的典范。

但随着20世纪80年代末期到90年代初始观影人次、放映场次的全面下降，1992年中国电影走向危机的转折点——全国票房总收入为19.9亿元，其中放映收入10.8亿元，发行收入9.1亿元，16家制片厂在制片环节销售拷贝总收入仅为1.77亿元，除去制片成本后盈余只有423.16万元，而当时这些制片厂职工人数已接近5位数。在这种情况下，包括女性书写改编电影在内的很多创作，已经不具备再生产的条件和指标。

应该看到，党的十一届三中全会以后，社会的变革和人们思想的解放，新旧交替的矛盾与丰富多彩的生活，都在女性书写改编电影中得到展现，在价值引领、道德伦理和审美培养起到了积极的作用和意义。但是在长达十余年的过程中，观众的结构和喜好已经出现差异和分化，社会和经济环境也发生了很大变化，这些变化需要有效地传达到制片机构和创作者，或者说需要后者主动去了解和调查，否则只能被变革的潮流湮没。

### 2. 1993—2001年：票房触底与产销尴尬

1993年，是中国电影彪炳史册的一年。在这一年，国营电影制片厂取消统销统购，电影业走上市场化改革之路。同样在这一年，中国电影人创作了《霸王别姬》《阳光灿烂的日子》等一批艺术和商业双丰收的经典影片。但是这一年却是此阶段持续产销尴尬的开始，中国电影票房从此进入连续10年的低谷期。

在中国经济整体的转型和阵痛期，中国电影也难以独善其身。在这一阶段，中国电影只是开始市场化的实践和摸索，相应的管理体制和机制并未完全成型，因此并没有出现真正意义上的市场化运作。更为严重的影响和打击是大量VCD和DVD的出现，包括盗版和正版，前者在这一阶段可谓猖獗。

从1895年在巴黎一家咖啡馆的地下室诞生以来，电影一直是大众重要的娱乐方式，并逐渐发展成一门艺术。当时间来到一百年后的中国，电影刚刚遭遇了另一种娱乐方式——电视的冲击，损失至少一半的上座率和收入。与此同时，从20世纪90年代初期开始，盗版光碟和影碟机几乎给中国电影业带来致命的打击。全国票房从前期的20亿元左右，迅速跌落至1998年的14.4亿元，1999年则创造了有票房以来的最差纪录——跌破10亿元关口。观影人次则从20世纪

80年代的340亿人次，直接降至90年代末的4.5亿人次最低谷。

电影《男生贾里》剧照

在这一阶段，女性书写改编电影如前一节所述，在各电影制片厂集中优势改编和导演力量的基础上，创作数量和水平比较平稳，较前一阶段稍有下降。回望这几年的创作和努力，在影片风格和叙事手法上有很多值得提及。影片《谁说我不在乎》融入了导演黄建新在轻喜剧方面的造诣和精髓，将平民趣味与荒诞风格融汇；《黄连·厚朴》导演丁荫楠通过文化冲突与共情，将创作视角和叙事深度进一步扩展；《与往事干杯》曾被选为国际妇女大会参展电影，导演夏钢以独特的细腻笔调和平民手法铸造了当代都市电影。《红发卡》《男生贾里》《花季·雨季》等影片从不同创作角度，以不同创作风格观照青少年群体，是儿童少年题材类型化的积极尝试。

整体上，面对电影市场逐年下滑的行情，政府层面的力度一直很大。1996年长沙召开全国电影工作会议之后，"九五五〇"电影精品工程，以及引导精品工程创作的华表奖（政府奖）、金鸡奖（专家奖）、百花奖（大众奖）、铜牛奖（儿童影片）、骏马奖（少数民族影片）的保驾护航，也创作出很多兼具观赏性和历史现实深度的作品。但各制片厂仍然延续老的制片模式，重视票房和受众的意识并未真正提高，仅仅满足于企业运转和人力报酬。以1999年为例，"五四"80周年、"国庆"50周年、澳门回归等主题的主旋律电影创作贯穿全年，但是全国票房收入却只有1998年的一半左右。

电影业界为应对票房危机和尴尬，也有一些自救措施。比如，将前期纯粹的"娱乐片"引向艺术和商业的平衡探索，通过可操作的技术手段，比电视和DVD更震撼的视听效果，改良画面和影院的观影感受。这种意图夺回受众

电影《美丽的白银那》剧照

的举措，在20世纪90年代末期的影碟机逐渐实现家庭普及的背景下，收效甚微。1995年至1998年，中国电影票房还能维持15亿元的年均水平，但当电影票房第一次在1999年跌破10亿元之后，直到2004年才摆脱这一票房最低界。

与此同时，很多电影机构和创作者将目光转向国际，以功夫元素、地域文化等类型尝试，增加在国际市场的辨识度。有些影片不仅得到国内外多方投资，还斩获一系列国际奖项。但并未改变的严峻现实是，观影人次已经不可控地从1979年的293亿人次，跌落到21世纪之初6亿人次，不得不面对入世前期进口大片磨刀霍霍抢占市场的忧心局面。

电影市场的繁荣与发展离不开受众的支持，但没有宣传投入和针对性发行策略的传统模式，或者另一个极端的视效刺激和捕诱，都不会对已经分流的电影受众产生所期待的吸引效应。笔者欣赏这一时期女性书写改编作品的独立与品质，特别是此阶段后期，由导演霍建起、韩志君、黄建新创作的影片《蓝色爱情》《美丽的白银那》《谁说我不在乎》，将电影制作归于艺术，同时又积极争取市场效益的尝试。

### 3. 2002—2011年：院线发展与中产主力

2002年，中国院线制改革初步完成。当年全国有34家影院票房超过500万，在全国票房收入中占比40%，这些影院全部位于人口集中的大城市。市场数据很明确指向一个制约国产电影票房增长的关键因素：院线发展不平衡。

2005年4月，国务院出台《关于非公有资本进入文化产业的若干决定》，鼓励和支持非公有资本进入电影院和电影院线、农村电影放映、可录类光盘生产、只读类光盘复制等领域。

2005年至2009年，中国影院建设和银幕增长进入良性发展轨道，年均分别保持15%和13%的增速。2010年至2011年，则开始进入快速增长阶段，其中2010年影院数和银幕数分别增长19%和32.46%，2011年影院数和银幕数分别增长40%和41.27%。

电影制作、发行市场化的探索和院线制的运作，在这一阶段收获正向的叠加效应。除了上一阶段已经运作成功的贺岁档，春节档、暑期档、情人节档、元旦档、七夕档、双十一档等根据观众定位和喜好扩展的档期，逐渐形成稳定的市场号召力和票房成绩。2002年，女性书写改编电影《假装没感觉》和《生活秀》分列当年国产电影票房榜第11名和第12名。2003年，在36部票房超百万的影片中，《女生日记》跻身10部最卖座国产片之列，《绿茶》位居第18名。2009年，《淘气包马小跳》取得国产电影票房榜第17名。2011年，《失恋33天》在全年包含国产片和进口片在内的总票房榜中位列第8名。

电影作为完整的工业体系和第七艺术，始终对文学文本有着强烈的需求，甚至是尊崇，将之视为创作的灵感源泉和根基。这一时期的女性网络书写也风生水起，但由于文本迁移的滞后性，仅有鲍鲸鲸的日记体网络长篇小说《失恋33天》(《小说，或是指南》）改编成同名影片。基于首部网络女性书写作品改编电影的话题效应和原著粉丝、明星粉丝的黏性，影片票房创造了这一阶段改编的47部作品中的最高纪录。

电影《失恋33天》剧照

上述电影的成功改编，可以看出从女性书写到电影文本的转换，有着巨大的市场消费潜力，而且对阅读的引导和出版业的发展，也有非常好的连带效应。在相当长的一段时间，中国的中产阶层是一个相对模糊的概念，并且随着社会的发展不断扩容。不管群体的界定是否清晰，但是他们对于文学的需求和爱好是不变的，成为原著文本和电影文本最忠实的受众。

与前几阶段电视、DVD等视听介质对电影的冲击类似，这一阶段的影响主要来自网络。根据这一时间段中期—— 2007年的调查数据，中国网民人均互联网的年度观影数量已经超过15部，网民总人数2.1亿，其中宽带网民数1.63亿，手机网民数5040万。回望十年前，中国互联网发展刚起步，网民数量仅有62万。再比较这一阶段最后的2011年，中国网民总数达到5.05亿，其中手机网民数量3.4亿。由于这一时期的互联网播放平台在上映时间上没有任何优势，受盗版困扰的画质不佳问题，以及盈利模式的不明朗，对电影受众的分流有限，两种播放形式和运营模式的平台都获得长足发展。互联网开始在影片宣传和票房收益中发挥重要作用，比如2006年上映的影片《好奇害死猫》，片方在网络上提供4种完全不同的结局让网友选择，引来网友各抒己见的几万篇博客，巧妙地用互联网增加了影片热度。

2009年，全国电影票房收入达到62亿元，同比增幅为43%。2010年，往常冷清的3月至4月，票房收入甚至出现“井喷”。笔者针对此阶段的影片，特别是女性书写改编电影的上映时间和票房收入进行分析，发现档期因素对票房的决定性影响开始下降，观看电影已成为一种社交和普通日常消费，如果影片质量和营销手段有保障，受众到影院消费的频次也会增加。一项来自电影受众结构的调查数据显示，受访者到影院观看电影的平均频次为每年4.2次，年轻人看电影的频次高于年长者，学生的影院消费频次高于非学生，高等教育人群影院消费频次明显高于非高等教育者。从选择影院的习惯看，超过五成的受访者表示影院音响效果是最重要的考虑因素。从这些受众分析来看，女性书写改编电影与高等教育消费人群和学生受众的契合度比较高，在创作上有利于进一步深挖。但是作为依赖影院音响效果不密切的影片，虽然不需要与特效视听的大制作看齐，女性书写改编的作品无疑仍然有明显的市场发展短板。影片《米香》虽然题材和叙事手法颇有新意，但是不仅没有收回投资，最后以仅仅10万元的票房收入，上映一周匆匆下线。影片《太阳照常升起》力图用独特的叙事方式和隐喻符号吸引受众，但太过费解的"烧脑"范式也容易导致受众两极分化，失去很大一部分潜在受众。

## 4. 2012—2022年：银幕增长与网文改编

2012年，中国电影银幕数总量为13118张，在全球市场中排名第二。在影院和银幕数增长的情况下，全国电影放映场次激增逾六成，达到近两千万场。但是，全年观影人次相比前一年涨幅仅两成多，不及放映场次的增幅，这也透露出影院上座率下降的信号。相关统计数据显示，2011年影院场均人次接近32，而仅仅一年之后，场均人次下降至23，跌幅28%。在随后的数年里，市场不断自我调节场均人次下降与影院运营成本提高的矛盾，核心城市和大城市的影院建设放缓，具有刚需的二线和三线城市影院则增长幅度较大，在整体投资趋于冷静的情况下，依然保持影院建设和银幕数的较高速发展。直至2021年，全国年度银幕数新增6667块，以82248块银幕总数继续保持全球第一。

票房方面，2012年全国总票房达170.73亿元，同比增长30.18%。其中，国产影片票房82.73亿元，占总票房的48.46%。到了2021年，全国电影总票房为472.56亿元，恢复至新冠肺炎疫情前的74%，其中国产影片票房399.27亿元，占总票房的84.49%，全球总票房继续保持第一。

从2012年至2022年的女性书写改编电影，笔者共梳理了52部，因本书付梓时间的局限可能会有一些疏漏。这一时期的原著文本以长篇居多，达到32部，而改编自短篇文本的作品数量仅3部，不及前者的十分之一。短篇小说改编成电影的难度最大，很考验电影创作者讲故事的能力，以及理解原著、研

电影《吻隐者》剧照

究原著粉丝和电影受众心理的能力。根据作家庆山（安妮宝贝）、张天翼（纳兰妙殊）、任晓雯同名作品改编的影片《七月与安生》（2016）、《吻隐者》（2018）、《阳台上》（2019），整体完成度和口碑都不错，可以作为女性书写短篇小说改编的研究范例。值得一提的是，影片《致我们终将逝去的青春》（2013）和《少年的你》（2019）分别在所放映当年的包含国产片和进口片在内的总票房榜中位列第3名和第9名。

互联网在这一阶段对电影业的影响几乎是颠覆式的。首先，在线票务平台彻底改变了电影的售票方式。2012年，中国电影在线票务市场的规模为31.4亿元，网络购票占比18.4%。2016年，广东、江苏等省份网络售票占比已达70%以上。2017年，在全国电影票房突破550亿元的关口，有数据显示，全国网络购票占比超过80%。到2021年，电影网络售卖系统更为发达，已经产生了猫眼电影、淘票票、爱奇艺票务、时光网Mtime、万达影城、豆瓣电影、咪咕影院、卖座网、天下票仓、大眼睛票务等多种线上，或者线上线下融合的影院新零售模式和品牌。与此同时，海量的售票信息也被互联网大数据开发利用，一方面为制片方、发行方提供更有针对性的用户画像，另一方面为影片的宣传造势发挥重要作用，一些网络售票巨头的票房影响力不容小觑，能很大程度促进观影人次的提升。

其次，互联网改变了观影受众年龄和选择喜好。从2016年开始，电影观众主力人群的年龄与视频网站趋同，均为20世纪90年代以后出生、伴随网络成长的“95后”和“00后”。其中，2016年24岁及以下观众占比达到32%，两年后，这一比例升至39%。调查还显示，这些学生和年轻白领人群，对非知名IP品牌的喜剧片有一定抵触情绪，同时对于口碑和互联网站的评分系统有较深的依赖。聚集文艺青年和专业影迷的豆瓣年度电影评分榜，以及由在线购买电影票的观众进行评分的猫眼年度评分榜，对影片口碑影响很大。

再次，互联网深度拓展了电影创作的想象空间和题材范式。伴随网络发展和电子产品成长起来的年轻受众，对网络文学有很强的阅读依赖和话题认同，毕竟创作网络文学作品的作者也多数是同样年轻的群体。这一时期的女性书写改编电影中，网络文学作品占比接近一半，如影片《搜索》（2012）、《等风来》（2013）、《致我们终将逝去的青春》（2013）、《匆匆那年》（2014）、《何以笙箫默》（2015）、《第三种爱情》（2015）、《夏有乔木雅望天堂》（2016）、《喜欢·你》（2017）、《傲娇与偏见》（2017）、《那一场呼啸而过的青春》（2017）、《三生三世十里桃花》（2017）、《少年的你》（2019）等。这些改编后的电影作品，不仅拓宽了网络文学的影响，也助推了网络创作的发展，孵化出更多包括女性书写在内的作品。这种以网络书写为核心的IP资源，转化为影片作品之后，再形成新的IP资源，包括电视剧和网剧续拍等，最终又连接起网络和新的书写，成为一个闭环消费文化生态。

网络女性书写改编的弊端和优势一样明显，受众会更挑剔改编文本的表达角度、故事内容和视听风格，在映前映后全程参与的过程中，希望表达和影响对影片的评价。年轻受众观影喜好受多种因素影响，而且往往临时决定观看影片，这在某种程度上也化解了IP改编作品的票房号召。比如2012年，影片《我愿意》紧随前一年曾创造票房奇迹的《失恋33天》范式，以小成本和具有识别性的台词、情节，成功收获不俗票房和

电视剧《三生三世十里桃花》剧照

口碑。2013年，当影片《等风来》带着原班主创的希冀准备复盘《失恋33天》票房利好的余波时，却遭遇滑铁卢。同样，2013年《致我们终将逝去的青春》和2014年《匆匆那年》赢得掌声和票房之后，紧随其后购买同类网络题材作品版权改编的电影集中在2016年和2017年上映，但原著粉丝和电影观众都已不再买账。此外，放映档期的号召力也在下降，以2021年为例，爱情片并没有成为"七夕档"的票房主力，影片《怒火·重案》通过动作犯罪题材收获1.02亿元票房，占据此档期的半壁江山。

德国心理学家雨果·明斯特伯格在1916年提出的"电影观众学"强调，通过对观众信息进行研究得出一两年，或者三五年观众审美和心理变化的趋向，进而对电影创作和生产提供近期或中期的预报。这种对电影受众个体和群体的调查研究建议，对女性书写改编电影的发展也极为重要。

## 三、女性书写改编电影创意元素分析

创意产业学教授特里·弗卢在《创意经济》和《创意产业读本》中，将"创意"定义为"对已经存在的事物进行目标重新设定、颠覆及改善"的结果。有"世界创意产业之父"殊荣的约翰·霍金斯在《创意经济：人们如何从思想中创造金钱》（2001）中强调，包括版权、专利、商标和设计产业等创意产品都在知识产权法保护范围内，从而解决了科学与艺术相分离的问题。

电影的性质和特征决定了电影作为一种创意产业，首先与其他物质性生产业态一样，必须在市场和受众中实现其产业价值。根据创意经济学者克里斯·比尔顿、鲁思·利里和特里·弗卢的理论，创意产业生产"符号产品"，其价值主要通过使用符号意义来实现，而且有赖于终端使用者解读和发现这些符号意义。其次，由于使用者对产品的理解程度决定着这些"符号产品"的价值，那么这种原创价值有可能会，也有可能不会转换成经济回报。

站在历史、现实和未来的角度，以新时期以来女性书写改编电影为切入点，笔者尝试对所梳理的电影“创意”进行“市场”和“经济”探研，认识和理解电影与之相关的实践。

本节电影创意元素分析的内容，包含文本创作的影像、故事、人物和音响/声音等非物质实体，覆盖制作、发行、放映、后产品开发等各个环节的创意运行，以及围绕消费者构成和定位进行的创意研究和分析。

## 1.“社会热点和小人物书写”创意模式

新时期的电影创作，特别是20世纪90年代中期以前，很大程度上与产业和创意的界定无关。但是笔者更愿意将1978年至2022年的女性书写改编电影看作一个整体，对其文本呈现的无意识或有意识的具有“重新设定”的探索，进行复盘与研究。

十一届三中全会后，电影创作者以宽泛的题材多角度呈现生活状态。女性书写与电影改编的入微和细腻，以及对青年女性群体的分类刻画，对今天的电影创作研究有很大的“创意”启发。影片《女大学生宿舍》（1983）、《十六号病房》（1983/曾用名《六十三号病房》）、《北国红豆》（1984）、《张家少奶奶》（1985）、《青春祭》（1985）、《最后一个冬日》（1986）、《女儿经》（1986）、《弧光》（1988）、《哦，香雪》（1989）、《画魂》（1994），摒弃以往和其他影片中的青年哀怨和彷徨描写，真实客观地呈现女性青年对新生活的追求及波折。其中影片文本《女大学生宿舍》在画面和

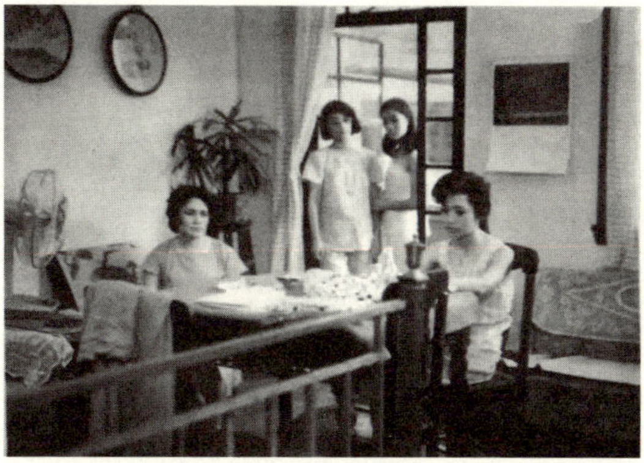

电影《女儿经》剧照

摄影上尝试用自然光替代人工光，使影片内容风格和表现形式更为统一，让观众耳目一新。由铁凝中篇小说《村路带我回家》改编的同名电影，采用白描和散文的创意手法，让观众随着知识青年乔叶叶的行动进程，自然地融入作品。

相关数据显示，从新时期前期的1976年10月到20世纪末的23年间，共拍摄儿童电影235部，比此前有记录可查的54年间共计74部的拍片总数，超出2倍多。新时期女性书写改编电影中，创作对象为儿童和少年的作品，与同类作品相比，也有创意上的突破。影片《红衣少女》（1985）以全新的青少年形象，给观众和业界带来惊喜与广泛评论。电影《豆蔻年华》（1989）将视角对准改革开放的前沿阵地——深圳，获得国家领导人批示和关注。《男生贾里》（1996）、《红发卡》（1996）、《花季·雨季》（1997）等影片从不同侧面和角度，将日新月异的校园生活以年轻观众喜爱的风格呈现。《红衣少女》里的“安然”，《豆蔻年华》里的“曹咪咪”，《哦，香雪》里的“香雪”，《花季·雨季》里的“谢欣然”，成为影片留给少年儿童的良师益友。

新时期以来，中国社会从计划经济进入市场经济，从以本国经济为主走向国内国际双循环发展，社会价值观念和经济、文化结构处于大变革和大调整的时代漩涡。“小人物”与“大时代”互为观照的创作思路是很多文学和艺术作品的参照，但是要在电影媒介中展现完整的背景书写和人物刻画，仍有很大难度。不同地域、职业和经历的女性书写者，将时代角落的各色“小人物”和他们的不同生存状态融入作品，为影片创作提供了最丰富的创作材料。

根据刘西鸿短篇小说《你不可改变我》改编的影片《太阳雨》（1987），叶广芩中篇小说《学车轶事》改编的影片《红灯停，绿灯行》（1995），前者成为中国现代都市电影的开山之作，后者是导演黄建新创作的“城市三部曲”中继《站直啰，别趴下》（1992）、《背靠背，脸对脸》（1994）之后的更成熟演绎。21世纪之后，《假装没感觉》（2002）、《生活秀》（2002）、《姨妈的后现代生活》（2007）、《双食记》（2008）、《寻人启事》（2009）、《万箭穿心》（2012）、《忘了去懂你》（2014）、《六人晚餐》（2017）、《桂香街》（2019）、《阳台上》（2019）、《柳浪闻莺》（2022）等影片，继续用浓重的笔墨关注和书写“小人物”与“大时代”。上述影片从影片名称到创作风格，有很多至今仍受业界称道的“创意”举措。

电影《寻人启事》剧照

女性书写改编电影文本中的创意元素和成功实践，不仅为本类型题材电影创作和电影研究提供参照，也带动了电影与出版、电视、多媒体等相关行业合力发展。

### 2.“以影促旅　以影促城”创意模式

旅游业又被称为无形贸易和无烟工业，其高度的附加值吸引相关行业融入跨界。电影文本的视听语言具有呈现历史文化、地域风情和人文景致的独特优势，故事情节和典型人物往往更能赋予现实空间吸引和神秘色彩，对旅游有很强的宣传和推广作用。电影旅游最早产生于20世纪20、30年代的美国，1955年，美国电影动画大师沃尔特·迪士尼（Walt Disney）建成的迪士尼乐园，被公认为现代第一座主题公园。随着全球经济和电影发展，电影旅游从狭义的主题公园范畴，拓展为包含人文古迹、自然景观、现代人造景观，以及与电影相关的事件和空间的系列客体资源。

1987年，中央电视台无锡影视基地成为我国首家影视文化与旅游结合的主题公园，也是我国电影旅游诞生的标志。随后，广东南海影视城、河北涿州影视城、山东威海影视城、横店影视城等30余家影视城投入使用，在全国兴起建设影视基地的热潮。从整体来看，这些融拍摄基地、观光体验与附加产品销售于一体的电影业态实体，经历了一段时间的辉煌，但在同质化竞争和市场潮流转向的演变中，经营状况不容乐观。相关机构调查数据显示，80%的国内影视基地处于亏损状态，盈利和收支平衡状态的比例分别只有5%和15%。这种以电影拍摄基地为旅游目的地的模式，受上下游产业链、开发模式和配套设施影响较大，要么出现生命周期短暂的尴尬局面，要么因毫无差异的视觉疲劳被受众冷淡。

2021年，青岛获得国家知识产权局批准的“电影之旅”商标，成为全国首个以影视产业为主题的注册品牌。此前的2017年，青岛被联合国教科文组织授予“电影之都”称号，成为入选创意城市网络的13个世界级“电影之都”之一，也是中国首个“电影之都”。这得益于青岛“以影促城”的发展策略：首先，在具有“天然摄影棚”的优美自然风景基础上，打造东方影都、5G高新视频实验园、西海岸生态观光园等系列人造景观，凭借全产业链配套优势和工业化生产流程，助力电影人拍摄出《流浪地球》《疯狂的外星人》《一出好戏》《刺杀小说家》等作品。其次，上海合作组织电影节、国际首个知名VR电影节，以及前述的全球“电影之都”青岛峰会，协同助力青岛影视资源和优势的积聚与发酵。

“以影促城”的发展模式主要有两种。一种是依托电影节自带的光环效应。比如戛纳电影节使得坐落在法国南部的滨海度假小镇，除了度假旺季，还有更火热的伴随电影节的旅游旺季，电影产业的交易场租、税费和增加的就业岗位，让小镇跻身全球最富饶之地行列。威尼斯电影节通过117条水道和118座岛屿，合力催生电影与旅游结合的“水都之旅”品牌。柏林电影节则与时装节、音乐周等节展活动一起，推动创新经济发展，曾创造22亿欧元的单届产值纪录。上海、北京、长春等国内电影节，也在着力提高城市与电影的品牌效应，但由于开发时间和成熟度等因素影响，对城市的带动效应有限，电影节裂变产生巨大经济效应的模式尚待探索。

另一种则是利用优势的自然、人文或经济、产业资源，为电影拍摄提供支持，带动城市的电影产业和旅游经济。如《我的名字叫金三顺》《大长今》带火的韩国济州岛，《人再囧途之泰囧》炒热的泰国清迈，《非诚勿扰》对杭州西溪湿地的宣传效应，以及女性书写改编电影《生活秀》《双食记》对武汉、重庆等城市的推广等。

从一站式旅游到全方位的城市度假，从影视生产、节展经济，到定制化的商务旅游、康养旅游和研学旅游，电影和旅游融合的产业创意模式仍在不断创新和探索中。比如光线传媒在扬州打造的影视教育基地，将影视、旅游和教育业态融合在基地的生产、生活和生态之中，目标对接文化产业的全产业链环节。

有旅游网站统计数据显示，女性旅游用户占比58.6%，其中18岁以上、35岁以下年龄段的女性占总人数的六成。2017年女性的年均旅游频次和花费分别为5.7次、4680元，较两年前增长67%和93%。从旅行目的地来看，上海、杭州、成都、重庆、北京、广州、南京、西安、厦门、苏州是女性国内出游最喜爱的目的地。

笔者在梳理过程中发现，"以影促旅 以影促城"创意模式有一些好的经验和积极做法，值得推荐和借鉴。比如注重个性化需求服务的提升，旅游与文化深度融合的细分，大数据、云计算、物联网、5G等新科技的赋能，抖音、微博、美拍等平台的立体推广等，使旅游品牌的影响力持续扩大。但与此同时，也有一些发展缺陷亟待改进。比如地域和城市的辨识度和差异度有待更明显深耕细化，电影旅游产品的游客参与度仍需提升，相关衍生品的创意、内容和品类缺乏竞争优势，对消费的刺激和拉动作用有限，电影和旅游产业对创意人才培养和录用不重视等。

电影与旅游的融合，既需要中华文明和地域文化的积淀，也需要社会经济和相关产业的附能，还需要电影文本从创意到拍摄的合力打造。不管是女性成为旅游主体和决策主体，还是女性书写与改编电影可供开拓的创意空间，对旅游的带动作用都不可低估。

### 3.“她经济”创意模式

社会发展的结果是女性经济独立，而女性经济独立的结果则是“她经济”的快速增长。2016年，中国女性就业人员占全社会就业人员的比重为43.1%，超过国家统计局公布的《中国妇女发展纲要（2011—2020年）》规定的40%的目标。与此相呼应，《2017年中国女性消费调查报告》发布数据，52.4%的女性认为收入水平与配偶相当。电子商务研究中心公布的《2017年“双11”战报》，当天接近2540亿元的网络零售总额中，女性消费者贡献高达近七成。另有调查显示，2018年中国女性房东已占房东总数半数以上，2019年“她经济”的整体市场规模达到4.5万亿元……

旺盛的女性消费需求和其背后的家庭、母婴和教育市场，成为消费行业持续增长的“风口”，“女生节”“女神节”“女王节”“母亲节”等一系列的“她经济”营销势不可挡。洞悉并掌握女性消费喜好和趋势，也成为包括电影、旅游、美妆、服装等多业态商家的要务，其产品与营销理念随着消费升级不断革新。

女性追求更高质量的产品和服务的同时，也更注重精神追求和个人价值实现的探求。截至2021年年底，中国网络文学用户总规模达到5.02亿，占网民总数的48.6%。而根据阅文集团数据中心与艺恩智库综合数据显示，数字阅读核心付费用户中，女性群体占比接近六成，其中在“95后”新一代主流用户群体，愿意付费阅读的女性比例接近八成。这些庞大的数据背后，催生了很多创意经济模式，包括出版、影视改编、动漫改编、游戏改编、舞台剧改编及相关周边产品。

女性书写改编电影中，很多来自IP题材的作品，同时还有电视剧、网络剧等多种形式版本，最大限度上满足女性网络受众的需求，比如《三生三世十里桃花》《微微一笑很倾城》《何以笙箫默》等。原著文本《致我们终将逝去的青春》的作者辛夷坞，不仅参与同名影片的改编，也担任了同名电视剧的编剧。这种网络文学IP的全链路开发，成就了很多新的电影IP，也彰显了跨媒体语境下，女性书写与电影改编的张力。

电影《微微一笑很倾城》剧照

针对包括网络女性书写群体日益庞大，以及“她经济”的相关消费需求，近年很多文学大赛聚焦细分的女性文学市场，比如实践网络文学“全版权运营”模式的华语言情小说大赛，成功推出《裸婚》《盛夏晚晴天》等创造收视奇迹的作品。此外，还有IP向网文的定制模式尝试，以及“影视、漫画、听书”等联动开发，满足不同视听习惯的受众群。2018年，根据幽·灵姐妹漫画《快把我哥带走》改编的同名电影，最终收获3.75亿元票房，为漫画IP改编和开发提供了很好的实践。

除了更加精耕细作的国内开发，“她经济”还将视角转向海外。文化产业最重要的创意源头之一的网络文学，从20世纪90年代中期以来，伴随定居海外留学和就业的中国人的增多，开创了汉语文学新的发展生态。一些作品以在亚马逊等平台付费的消费形式登陆国际市场，不仅宣传推广了中华文化，相关衍生品授权也为相关“创意”企业带来了数以亿计的收入，这个过程中原著文本在读书App的在线阅读收入也呈现数十倍的增长。根据女性书写者天下归元的原著文本《凰权》改编的电视剧《天盛长歌》，成为Netflix特别预购的首部中国古装大剧，同时翻译成十几种语言面对全球市场。五洲传播出版社等传统出版机构则瞄准阿拉伯、拉美等地区缺乏有实力的数字阅读平台的市场机会，推出西语、阿语等不同语言版本的阅读App，用户遍及全球175个国家和地区。2021年，中国作家协会发布的《中国网络文学国际传播报告》显示，截至2020年中国共向海外输出网络文学作品1万余部，网站订阅和阅读App用户1亿多人次，在国际传播和创意收益等方面成果显著。

在“她经济”的创意模式中，不论是女性参与者的主体向，还是接受创意产品和服务的客体向，却形成一个良性的互动循环，甚至将影响扩展至更多的群体。比如阅文集团的海外平台起点国际，通过完整的作家福利体系、资源扶持计划和可盈利的商业模式，不仅让作家和译者、读者的利益平衡，而且实现了稳性和持续的运作机制。

女性书写与改编电影，通过耐人寻味的“故事”，及其独特的价值和意义，为旅游和城市，为文学和出版，为“她经济”和整体消费，注入了更具质感的活力和更缤纷的层次，也将继续寻求新的发展机会。

## 四、女性书写改编电影个案复盘与分析

新时期以来的女性书写改编电影，从个案角度来看，有一些文本在不同时期、不同类型的创作矩阵中，具有很强的竞争性，甚至拔得头筹，比如《阿诗玛》（1979）、《人到中年》（1982）、《红灯停，绿灯行》（1995）、《生活秀》（2002）、《淘气包马小跳》（2009）、《杜拉拉升职记》（2010）、《失恋33天》（2011）、《我愿意》（2012）、《致我们终将逝去的青春》（2013）、《匆匆那年》（2014）、《少年的你》（2019）等。在本小节中，笔者将着重从头部类型、品质逆袭和影视套拍时机角度，复盘和分析影片个案。

### 1. 头部类型电影复盘

笔者梳理近年的电影票房发现，“八二效应”已经成为一个特别明显的现象。“八二效应”又称为“八二法则”“80/20法则”“关键少数法则”，最正式的学术名称为“帕累托法则”，是罗马尼亚管理学家约瑟夫·朱兰提出的一条管

理学原理，以意大利经济学家维尔弗雷多·帕累托的名字命名。后者于1906年提出著名的关于意大利社会财富分配的研究结论：20%的人口掌握了80%的社会财富。这个结论不仅对大多数国家的社会财富分配情况成立，而且也适用于不同领域的大量实践，因此该法则被广泛用于指导管理活动的开展。

新时期以来的女性书写改编电影，总体上以低成本和非主流商业片的运作模式为主，并未显示明显票房优势。但小成本也有“春天”，比如2011年上映的影片《失恋33天》，最终票房收益3.51亿元，在当年包含国产片和进口片在内的总票房榜中位列第8名；2013年上映的影片《致我们终将逝去的青春》，则以7.12亿元的不俗票房，在全年包含国产片和进口片在内的总票房榜中位列第3名。前者总投资890万元，后者总投资6000万元，不论从总票房还是投资收益比来看，都创造了影片上映当年的“八二效应”。笔者以《失恋33天》为例，复盘影片从拍摄到上映的整个过程和经验得失。

2009年5月，鲍鲸鲸开始以网名“大丽花”在豆瓣网上连载小说《小说，或是指南》，天天等待更新的网友为她专门建了一个小组，进行交流意见和猜测结局的互动。2010年1月，上述连载网文更名《失恋33天》，以长篇小说形式首次正式出版。除了豆瓣网文和小说积聚的人气，导演滕华涛曾坦言决定拍摄的原因是，作者将有关失恋的全人类共同的小隐私，以自嘲加上特别犀利的语言描述出来，既看得特别高兴，又感同身受。

2011年11月8日，定位为国内首部双十一“治愈系”爱情电影的《失恋33天》公映，并开始上演“小马拉大车”的奇迹——上映4天票房破亿元，以近2亿元票房夺得首周票房冠军后，最终成为年度中小成本最卖座的国产电影。

其成功模式并非偶然，而是原著文本、制作与宣发团队整体的成功。首先，从原著文本看，从网文到小说的两版故事，成熟度具备“小妞电影”的模板剧本条件：时尚都市恋情主题下，并非高高在上的女主角，经历失落倒霉、遭遇并非天之骄子的男主角/配角之后，开始逗趣耍宝、加油励志和最终团圆的结局。“小妞电影”在国外是一种非常成熟的类型片，通过提供身心共鸣和情绪宣泄的观影体验，成为女性观众的重要陪伴。虽然原著文本的“男友出轨闺蜜”等桥段比较老套，但好在对白语言优势明显，“放下尊严挽回感情”的情节贴近生活和心理实际，细节的感动和共情之处很多。作者鲍鲸鲸受邀担任影片编剧，将电影学院文学专业的创作功底延续到剧本，也将小说文本创作中积累的粉丝效应成功复刻。

其次，从制作来看，导演滕华涛曾执导热播电视剧《双面胶》《蜗居》《裸婚时代》，善于表达社会热点和时尚生活，有很多同类题材拍摄和制作经验，减少创作中的耗费。对比电影文本和小说文本，改编最大之处是结尾的“表白”场景，用一块突然亮起的LED屏，代替原著文本中让全北京市堵车的那一场倾盆大雨，导演滕华涛坚持更改的原因在于，即使花费百万，也拍不出原著文本中描述的场景。导演滕华涛的务实之处还在于，大量选用自己执导的《蜗居》等电视剧中的演员，在降低影片成本的同时，演员在电视剧中的观众缘也能增加票房保障。电影上映之后，导演滕华涛还通过开发同名电视剧和舞台剧，延续品牌效应。

再次，从影片宣发和营销看，商业和专业模式贯穿映前映后。2011年4月影片开机前夕，已经确定将宣传和发行分别交给经验丰富的影行天下和中影公司负责。在最重要的档期选择上，几方达成定档当年双十一“光棍节”的共识。影片宣传在映前8个月开始介入，在微博等平台上播放预告片和特别摄制的“失恋物语”视频，开创全方位运用新媒体造势的先河。从最初遭遇冷淡，到仍然坚持将主演和多城市采访情况以“失恋物语”系列视频表现，再到各大新媒体的播放量发酵到两千多万，成为社会关注热点，新媒体宣发的过程同样一波三折，而与这个过程并行的是长达几个月的传统媒体新闻搜索的缺席。影片上映前一个月，再次遭遇波折——《猩球崛起》《惊天战神》《铁甲钢拳》3部好莱坞大片分别在10月28日、11月8日和11月11日公映。院线对影片的预估票房是3000万，未曾预料的是影片11月8日上映当天正逢周二半价日，没有放开排片场次的《失恋33天》很快爆满一票难求。从第二天起，影片在全国的放映场次，从每天3000场骤升至8000场，宣发继续跟进投放物料，“国产电影小黑马打败了四部好莱坞大片”的炒作话题，以及融社交、本地化、移动概念于一体的“Solomo营销模式”，实现了受众互动、分享等行为和信息的即时化传播，其中的亮点和话题甚至可以迅速转化为二次热度，持续推高票房走势。

影片文本《失恋33天》的原著创作和运作机制、营销形式具有很强的借鉴和研究意义，在21世纪第二个十年开始之际，女性书写与改编电影在策划、策略和制作水平上的发展与创新，为更多作品的改编，以及更丰富的艺术呈现，积累了宝贵经验。

### 2. 内容为王与口碑舆情

电影市场的“八二效应”虽然同样存在投资与收益、努力与产出，甚至原因与结果之间无法解释的不平衡，但是中国电影不能一直靠头部电影贡献票房，也不可能所有影片都走大制作的路线，培育和创作有品质的中部电影和中小成本作品，是改良中国电影市场影片放映结构的当务之急。

影片《少年的你》(2019)虽然以401.5万的观看人次，最终收获15.45亿元票房，但上映过程同样不顺利。电影原定于6月底的暑期档上映，但由于题材敏感，临时取消档期后再无消息。直到4个月之后的10月22日，《少年的你》低调调档至3天之后。即使作家玖月晞的长篇小说《少年的你，如此美丽》的“原著粉”，以及数月之前关注影片上映的观众，大部分都不知道突然公映的消息，影片宣发也无法在短短几天有一套针对更改时间的完整策划方案。虽然上映结果最终皆大欢喜，回顾这部影片的制作和操作过程，其实也是大多数中小成本影片需要面对和解决的。

首先，来看一组数据，2019年10月25日影片上映当日排片率为42.9%，以1.46亿元票房占据当日总票房的64.9%。在随后与《双子杀手》《沉睡魔咒2》等暑期档进口影片的交锋中，始终保持40%左右的排片率。这些与《少年的你》

电影《少年的你》剧照

影片质量直接相关，故事逻辑清晰，聚焦高考、校园暴力和家庭教育等社会热点，有环环相扣的情节和可信的人物关系——高考前夕被一场校园意外改变命运的两个少年，彼此守护、相伴成长。相比其他青春片和情爱片，《少年的你》展现出少有的现实感和复杂性，中小成本影片取胜的关键也在于此，主题选择和质量把控很大程度上在上映之初就决定了票房和口碑。

其次，正如作家的作品有“命运”，一部影片也有自己的“命运”。《少年的你》虽然经历撤档、等待和突然定档等波折，错过了暑期档、国庆档等票房大仓的上映时间。但是仔细来看，与暑期档的《蜘蛛侠：英雄远征》《狮子王》《扫毒2》，以及国庆档的《我和我的祖国》《中国机长》避峰上映，未尝不是一件好事，毕竟同期很多影片都受到不同程度的影响。在看似平淡的国庆档后期和双十一之间，观众对质量上乘的影片也是有很大需求的，笔者前面也分析过档期对受众的黏性和题材挂靠性趋弱的现象。

再次，当影片最后女主角“陈念”终于微笑地走在上学的路上，因为她知道“小北”在，两个边缘的孤独灵魂互相取暖，让很多人泪目。18岁的易烊千玺首次出演电影表现出极强的天赋和韧劲，周冬雨的演技进一步成熟，两位主角的选择，以及卖力的表演，对影片故事演绎和整体观赏度也起着非常重要的作用。

女性书写改编电影中，《与往事干杯》（1994）、《家事》（1996）、《蓝色爱情》（2000）、《安德烈的晚上》（2002）、《七夜》（2005）、《好奇害死猫》（2006）、《寻人启事》（2009）、《杜拉拉升职记》（2010）、《搜索》（2012）、《烈日灼心》

（2015）、《七月与安生》（2016）、《快把我哥带走》（2018）等作品均主动贴近市场和观众，用突破同类或同期影片局限、差异化的主题与叙事，为获得当代观众的情感共鸣，以及市场活力的不断增强，提供鲜活的创作实践。

电影《搜索》剧照

从改革开放的思维和视野转变，到21世纪物质和文化生活的极大丰富，观众审美品位和需求进一步提高，这一方面是电影市场发展的结果，另一方面也推动电影创作更趋多元、丰富。毋庸置疑，当“互联网+”，以及“IP”热潮理性降温，中国电影正式进入品质为王的时代，影片质量以及随之产生的受众反馈，成为影响受众选择和影片成败的关键因素。

随着互联网对电影全产业链影响加深，口碑和影评作为其中重要的效果评估环节，很大程度上决定着一部影片的命运，也日益受到业界重视。目前国内平台的影评机制主要有两种，第一种有豆瓣、时光网等，评分人根据喜爱度从1到10（或100）打分，通过互联网大数据算法的方式将最终得分作为影片的评分；第二种如猫眼等，分为观众评分和专业评分，前者主要参与人群是购票观影用户，打分机制与豆瓣类似，后者参考“烂番茄”等国外专家评分平台，由资深影评人、主流媒体人和专业学者实名打分和评价。除了上述三大电影评分网站，淘票票、格瓦拉、娱票儿，以及微博等平台也提供评分。

与国外类似评分系统和平台一样，这两种评分机制在分数算法、评分主观性以及信誉度上，质疑和争议伴随始终。2003年中国电影进入发展快车道以后，随着影片生产数量的增加和大众口味的分化，电影口碑与评分对于票房的影响并未呈现完全正向的效果，口碑评分高票房低，以及口碑评分差票房高的现象并不少见。相反地，电影口碑舆情却与导演、主演，甚至原著作者的口碑正向紧密相关。这也是很多影片慎重选择主创，或者危机之际撤换主创的重要原因。

正反向口碑舆情与质疑争议，共同构成互联网时代电影市场重要的影响因子和潜在的发酵因素，有数据显示，超过八成的消费者仍然会通过评分、口碑以及相关舆情，决定是否观影以及观看的影片。从电影本身质量和观众个人感知两个维度进行评分的这些数据，虽然还有一定的局限性，但仍将是继续构成电影影响力和说服力的一部分，电影创作者既可以从中寻找创作灵感和角度，也需要在提高创作品质的同时充分顾及和重视。

### 3. 影视套拍与改编时机

从21世纪开始，电影和电视剧套拍的模式逐渐受到业界青睐，既有诸如《武林外传》《北京爱情故事》等电视剧热播引发的电影拍摄，也有《山楂树之恋》等电影热映后引发的电视剧拍摄。笔者梳理的女性书写影视套拍，始于对作家杨红樱长篇小说《女生日记》《男生日记》的电影改编，两部同名电视剧分别比电影晚两年和三年播出。此后，《淘气包马小跳》《杜拉拉升职记》《失恋33天》《致我们终将逝去的青春》《匆匆那年》《何以笙箫默》《夏有乔木雅望天堂》《泡沫之夏》《微微一笑很倾城》《会痛的十七岁》《三生三世十里桃花》《秘果》《快把我哥带走》等多部女性书写改编电影，与同名电视剧或网络剧先后上映。这种现象背后的原因很多，最主要的是业界对IP热潮的跟风追捧，以及质量

电影《秘果》剧照

上乘、口碑不错的原创作品的缺乏。

为充分了解和分析女性书写作品影视套拍的改编时机、运作模式和实践效果，笔者从“先影后剧”“先剧后影”“影剧同期播出”三种创作模式，筛选出《杜拉拉升职记》《匆匆那年》《何以笙箫默》《微微一笑很倾城》四部影片文本进行个案分析。

首先，来看“先影后剧”模式。

作家李可（笔名）的长篇小说《杜拉拉升职记》在2007年出版后，掀起阅读的“杜拉拉热”。2008年底，小说续集《杜拉拉2华年似水》出版。两年内，“杜拉拉系列图书”销售260万册，创造了3亿元人民币的码洋。2009年初，徐静蕾团队购得《杜拉拉升职记》电影改编权。电影改编还原小说文本的整体叙事，以及外企白领职场磨炼的主线，于2010年4月15日公映，总票房突破亿元大关。另有诺基亚、马自达、芝华士、联想等总值逾2000万元的品牌植入广告，广告金额与影片拍摄成本相当。

2009年10月，电视剧《杜拉拉升职记》上海开机，2010年7月在卫视上星播出。电视剧版在原著文本硝烟弥漫的职场规则之外，增添了爱情戏份，以及纠缠不清的多角恋情。东方卫视播放数据显示，《杜拉拉升职记》从播出第一天起就成为年度收视率最高的电视剧，而在北京卫视则平均收视率超过5%，达到专业电视剧频道黄金时段的收视效果。

除了影视改编，2009年11月，话剧《杜拉拉》亮相北京保利大剧院，在全国范围内巡回几十场，票房突破3000万元。话剧《杜拉拉》初次尝试植入广告，创作者将荣威550、花旗银行、苹果电脑、LV包、ecco鞋等众多品牌应用到话剧里，在带给观众笑声的同时，也为话剧创作和广告传播建构了一个共赢模式。此外，2012年4月，《杜拉拉升职记》网络剧开拍，一个月后参照美剧边拍边播的方式在网络播出，将首发和更新时间设置在白领的“午餐档”，共计50集，每集时长12分钟。

从电影到电视剧，从话剧到网络剧，小说文本《杜拉拉升职记》跨媒体的四种改编类型，依次在2009年底、2010年，以及2012年上演、播映。电影和电视剧的收益最大，话剧和网络剧则开创了各自新的运作模式。从小说文本来看，《杜拉拉升职记》之所以倍受读者和改编追捧，在于作者对当代职场状况的敏锐观察和把握，并以建议和宝典的方式平等地进行书写，其女性视角和女性困境的叙事，也很容易拉近与受众的距离。四种改编版本根据不同的介质特性、时空容量以及目标受众，对小说文本进行了增删，从改编结果看，基于“职场励志手册”的主线都得以保留，这也是原著的内核和精髓。

其次，来看“先剧后影”模式。

九夜茴的长篇小说《匆匆那年》，被网友称之为“80后的血色浪漫”，在网络创造点击神话后，由新浪、搜狐、天涯、腾讯、起点中文网、小说阅读网、潇湘书院、幻剑书盟、红袖添香等十家头部网站联手推荐，正式出版仅一个月便连续加印三次，持续8个月排名2008年各大图书销售排行榜前列。小说文本主打纯爱怀旧和青春校园。2011年，导演张一白买下电影版权，但直到2013年剧本打磨成熟，才开始进入拍摄期。与此同时，搜狐视频重金打造的网剧版《匆匆那年》，却先期于2014年8月4日上线，豆瓣评分高达8.1分。

《匆匆那年》网剧版的制作品质、创新理念和超高人气，成为中国网络剧创作的首个高点。中国各大视频网站从这一年开始，集中发力抢占自制剧领域的市场份额。搜狐视频为了能在2014年这个“自制元年”站稳脚跟，将《匆匆那年》制作目标设置为互联网现象级网剧，投入了令业界咋舌的资金与资源。除了每集100万的制作成本，网络剧版还采用4K技术拍摄，将单集时长从20—30分钟的网络剧常规体量延长至45分钟，并开创大银幕发布网络剧的先河。在运营方面，则通过移动互联网和OTT等渠道平台的合力，提供更广范围的终端类型服务，包括电视机、机顶盒、计算机、智能手机和Pad等。在文本内容方面，网络剧与原著文本主线和叙事相同，以方茴和陈寻的爱情故事为主，高度还原网络热议的属于“80后”的青春记忆。

搜狐视频社交媒体营销之外，在北京、广州、沈阳、成都、郑州五地进行的巡回式观影宣传，包括邀请媒体人与原著书迷在大银幕观看4K超高清技术制作的网剧，以及作品本身的制作品质，使得网剧版播出后迅速占据各类口碑和热搜排行榜第一，并被评为年度最佳网剧。《匆匆那年》不仅将网剧的制播提升到一个全新的高度，而且超越同期热播的许多上星卫视大剧，让网剧与电视剧的规格、品质界限不再泾渭分明，并由此引发很长一段时间的同类IP题材改编和拍摄热潮。

电影版《匆匆那年》在网剧版播出四个月之后的12月5日上映。此时，微博“电影匆匆那年”的粉丝数超过20万，微博转发和阅读量破亿人次，与原著和网络剧的余热及话题一起，成为新的讨论热点。具有同类题材丰富拍摄经验，并成功推出女性书写改编电影《好奇害死猫》（2006）的青年导演张一白，将成本仅4000万元的电影版作品，最终推至5.8亿元票房的不俗成绩。2014年，全国共有14部影片票房过5亿元，《匆匆那年》为7部过5亿元票房的国产片之一。

顾漫长篇小说《何以笙箫默》的改编，同样是“先剧后影”。与《匆匆那年》稍有不同的是，“剧”是卫视播出的电视剧，而不是网络剧。2005年，作家顾漫和自己创作的长篇小说《何以笙箫默》同时一举成名。原著文本讲述法学系才子何以琛和学妹赵默笙之间命运无常和充满挫折的爱情，多年后最终经历困难走到一起的故事。电视剧版《何以笙箫默》共32集，2015年1月10日在江苏卫视、东方卫视首播，是江苏卫视2015年度收视冠军，也是首部单日网络播放量突破三亿的电视剧。电影版《何以笙箫默》2015年4月30日上映，由于与电视剧版间隔时间短，再

电影《何以笙箫默》剧照

加上忠于小说文本和电视剧文本的角色设定和人物关系，仍然沿袭此前播映的电视剧的热度。影片上映两日收获1.42亿元票房，并一路成为五一档的“领头羊”。影片制片成本2000万元，最终票房3.53亿元，也算是影版和剧版双赢的结果。

再次，来看“影剧同期播出”模式。

继长篇小说《何以笙箫默》之后，作家顾漫凭借长篇小说《微微一笑很倾城》再次受到关注，并获得第三届中国网络文学节最佳作者奖。小说文本2008年8月起在晋江文学城连载，2009年8月首次出版，讲述大学计算机专业系花贝微微与同校师哥肖奈在游戏世界相遇、在现实世界相守的奇幻爱情故事。2016年8月12日，由Angelababy、井柏然主演的同名改编电影上映；十天后，由杨洋等人主演的同名改编电视剧在江苏卫视、东方卫视首播。电影和电视剧几乎同时与公众见面，也一度引起媒体和全网热烈评论，纷纷从演员角色、故事情节、游戏音乐等多个角度进行比较。

电影文本上映后，前两周票房优势明显，周均票房达到一亿元，但从第三周开始骤降2/3，总票房未能突破三亿元关口。观影人群减少的时间段，正逢电视剧上映初期，在某种程度上影响了电影的人气吸引。电视剧文本播出后，也并非一帆风顺，虽然优酷独家播放的观看量破亿、评分接近满分，但是电视端和网络端的单集收视率不稳定，受剧情和叙事影响较大。从两部文本的微博热度看，电视剧的讨论热度、粉丝数，以及阅读量远高于电影，是年度小说改编电视剧较为成功的案例。

以上几部电影、电视和网络剧套拍的作品，在原著文本口碑或评分比较高的情况下，改编作品均采取了尊重原著的策略，最大程度增加了对原著粉丝的黏性。影版和剧版的《微微一笑很倾城》，摒弃煽情和套路的青春片叙事，以及将原著文本的游戏描述进行精心的视觉处理，增加了观看的新鲜感；《何以笙箫默》改编的电视剧和电影分别在头部卫视和五一档上映，直接占据有利的天时地利；《匆匆那年》的电影版和网络剧版品质上乘，呈现了影视套拍的高水准；《杜拉拉升职记》的多媒体改编和商业化操作，拓展了小说文本的改编思路。在媒体格局日益分化，强势制作和播出平台垄断大剧资源的情况下，影、视、网套拍，以及改编创作的多元化，是市场竞争的选择和结果，套拍能否双赢或多赢，取决于原著、制作以及宣发多个环节能否产生叠加效应。

与中国将文学作品改编成电影和电视剧、网络剧套拍、分阶段上映不同，国际上的“套拍”既包含两部或两部以上系列电影的拍摄，也包括文学、影视剧之间的跨媒体联动改编和创作。在影视产业发达的美国、日本和韩国，将人气电视剧和电影互相“套拍”，不仅是电影市场化的一种惯用套路，而且形成了一套非常成熟的运作模式。

在美国，电视剧从20世纪60年代起后来者居上，超越电影成为市场新宠，吸引编剧、导演以及各类拍摄资源的倾斜。为发展电影和平衡整体市场，美国电影、电视业约定俗成共享好的题材，允许对方同期拍摄，“套拍”由此产生。不过制作方会慎重选择套拍的作品和时机，并且更青睐原班人马。如2002年《X档案》停播后，直到2006年导演克里斯·卡特成功请回大卫·杜楚尼和吉莲·安德森后，电影版才开始拍摄。2003年《欲望都市》播完最后一季，美国HBO电视网除了请回所有主角，还在延续原作的同时精心编制新故事，最终在2008年推出电影版，此举再次赢回粉丝的关注，首映周末票房刷新好莱坞同类题材历史纪录。迪士尼出品的青少年情景喜剧《汉娜·蒙塔娜》在获得北美观众追捧后，也启用原班人马拍摄了电影版。2022年《黑道家族》的前传性质电影《钮瓦克众圣》终于问世，电视剧“托尼”的饰演者詹姆斯·甘多菲尼已经去世，他的亲生儿子迈克尔则代替他出演电影版的“托尼”。但这种操作模式极容易受外因波动而错失良机，比如《老友记》《24小时》等很多长年播放的经典美剧，停播后一直努力尝试再拍摄电影，但迟迟未见作品问世。

在日本，套拍自电视剧的高票房电影，均采用电视剧的原班人马，这一点与美国很相似。2011年，影片《白夜行》大胆尝试更换原有电视剧的所有主演，导致影迷大量流失。日本的影视剧套拍，会提前预案和精心设计。比如

2010年由高人气电视剧《要人护警察》改编的电影，因电视剧拍摄时在末尾为电影版预留的悬疑，吊足观众胃口，推动票房挺进前十。2008年，电影版《花样男子》上映，影片叙事由电视剧的结尾重新展开，主角们在电影的时空中完成从情侣到夫妻的转变，最终成功获得日本真人电影票房冠军。类似实践在系列电影中比较常见，运用到影视套拍有待在充分调研受众的基础上进一步尝试。

国家间的翻拍与套拍也成为国际市场的常态。作家余华的长篇小说《许三观卖血记》在出版20年后，被韩国电影人改编成《许三观》（2015）上映。韩国SBS电视台首播的《步步惊心：丽》（2016），改编和翻拍自中国热门小说和电视剧《步步惊心》。电影《七月与安生》，则被韩国翻拍成《再见，我的灵魂伴侣》。日本富士电视台和优酷视频合作，将改编自作家顾漫长篇小说的剧版《微微一笑很倾城》，翻拍成日剧，并于2021年初播出。韩国电影《奇怪的她》自2014年获得韩国电影票房第二名之后，便拥有中国、泰国、日本、美国和越南等多个版本。2018年，中国拍摄的电视剧版《重返20岁》，在电影版播出三年之后，再次翻拍播出，归亚蕾饰演的“奶奶”继续电影的青春梦。

无论电影、电视剧，还是网络剧的套拍、翻拍，都是互相借力的过程，好的原创作品和题材至关重要，从这方面的实践看，女性书写和改编市场潜力巨大。此外，创意和设计创意的人才往往起着关键作用，上述国际国内个案中的巧思和创新，只是制作和市场营销创意的冰山一角，需要更多地挖掘和开拓。

在21世纪第三个十年的节点，全球遭遇新冠肺炎疫情的持续影响，电影创作和电影市场的复苏面临严峻挑战，如何增强内生动力，并在国际国内双循环中发挥电影的作用，不仅需要新主流电影、头部类型电影，也需要多元化的不同国界、不同地域、不同投资规模的作品，更需要深入的实践和研究，以及更有效的手段和智慧。

## 五、女性书写创作与改编人才发展分析

2021年是“十四五”的开局之年，国家电影局发布《“十四五”中国电影发展规划》，在系统谋划的基础上，聚焦重点任务设计项目抓手，通过重点突破带动整体推进。其中“电影人才培养工程”提到，在电影创作、技术研发等重点领域积极探索电影名家大师导师制，通过业务实践创新人才培养模式；通过举办中国电影新力量论坛、组织参与重点影片创作和赴国际知名电影企业研修交流等形式，重点培养具有潜力的优秀青年人才。

女性书写作品，不论是传统形式，还是网络形式，已经能够通过创作引导受众向善意识和审美视野，其丰富的书写角度、多元的人物形象，积累了庞大的读者群。相关数据显示，截至2020年6月，仅阅文集团旗下的“女生频道”已产生560万部作品，每月更新字数约12亿字。网络IP和传统文学开发的电影作品，已经成为电影市场的重要力量，发挥着极其重要的作用。目前，文学作品改编电影的比例已经达到总体产量的50%以上，而这一数据在新时期末期为30%。

与女性书写改编电影快速增长不相匹配的是，相关专业创作和改编人员的缺乏，以及面对更个性化和精准受众的优质转化团队的培养。女性书写如何与电影剧作、导演等各方面加强创新，提高讲好故事的能力，打造电影精品力作，是身处发展大势之中需要解决的更大挑战。

### 1. 传统书写与网络书写

新时期以来，女性更愿意发出自己的声音，也更有能力发出自己的声音，女性书写者的规模得到前所未有的增长，直至超过男性创作者数量。

在网络和相关书写出现之前，改革开放之后的二十余年里，女性传统书写方式得到极大的丰富和发展，以小说、诗歌、散文、报告文学和随笔等文体，将社会主义历史时期的女性经验，知识女性、打工人群等多种职业体验，以及具有国际交流背景和生活视野的经历，精心悉数呈现给读者和受众。直至21世纪之后的二十余年，苏青、丁玲、冯沅君、谢冰莹、凌叔华、舒婷、张洁、残雪、铁凝、张抗抗、谌容、王安忆、池莉、方方、范小青、陈染、何鸣雁、乔雪竹等不同代际和年龄的女性书写者创作的作品，获得越来越多的阅读认同和心灵的解放感，也持续受到电影改编者的眷顾和青睐。

20世纪末互联网出现之后，女性网络书写者逐渐发展成为一支同样强大的创作力量。21世纪前后，国内成立最早的品牌文学类网站“榕树下”成就了安妮宝贝、黑可可等第一代网络女性书写者。随后，晋江文学网等探索市场化运作的平台出现，通过付费模式将网络书写推向职业化。女性书写者活跃度和创作量激增，题材和文体风格更趋多元化，甚至一度突破社会道德和公序良俗的边界，但也产生了辛夷坞、蒋胜男、明晓溪、匪我思存、顾漫、流潋紫、李可等一批优秀的网络创作者，她们之中很多人也由此登上中国作家富豪榜。21世纪第一个十年前后，电影市场和网络平台对改编电影的需求增大，资本市场也从IP改编中看到商机，许多网络女性书写作品呈现类型化的创作倾向，鲍鲸鲸、九夜茴、须一瓜、饶雪漫、蓝白色、唐七、玖月晞等一大批作家和她们的作品声名鹊起，使电影作品有了更多新的气象和面貌。

相对网络书写和创作而言，传统方式的女性书写者整体接受专业训练和培养的程度更高，进行专职创作的比例也更高。但网络书写更为灵活的写作时间和方式，与受众阅读时间的碎片化和多媒体互动的需求更为契合。更为重要的是，两者对文学的感悟和理解，以及对受众的尊重和真诚，打开和繁荣了女性书写的市场，盘活了整个文化产业的跨媒体合作。

从书写主体看，网络书写作为一种更便捷和更广泛的文学创作方式，不仅已经向国际化和二三线城市拓展，而且和传统书写方式的界线逐渐淡化。2013

年，三年一届的广东鲁迅文学艺术奖（文学类）授予了多部网络作品。中国作协和各省市作协纷纷成立网络文学创作委员会，很多网络文学院和专业文学理论刊物也应运而生。2014年开始，中国作协和《人民日报》联合开辟“网络文学再认识”专栏，多家媒体和机构专门召开网络文学的深度研讨会议，当年共有24位网络作家加入中国作协。目前，中国作协和各地作协的网络作家数逐年增高。

作品和作者互相成就，女性书写和改编电影也相互成就。传统书写和网络书写人才的培养和引导，需要打破书写方式、地域和年龄之间的圈子模式，形成更广泛的互动与交流，以及传帮带的氛围。而传统书写和网络书写人才的培训和建设，则需要更多的专业机构参与，以及更系统的设计和规划。我国网络文学用户规模截至2021年底已经达到5.02亿次，占整体网民的48.6%，其中一线及新一线城市占比将近1/4，与三、四线城市基本持平。与此同时，从近年《平凡的世界》《装台》《人世间》等传统文学、严肃文学改编影视作品的频次和好评度也不难看出，其导向与主流、可视与共情的创作策略，仍然具有很大的市场需求。

### 2. 品牌构建与类型创作

女性书写作品的改编，与市场需求、文本迁移可行性、改编者选择等诸多外在因素直接相关，但与书写主体的创作定位和电影转换思维等内在因素更为密切。以作家池莉为例，《来来往往》《你以为你是谁》《小姐，你早》《生活秀》等小说文本，将笔墨聚焦于普通市民的家庭生活和人情世态，叙事情节和人物情感发生很有现场感和画面感，适合进行影视改编，甚至出现相关机构竞相出高价购买的情况。21世纪之初，世纪英雄电影投资有限公司决定借此打造“品牌效应”，与池莉签约成立“池莉影视工作室”，约定拥有相关作品改编的第一优先权。随着池莉原著文本影视化的增多，以及品牌构建对于电影改编和放映的影响力、号召力的增强，很多作家和机构也搭建这种合作模式，导致出现先拍摄影视剧，再出版小说的应景式创作，甚至出现脱离文学创作规则的快餐式书写，最终成为昙花一现。

2021年，苏州市成立“范小青剧本中心”，并明确主要工作是策划重点选题，引入影视资源，丰富项目储备。范小青是苏州的代表性作家，短篇小说《城乡简史》荣获第四届鲁迅文学奖，长篇小说《桂香街》于2019年被改编成同名影片，长篇新作《灭籍记》获第四届施耐庵文学奖。与前述的影视机构与作家签约不同的是，江苏市文联作为非营利性质的人民团体，希望借助品牌构建发挥作家的领军作用，带动整个地域的文学和影视转化。

因为经历和背景的不同，有意识或无意识的“差异化”创作思路，以及市场的优胜劣汰，使得新时期以来的女性书写者大多具有较强的识别性和作品特色。但是作家魏晓霞在21世纪之初开创了更为标记性的类型书写，首创国内恐怖文学品牌——“黑狐·恐怖体验系列”。接续出版的《死亡时间表》《鬼谷逃生》《12小时惊魂》《恐怖星期三》《黑猫的狞笑》《夺命隐私》《老宅魔影》《无处藏身》《自掘陷阱》等长篇恐怖小说，以“写实”为特色，通过奇巧的构思和扣人心弦的叙事情节，传达恐怖与紧张、惊险的感受。除了《黑猫的狞笑》已被改编成影片《七夜》(2005)，“黑狐·恐怖体验系列”作品还被全国数十家报刊连载，相关有声读物也在电台播出和商业化销售。

电影《致青春·原来你还在这里》剧照

网络书写的竞争更为激烈，类型化创作往往更容易吸引受众关注。以网络青春题材书写为例，已经衍生出“职场+青春”“悬疑+青春”“古装+青春”和“科幻+青春”等多种细分类型。作家辛夷坞的网络书写以都市青春回忆和通透深刻思考为本，加入职场和现实元素，长篇小说《致我们终将逝去的青春》《原来你还在这里》以系列化、类型化的形式出现，很适合改编成阶段性上映的影片。辛夷坞从2006年因喜欢的网络小说断更开始业余创作，到2008年《原来你还在这里》《致我们终将逝去的青春》出版后辞去文秘工作进行职业创作，再到2013年以500万元版税荣登中国作家富豪榜，演绎了文学故事般的完美女性书写者的人生，虽然不具备可复制性，但引起读者共鸣的创作手法和书写视角、审美取向，值得处在起步阶段或迷茫期的创作者研究和分析。

### 3. 写编一体与多面开花

女性书写和编剧合一的电影改编模式，既有利于对原著文本主旨和精髓的把握，也搭建了跨媒体的人才培养渠道和平台。比如谌容书写并担任编剧的影片《人到中年》(1982)，开创了新时期之初女性书写改编影片的新类型。新时期影片《女大学生宿舍》(1983)、《甜女》(1983)、《太阳雨》(1987)、《弧光》(1988)、《红灯停，绿灯行》(1995)、《男生贾里》(1996)中，原著文本作者喻杉、何鸣雁、刘西鸿、徐小斌、叶广芩、秦文君均受邀出任编剧。《十六号病房》(1983)、《北国红豆》(1984)、《最后一个冬日》(1986)三部影片的原作和编剧均是乔雪竹，作家铁凝和程玮也分别在《村路带我回家》(1988)、《哦，香雪》(1989)和《豆蔻年华》(1989)、《红发卡》(1996)中兼任编剧。

21世纪以来的女性书写改编电影，原著作者担任影片编剧已成为多数和常态，一些女性书写者甚至还承担了导演和制片人的重任。影片《忘了去懂你》(原名《陌生》/2014)由作家权聆的同名中篇小说改编，权聆还担任了电影的编剧和导演。此前一年，权聆执导，贾樟柯监制，郭晓冬、小陶虹主演的影片《陌生》曾入围柏林电影节“青年论坛”单元，并获得最佳处女作提名，这也是她融剧本写作和导演于一身的首秀。2015年，权聆创作的电影剧本《人间蒸发》入围戛纳电影节的中国新影人基金论坛 。

电影《天上人》（2010）根据作家裴蓓的中篇小说《我们都是天上人》改编，此外，她还担任影片的编剧和制片人。《天上人》曾获广东省鲁迅文艺奖和澳门国际电影节最佳编剧奖，是裴蓓跨媒体多面开花的得意之作。2015年，裴蓓再次出任影片《青涩日记》的制片人，为了拍摄这部由自己创作的中篇小说《妈妈不是我杀的》改编而成的电影，她不惜卖掉别墅筹集资金。《青涩日记》获得第30届中国电影金鸡奖两项提名，被教育部和广电总局作为优秀影片向全国中小学生推荐和放映。类似的作家电影在近年电影市场逐渐出现，不仅丰富了电影类型和创作风格，也为观众提供更多元化的选择。

人才是电影改编和创作的重要资源。在国内和国际充分合作、流通的电影制作领域，如何挖掘和留住人才成为各大制片机构发展和竞争的“软实力”，除了将知名导演和明星艺人纳入麾下，对原创作者和编剧的重视程度也较此前有所增加。但是，人才培养是系统工程，从理论到实践，从学习到积累，从改编电影到电影产业链各环节的人才跟进与迭代，需要老、中、青多梯次的孕育帮扶，更需要从校园到影视企业、政府部门的激励机制。

2020年至今，全球电影行业遭遇极大的挑战。新冠肺炎疫情给整个电影产业带来巨大冲击——拍摄停工、影片撤档、影院关闭。2020年中国电影票房204.17亿元，约为2019年（642.66亿元）票房的31.8%，下降了将近七成。照此影响，业内估计五年后才有望恢复至2019年的市场规模。在中国电影银幕总数和总票房全球第一的情况下，如何保持并提高工业化水平，实现由电影大国向电影强国的迈进，短期看是与疫情的较量，长期看则是人才的争夺。科技进步带来了制作、发行和

电影《青涩日记》剧照

放映模式的革新：电影制作方面，虚拟摄影、虚拟摄影棚体系，以及人工智能、云计算等科技的采用，能够实现电影制作的云端化和多地多人协同；电影发行方面，流媒体发行、线上线下同步发行等，试水以家庭和个人为核心的线上发行模式；电影放映方面，借助5G和超高清技术，构建网络平台的家庭和个人观影场景。目前，国内外相关机构纷纷进军流媒体领域，电影的消费方式和市场格局重构已是必然趋势，电影业界只能积极应对。

女性书写改编电影的制作不是靠大投资、高科技与奇幻视听取胜，因此更多的挑战来自互联网和全媒体。年轻观众逐渐成为追剧主要群体与付费内容主力军，能否将他/她们从已经习惯的、便利的移动端观看模式吸引到影院观看，需要更为专业的前期调研和制作、宣发运营。

电影行业与互联网视频公司的竞争与融合将是未来的常态。虽然国家出台多项政策措施，支持中国迈向电影强国，但如何讲好“中国故事”，通过更多样的细分类型表达，更合逻辑和叙事的价值内核，让无论是家国情怀、民族风情、审美潮流，还是人间烟火、家长里短、婚恋情感，产生“接地气”的故事和“有筋骨”的人物，拉近与观众的距离，仍是重中之重。

女性书写改编电影的市场化实践已经有了初步经验和个案积累，如何在竞争中继续打造经典案例和多元化发展，需要多层次、全方位的发展谋划，也需要解决编剧、创意、宣发等相关专业人才的“瓶颈”，促进原创、制片、放映、后期增值开发等全产业链的深度融合。

# 第六章

# 女性书写与电影改编的创新发展

在日益全球化的表达中，女性书写者和电影改编者，都需要时间去发现和找寻作品的灵感与灵魂，也需要借助更多的媒介和技术，获得新的发展与超越。

## 一、书写观念与改编思维转变

德国哲学家黑格尔认为逻辑思维发展有三个阶段，并在《逻辑学》和《小逻辑》中充分阐释其逻辑思想和辩证法思想。按照他的理论，“知性思维”是逻辑思维发展的第一阶段，其特点是仅对某个范畴或某个概念的抽象性表现进行认识；“否定的理性”是逻辑思维发展的第二个阶段，在这一阶段，思维认识到“正”中有“反”，“正”“反”相互对立又相互统一；“肯定的理性”是逻辑思维发展的第三个阶段，思辨地对第二个环节“否定的理性”再否定，以事物发展过程的复归肯定来统摄前两个环节，三个环节整体形成螺旋式上升的完整周期，并且循环往复。

女性书写观念和电影改编思维的发展，也经历并且仍在经历黑格尔的辩证思想和逻辑理论的三个阶段，从根据个体和特定阶段的知性书写和电影改编，到超越个体、辩证否定地进行女性创作和改编的探索阶段，再到目前的基于市场分析的包容理性与感性、复杂与多元的创作和实践。虽然受政治、经济和文化的外力因素，以及地域迁移、命运变化等个体因素影响，女性书写和电影改编均出现了颇受争议的人物、事件或躲闪的观念态度，但螺旋式上升的进程不曾改变。

### 1. 女性书写：性别观与去特殊化

性别包括生理性别和社会性别，性别关系是人类社会最基本的关系。生理性别产生基于男人和女人的关系，而社会性别则强调两性的社会差异，可以衍生出多种关系，比如在社会政治、经济和文化等关系中的性别分工，男女社会和家庭地位等。社会性别是社会文化构建的一部分，随着时代和社会的发展而发展，并呈现复杂和多元的关系和形态。而在此过程中形成的性别观——包括对性别总体的认识与观念，以及对性别角色及两性关系的价值取向和思维方式，也在不断发生变化。女性书写和电影改编正是将这种进行中的“呈现”，用文字和影像两种文本记录、传达和交流。

从最初母系氏族文化中，女性和母亲至高无上的地位，以及女尊男卑的性别关系，到恩格斯在《家庭、私有制和国家的起源》中提到的“母权制的被推翻，乃是女性的具有世界历史意义的失败。丈夫在家中也掌握了权柄，而妻子则被贬低、被奴役，变成了丈夫淫欲的奴隶，变成生孩子的简单工具了”[1]，再到人类文明和社会的继续演进，女性的重要作用日益凸显，男女性别关系得到重新定位与思考……

探讨“女性书写”与研究“电影改编”，正是希冀将伴随社会历史的生成与发展的性别关系和性别观，以不同历史阶段和不同个体的方式回望、还原和思考。与此同时，人类的性别观也需要不断更新和突破局限，否则男女两性关系以及思维观念仍然无法获得全面丰富的发展。很长一段时间，特别是20世纪80年代和90年代被标签化的女性写作之后，在女性书写领域，很多创作者不愿意强调甚至承认性别立场和性别身份，传递出躲避和自我保护的意识。这种创作和性别立场的存在，也引起学界和媒体重视并提出疑惑，为什么中国没有出现类似韩国出版的《82年出生的金智英》和日本角田光代的系列小说，对女性生存状态和困境进行深层次地描写和探讨。2018年，席卷全球的好莱坞“Me too”宣言引发了学术界和文化界关于性侵犯和性骚扰的广泛讨论，世界范围内的很多女性创作者运用文学的力量，传达她们的性别观和独立思考，这种群

[1] ［德］恩格斯：《家庭、私有制和国家的起源》，人民出版社，1992。

体性积聚的更大力量也将女性书写推至新的层面和地位。

上述作品产生的巨大反响，从某种程度上反映出中国和世界当代文学都非常缺乏具有女性意识的优秀作品。不同国别、地域的性别观和女性生存状态有很多值得书写的故事和题材，需要女性书写者勇敢地触碰和创作。当然，性别观只是笔者观察和思考的重要角度，而不是唯一的尺度。无论是通过去女性化或中性化思维，进行无性别差异的书写，还是强调“文学创作”高于“性别身份”的“去特殊化”创作理念，女性书写者尊崇和保持自我，将哲思信仰和内心感受融为一体的创作，重构了现代女性的认知图谱和理想人格。

进入21世纪以来，包括女性书写和电影在内的当代文学和艺术，在与经济、文化、科技的共生中，不断被重新定义和建构。商业与技术迅猛发展，世界各国之间，以及与网络世界之间联系日趋紧密，很多社会话题与问题具有了共性，比如经济不均衡环境中的性别不平等与生存困境，经济发展与环境污染的矛盾，老龄化与生育失衡等问题，需要书写者紧扣时代脉搏去关注和回应，与受众共同构筑一个多元和包容的体系。女性书写的创新与拓展过程中，仍然需要继续坚守和维护优秀人文精神和传统文化，这是被世界范围认可和具有生命力的价值取向，包括对精神气节、道德品格和家国情怀的物质与精神层面的引导，以及“和合”宇宙观与人生观的构建。

### 2. 电影改编：观念创新与思维转变

电影人对女性书写作品的改编，从新时期开始就开创了一个观念创新的良好局面，在导演艺术、摄影艺术和理论总结等方面得到受众、业界和理论界的赞誉。

新时期的女导演不仅成批出现，形成代际特征，而且对女性书写情有独钟，改编了很多在同时代领先的优秀影片，比如史蜀君的《女大学生宿舍》（1983）、张圆的《十六号病房》（1983）、苏菲的《拓荒者的足迹》（1983）、陆小雅的《红衣少女》(1985)、张暖忻的《青春祭》(1985)、王好为的《村路带我回家》(1988)和《哦，香雪》(1989)、黄蜀芹的《画魂》(1994)、刘苗苗的《家事》(1996)等。这些以女性形象叙事，却又脱离性别局限、具有更理性观照的影片，使女性书写文本和女性导演风格，全景式地彰显出来。这些艺术创新的影片也得到国内和国际的好评：1985年文化和旅游部评选出15部优秀故事片，女导演的作品有7部，其中陆小雅执导的《红衣少女》获得优秀影片奖一等奖，该片还获得中国电影第五届“金鸡奖”最佳故事片奖和《大众电影》第八届“百花奖”最佳故事片奖；张圆执导的《十六号病房》获得第七届大众电影百花奖最佳故事片奖；王好为导演的《村路带我回家》获得第九届中国电影金鸡奖最佳美术奖，《哦，香雪》获得第41届柏林国际电影节青春片最高奖；史蜀君执导的《女大学生宿舍》获得捷克斯洛伐克的卡罗维·伐利国际电影节处女作奖。

这些影片创新成绩的取得，除了原著文本和导演因素，摄影与美学观念的贡献功不可没。一批新中国成立后毕业于专业院校的摄影师，经过多年的理论和实践培训、学习，将中国传统文化和美学熏陶，以及对当下受众审美心理的把握，通过现实主义的创作方法，群体性地展现了摄影艺术的功力与魅力。比如李晨声拍摄《村路带我回家》、《哦，香雪》(获第十届金鸡奖最佳摄影奖)，赵俊宏拍摄《女大学生宿舍》，王吉顺拍摄《十六号病房》，肖风拍摄《弧光》，郑康振、赵小时拍摄《太阳雨》，穆德远、邓伟拍摄《青春祭》等，画面与造型意识觉醒，能准确地阐释原著文本和导演的意图，让业界和学界开始重新审视摄影和画面语言的表现力，进行真实美学与纪实、再现、表意、表现等诸多创作风格的系统研究。

难能可贵的是，电影业界人士和专家学者对新时期电影艺术的研究与探讨，不仅及时准确，而且起到很好的交流、推广作用。曾担任谢晋导演助手、后独立执导影片《青春祭》的张暖忻与作家、批评家李陀于1979年发表《论电影语言的现代化》一文，提出“变革电影语言”，电影要“摆脱戏剧化”。从新时期文学开端，到20世纪80年代的文学革命，再到后续争论的文学与思想实践，李陀以亲历者和参与者的身份发挥了重要作用，他后来站在回顾的角度写作的《1985》，某种程度上见证了那场始于电影革命，最终导致文学革命的历史。1986年，中国新时期女导演创作回顾研讨会召开，董克娜、石晓华、姜树森、季文彦、张园、广春兰、张惠均、胡玫等女导演与专家学者交流研讨，开创了电影理论研究与实践互动的良好局面。

同一时期，美国学者唐娜·哈拉维发表《赛博格宣言》，用机器与生物的混合体——“赛博格”，摒弃人与动物、机器与有机体、物质与非物质的边界，敦促女性主义者超越传统性别与女性主义的局限。“赛博格”在生成阶段的“技术化身体”和转义阶段的“隐喻”两种概念理解方式，随后渗透到文学和电影等艺术的表达当中，可以认为是提醒女性和创作正视生命意义的混杂状态，也可以理解为强调技术带来的电影创作的种种可能性，并以“网络”“电子技术”“人工智能”，或者极具风格的视觉方式，呈现于银幕和多媒体。

新技术使得电影视效更加精彩的同时，也进一步降低了电影的门槛，专业与非专业、表演与表现、大众与独白同台竞技，当数码和网络技术重构人类社会认知和文化，电影作为一种影响、改变世界的力量与媒介，也可以发挥更大的作用。同样，女性书写改编电影需要考虑如何选择新的切入点，怎样寻找观众并与之共情，而不是参照任何一种成功或定型的影片去创作。

接受美学的创始人之一伊瑟尔在《隐在的读者》《阅读活动的现象学》等著作中认为，文学文本中的“空白”和“不确定性”可以激发读者的想象力，促使其参与审美价值和文本意蕴的构成，读者的能动作用还会潜在地参与作家的创作过程，并被自觉或不自觉地设计在文本结构之中。这些针对文学创作的理论同样适用于电影创作和改编，从书写的文字符号到电影的视听符码的转换，创作者的三观与职业素养、文化造诣与个人修养，起到至关重要的作用。电影创作者能够对原著文本有自己独特的感悟和理解，是进行改编转换的必要条件。即便如此，改编创作仍然需要从电影文本自身特点出发，进行思维转换和考量。

首先，文字文本和影像文本之间，无论是商业性与艺术性的权衡，还是故事、人物和叙事的设置，都有各自不同的规则和符码，甚至互不相容。比如毫无画面感的描写女性心路历程的作品，又或者是宏大叙事、人物庞杂的严肃文学，改编的难度不亚于再次创作。在这种情况下，需要先确定改编的整体基调，原著文本保留的份额与内容，以及故事与人物的调整范围等。有些很受好评的女性书写作品，在改编的过程中失去了原文本的视角和意识，受众的审美需求和观影期待也随之受到影响。

其次，“忠于原著”不应该是衡量改编成功与否的唯一标准。新时期以来，由于很大一部分受众对优秀的书写作品先入为主，对后续改编的电影往往用是否忠于原著的标准进行评判，这不仅对电影二次创作的发挥和电影美学发展造成限制，也阻碍了两种文本的转换和迁移。客观上说，原著文本进入电影改编阶段以后，需要根据创作的时空背景全面考虑，而不仅仅是依赖原著的热度和受众。匈牙利电影理论家、评论家和剧作家贝拉·巴拉兹推动了电影成为一门独立的艺术，正如他在理论著作中指出，“电影艺术的诞生不仅创造了新的艺术作品，而且使人类获得了一种新的能力，用以感受和理解这种新的艺术”。

再次，改编电影是在时代、文化和原著的融合下创作，改编人才也需要在多种环境中打磨和积累，除了专业院校的基础训练，还需要深入时代和生活，培养以电影视角和手法反映现实生活和客观世界的能力，从中挖掘生动和有代表性的人物形象，以具有开拓性、思想性和识别度的视听语言呈现。改编研究者尼尔·辛亚德曾提出，“改编一部文学作品，并且将其搬上荧幕，这本质上就是一种文学批评”。基于良好原作基础的改编创作，如果能运用影像的力量，对原作进行新的阐释和互动，将开创文学和艺术彼此联系又各自繁华的共同体美学。

最后，电影改编不仅需要引入“大数据”概念，而且需要转变原有的定式思维。“大数据”又称“海量数据”，以数量巨大和来源庞杂为特点。“大数据之父”、牛津大学网络学院教授舍恩伯格，在2013年出版的专著《大数据时代：生活、工作与思维的大变革》中谈到“大数据”会改变人们的行为方式、思维方法乃至价值观念，而在2021年上海举行的世界人工智能大会上，他强调包括智慧城市在内的大数据使用，不只要技术，还要数据和更聪明的决策。电影改编的核心是改编思维，需要电影创作者借助大数据提高相关对策分析的能力。正如放弃“因果”寻找“关联”，是学者们应对“大数据”时代信息分析的重要主张和思维转变，“电影改编”也需要借助海量的数据解决和面对时代的问题和诉求，而不能仅凭艺术语言进行“内在化”的自我演绎。

### 3. 描绘女性书写与电影改编新版图

对女性书写改编电影的研究，不是鼓励排斥性地进行创作，而是以此为切入点，更好地促进理解和沟通，从而打开创作思路和视野。在书写和改编中，正如前期许多作家和电影人全力以赴地进行创作，不需要证明或者否认性别和性别意识。

从新时期打开经济贸易与文化交流的国门开始，文学和艺术作品通过不同的表现手法向世界展示了一个真实的中国。从地域来看，东南亚的女性书写者最早致力于汉语创作和传承，尤今（原名谭幼今）、蓉子、黎紫书（原名林宝玲）和朵拉（原名林月丝）等新加坡和马来西亚的华人女作家，在创作手法和题材上既汲取近域营养又突破原乡局限。北美的华人女性书写者数量和作品最为庞大，继於梨华、谭恩美、汤亭亭等老一代作家的开创性书写之后，严歌苓、张翎、张纯如、陈谦等中青年作家，尝试跳出本土与海外、中心与边缘、文化认同与身份确认等传统的二元对立主题，在人类深层的生存困境以及精神成长等方面进行多元探索，作家沈睿还通过《想象更好的世界——美国社会观察笔记》，以平等对话的文本范式，剖析美国社会的种种现象，受到读者好评。欧洲的华裔女性书写者底蕴深厚，善于从人类文明的源头发现和感受世界，赵淑侠、虹影、赵宝娟、林湄等创作者用灵性的表达赢得了世界的赞誉。此外，澳大利亚、日本、韩国，以及南美洲、非洲板块，虽然作品主题单一、数量不多，但也在不断整合和发展中。

在全球女性书写者的笔下，包括汉语母语文化在内的世界各大地域板块与各国文化交流融合互为观照，与精彩的全球整体书写、创作格局同频共振，展现绚丽别样的生动风景。笔者在本书第三章用地域分析法，对女性书写和电影改编进行梳理，意图通过双源和多源的地理空间，探寻在地、跨地创作与叙事视角、主题选择和审美想象等方面的关联。面对全球的华裔女性书写，同样需要追溯和研究地域文化、人文风俗、社会认知等多个方面，她们如何建构汉语与在地文化的联系，如何表达现实又如何回望原乡，每一部作品都是独特的研究样本。

这些走出地理意义上的“中国”的女性书写者，是女性自觉的精神和心理诉求的又一种实践，在中华文明和中国经济的世界对话中，承载了世界多元文化传承、共融与创新的使命。这种类似“娜拉出走”的时空距离和身份转变，既向世界讲述了中国和中华文化，又向中国描绘了异国和他者文化，“汉语新文学”也有了更高的视野和更广的视角。严歌苓、张翎、虹影等女性书写者，巧妙自由地在“原乡”和“异域”之间切换，她们跨越国界、文化和族群的作品，通过个人化的叙述实现宏大叙事，充满了立体的质感和回响，成为影视机构改编的热门之选。

新时期以来，与华裔女作家的全球书写相呼应，如前章所述，国内女性书写者也在社会和经济的发展中，自由地进行在地和不同地域之间的流动、融合创作，她们多角度对本国文化和地域文化的深挖，完成作品样本由内而外的重塑与经验积累。张洁、残雪、铁凝、迟子建、陈染、林白、范小青、张欣、方方、池莉、乔雪竹、程玮、鲁敏、叶弥等作家构建了女性书写的茂密森林图景，她们充满生命异彩的作品，以出版物、影视作品等多媒介的形式在国内和国际传播，是全球女性书写版图重要的部分和场域，也是中华文化复兴的最好见证。

在笔者看来，上述国内和国际的女性书写者，不管是沉默静待中迎来的厚积薄发，还是写作天赋和后天机缘的作用，她们通过努力拥有了英国女作家弗吉尼亚·伍尔夫所强调的“一间只属于自己的房间”，这本身就是人类进步和励志的行为书写。从新时期至今的数十年间，女性书写电影改编反映和记载着女性创作者在方向与路径上的探索，也传播和温暖着更多处于同样经历的受众。

在全球化的过程中，人类面临越来越多共同的问题和诉求，思想情感和认知标准也更加趋同，通过直抵人心的文化和文艺交流，才能具有更深层和有效的力量。综观近年国际文坛，多部书写平凡人的人生困境的作品赢得共情和关注。如以细腻笔触聚焦一名服刑囚犯的小说《大家并不是以同样的方式活在世上的》，既有生命中不能承受之重，又不乏人性与美好，获得2019年度法国龚古尔文学奖；《蜂鸟》讲述一位接近暮年的眼科医生在连续变故中坚强生活的故事，2020年获得意大利第74届斯特雷加奖；《歪犁》通过两姐妹的回忆，展现巴西女性生存困境和对父权制度、土地分配制度的反抗，得到本国和世界评论界肯定。

同样，近年各国涌现了很多优秀的女性书写作品：小说《送奶工》讲述年轻女孩受到年长已婚“送奶工”骚扰，陷入谣言困境和社会压力，获得2018年度英国曼布克文学奖；《触手可及的世界》通过一名女孩学习仿真艺术过程中，所经历的模仿、寻觅和顿悟期三个阶段，重构了一个绽放的女性艺术生命；《朋友》突破故事与散文、回忆录与小说的界限，讲述爱与友谊，以及人与动物之间的情感故事，2018年获得第69届美国全国图书奖；《今夜无人入睡》用歌剧《图兰朵》的同名咏叹调，呼应现实中失业女性阅尽人生百态的柏拉图式爱恋困境，获得2018年西班牙语文学年度好书；《头顶的阳光》通过贫民窟少年的成长故事，观照贫困人口与世界既和解又变化的新关系，

2018年出版后成为从巴西蔓延至世界的现象级作品。

文学和艺术作品对国家民众和社会心理的形成、成熟有着重要的推动作用，不同国家和民族之间的作品需要相互了解、沟通与学习。但是面对未来发展，仍然有一些值得关注和需要解决的问题。2020年，英国《评论家》杂志发表了一位评论家的匿名文章，批评出版市场变得十分势力，文学性较强的作品被拒之门外，作家的写作技巧匮乏，小说中的人物也不再受到道德的制约和困扰。与此同时，即使处于世界领先位置的韩国出版市场，在疫情前已经处于比较严峻的态势。相关数据显示，韩国近年连续保持出版业务和市场运作的出版机构，仅占注册总数的8%，韩国小说出版总量2019年也比2015年减少30%。从中国文学的出版来看，翻译的失衡，以及对海外市场开发的意识和举措的缺乏，导致作品的传播和交流处于相对逆差的状态。海外的华裔作家则因多数采用母语创作，异域读者拓展受限，只能尴尬地返回中国本土出版和营销。

此外，书写文本和电影文本除了相互吸引和成就之外，也有很多相互排斥和对立的方面。海明威、马尔克斯曾到好莱坞担任编剧，但并有成功；作家刘震云在2020年青年编剧研习班上也首先强调自己不会写剧本，只能将剧本创作失败的经验和不懂的地方告诉学员。书写的“文学性”与电影的“视觉表达”，在互联网时代虽然以多元的艺术语言和暧昧的形式风格，达成了某种皆大欢喜的妥协，但是从两者整体生态与层次的发展来看，也带来一些隐忧和弊端。

女性书写与电影改编还应注重与整体文学和艺术发展的关联、互动。目前，世界各地建立的孔子学院，在传播中国文化、培养海外青年对中国文学兴趣的同时，也带动了中文写作的薪火相传。从女性书写和电影改编市场的拓展来看，如果能加强高素质翻译人才和影视国际交流人才的培养，鼓励多种语言创作和改编，将会大大增强创作和发展的舞台，提高与世界交流对话的能力和话语权、议价权。

21世纪以来，我国确立了文化强国和“走出去”的文化传播路径，随着国际影响力的显著增强，中国电影在世界舞台的关注度也日趋增强。在“一带一路”沿线国家和地区，中国制造的商品和中国影视作品是其接触中国文化的最重要因素；而在美、英、法等发达国家，接触中国文化的首要因素是中国影视作品。从2003年中国电影启动全面产业改革以来，中国电影从银幕数192块，票房9.9亿元，到2021年，中国电影票房占全球市场的50.32%。很多电影走出国门，在美国、加拿大、澳大利亚等多国同步上映并获得青睐。女性书写与电影改编也迎来了重要的发展契机和机遇——探寻创作和改编经典化的有效路径，这不仅需要从社会经济、历史文化等多角度与多媒介的维度融合，也需要跨越历史和地域语境的意识和思维互动，在市场需求和内部发展规律中寻找新的平衡。

任何民族的文化自信，都离不开民族的复兴和强大。中国电影的逐渐强大也是以中国强大为前提的。电影所担负的第一个使命是，进行意识形态和文化上的防守。第二个使命，则是推动文化特性和文化智慧的输出、对抗、交流与融合。构建人类命运共同体理念的提出，顺应和平、发展、合作、共赢的时代潮流，揭示了世界各国相互依存和人类命运紧密相连的客观现实和发展规律。从这个意义上说，女性书写和电影改编的现实立场和担当意识也极为重要，在新的时代和版图下，在全新的舞台去传播文化与理念，赢得友谊与理解，追求效益与发展。

## 二、书写内容与改编价值突围

除了观念的创新，女性书写与电影改编还需要在内容上不断突围，在遵循文学和艺术规律、市场规律的基础上，不断探索与求新。新时期以来的老中青三代女性书写者，在大历史、都市、工业、农村、儿童、少数民族、女性意识，以及残疾人、精神疾患等弱势群体的题材书写上均有上乘之作。与此同时，电影创作者也从电影本体、电影影像，到电影语言和表现方式，进行孜孜不倦地探索与追求，在大众化与精品化，多样化与民族化中取得了不俗成绩。

国家、民族之间，地域、民众之间，都有独特的人文历史和地理文化。20世纪30年代，著名文学家、思想家鲁迅先生曾在上海半租界亭子间租住，期间写作的《且介亭杂文集》就谈及“只有民族的，才是世界的”。很多文学、艺术创作从文化间差异与个性展开主题与叙事，使作品拥有较为独特的标识和精彩的内容。然而不断发展的产业变革与科技革命，使得从写作到观看、从出版到放映的习惯、方式和媒介都发生了翻天覆地的变化，上述的边界趋于模糊，内容趋于融合，亟需创作者重新思考与主动破题。

习近平总书记在中国文联十一大、中国作协十大开幕式上的重要讲话中指出，创新是文艺的生命，广大文艺工作者要有学习前人的礼敬之心，更要有超越前人的竞胜之心，增强自我突破的勇气、抵制照搬跟风、克隆山寨，迈向更加广阔的创作天地。中国文学和艺术与所在的时代是同构关系，新时期如此，新世纪也是如此。民族精神与时代精神之中的文艺创新，一方面遇到了新时机与新舞台，另一方面无疑也将迎接新困难和新挑战。

### 1. 女性书写：跨地域、跨文化与多边突破

新时期以来的女性书写者，因为出生及成长的时代不同，在书写内容上具有明显的代际特色。铁凝、残雪、霍达、徐小斌、王安忆、黄蓓佳、方方、范小青、燕燕、赵冬苓、王旭烽等20世纪50年代出生的女性书写群体，通过先锋、传统、现实的多种话语风格，注重作品的书写背景与大历史、大时代的勾勒，将叙事和人物与政治、文化以及人性、命运等融合，在书写女性意识与成长、觉醒等方面审视角度和深度都很突出。迟子建、陈染、须兰、叶弥、徐坤、须一瓜、吴君、裴蓓、葛水平、北北（林那北）、温燕霞、王华等60年代出生的女性书写者，则呈现更为丰富的书写内容，既有历史与现实的观照与回

望，也有个人化视角与遭际的独特与复杂状态的呈现，主体与客体的命运与精神意愿得到充分表达，女性书写的主体地位得到提升。鲁敏、金仁顺、盛可以、戴来、朱文颖、权聆、饶雪漫、庆山（安妮宝贝）、王可心等70年代出生的女性书写群体，对现实与“小我”的观察和思考紧随时代脉搏，无论是对抗、接受还是怀疑，展现的是不同于历史的另一种“疼痛”。顾漫、唐颖、殳俏、鲍鲸鲸、辛夷坞、九夜茴、籽月、明晓溪、蓝白色、吴小雾、唐七、幽·灵姐妹等80年代出生的女性书写者，与改革开放的发展进程深度融合，通过敏锐与细腻的观察与感受，将这段进行中的历史带给社会、家庭与个体的影响，包括积极正面的、争议和负面的影响，以不同的文本形式和风格表达。

从女性书写文本内容上看，新时期以来的作品既具有一定的丰富性和深度，又比较注重受众与市场的需求，资深专业作家的厚积薄发与纯文学、时尚书写、网络多样文本，促成了整个创作体系和样本形态不断扩展。但是笔者认为，如果从地域书写与跨地域、跨文化书写，以及网络文学女性书写空间范畴进行挖掘与延展，女性书写整体的内涵和外延将会更加全面和具象。

地域文化与相关资源的范畴在时代的发展中，展现变化与恒定、传统与现代的多样性，那些历史与自然景观、遗迹、建筑民居，风俗人情与生产、生活方式，文艺形式与语言、服饰等，会因为书写角度、时间、地域的不同，而呈现别样的韵味与内容。法国作家勒·克莱齐奥8岁时随母亲踏上赴非洲探望军医父亲的遥远路途，轮船甲板上的写作也开启了他个人的创作生涯。这位2008年诺贝尔文学奖得主，像候鸟一样迁徙，在欧洲、美洲等不同的地域与文化之间，在更高和更远的视角进行观察和书写，作品中漂泊流浪的边缘人物深入精髓，同时又融入各大洲精彩纷呈的文化。华裔女作家张翎定居加拿大后写作了很多回望故乡的作品，长篇小说《余震》改编成电影《唐山大地震》，中篇小说《空巢》改编成电影《一个温州的女人》，均获得较好的口碑。她近期出版的小说自选集《向北方》，收入《雁过藻溪》《尘世》《向北方》《玉莲》《恋曲三重奏》等中篇和短篇小说。其中，《雁过藻溪》中的“藻溪”是张翎母亲的出生地，与张翎也有很多交集，小说中的人物游走在“异国”“他乡”“故乡”的不同场域，遥远的距离不仅带来不同的视角，也有了更加丰富的内涵和理性思考，是地域书写在发展中衍生的新样本形态。

新蕾出版社出版的“中国女孩”系列图书，不仅创作的主体、客体均为女性，也打通了历史文学、严肃文学与儿童文学的书写领域界限。12部小说分为“古代卷”和“现当代卷”两大部分，跨越1400余年的历史。《长安梦》里的康思贝儿与少年李白畅谈梦想；《锦绣芙蓉》刻画了出身刺绣世家的女孩红绣与小姐妹的莫逆之交；《铜盆女孩》里出生于草原的宋代女孩赵吉儿女扮男装千里寻父陷入绝境；《红豆》的主人公则是一个具有反抗精神、逃出家门加入明朝初期移民队伍的女孩；《千根夏草》描绘了清末广州变革之际的中国女孩的生活状况；《水花园》以抗战为背景刻画了女孩玉华的成长轨迹；《我和美妹》重点书写特殊历史时期一群13岁至17岁女孩的成长经历；《细妹》《何处春江无月明》和《忘忧花开》《乌衣》《那年初夏》则分别以生活在20世纪70、80年代和新世纪前后的女孩为书写客体，涉及上海、广西等多地的城市与乡村地域文化。系列小说以时间卷轴的书写方式，共同展示了一幅千年来中国女孩的成长和生活图景，受到市场和受众的充分认可和好评。

女性书写与网络可以说互为途径与内容，也可以开拓出新的故事书写和表达方式。截至2021年底，《中国互联网络发展状况统计报告》显示我国网民总规模逾10亿元，互联网普及率超七成，网络文学用户占总网民的一半。如前章所述，网络书写的海外影响力和收益不断攀升，红袖添香、晋江文学城、蔷薇书院、潇湘书院等女性文学网站，随着女性书写群体的壮大不断涌现，但是在创作的广度和深度上仍有发展空间，作家阿耐的《欢乐颂》《大江东去》《都挺好》等网络小说，进行了很好的样本探索，也成为影视改编的热门之选。

21世纪之后，女作家铁凝当选中国作协主席，成为新中国成立后继茅盾、巴金之后的第三任作协主席，张抗抗、王安忆、迟子建也先后担任副主席，女性群体书写实力得到主流与大众的充分肯定。从世界范围来看，中国国际地位的提升，不仅扩大了女性书写者的交流范围和接触群体，也收获共同成长与发展的机会。当女性书写者以更加平等的身份，站在更加辽阔的舞台，去感受、思考自我与他者、与世界的关系时，去突破网剧、短视频和网络流行文化的冲击时，一段时代历史与言说的多重变奏将孕育一切可能。

### 2. 电影改编：内容突围与新机遇

自从20世纪初故事片诞生以来，根据文学和其他艺术形式作品改编，成为电影创作的重要内容。然而随着经典作品改编次数的增多，以及多种艺术改编版本的竞争和比较，电影改编的难度逐渐增大，如何对原著文本内容和改编题材进行深入开掘和创新，成为突破瓶颈的关键一环。

美国当代著名电影理论家罗伯特·斯塔姆的著作具有很强的国际视野，会依据不同地域与文化，对世界范围内的电影理论观点进行解读。他从法国文学理论家热拉尔·热奈特的理论观点中，借用被译为“前文本”与“超文本”的概念指涉原作文本与改编文本。热拉尔·热奈特提出的理论体系和词汇虽然不是针对改编创建，但却有助于理解从一个文本转变成另一种文本/媒介时的发生过程，他用相对易于理解的园艺学语言来进行阐释，将“源”文本称为hypotext（前文本），改编的叙事文本hypertext（超文本）则是嫁接其上产生。放眼世界电影改编历史，正是由于众多改编电影，特别是经典改编电影的不断出现，理论界和学者的视野始终保持关注。

对于“前文本”的“超文本”创作，即便是多次改编，仍可以寻找到不同的新意。比如美国女作家路易莎·梅·奥尔科特创作的长篇小说《小妇人》，首次出版于1868年，美国、加拿大、日本、中国共有多个改编自原著的影视版本。其中2019年版的《小妇人》与1994年版相比，在人物、叙事、台词、服装等方面做了诸多改变，并且得到了自改编以来的最高评价。新改编版本中，将四姐妹的性格和个性与当下的现实进行观照，“艾米（Amy）”是四姐妹中目标和理想最明确的一个，她很有野心也很诚实，这个角色成为当下现实生活中有主见、公开表达需求的女性缩影，她渴望爱情但不沉陷，面对爱情和亲情里的指责和担心，能成熟地分析自己的处境和社会环境，新版中增加的人物心理和成长描述，让一个原本不讨喜的女人，有了更真实、更深刻的存在价值。而对于“乔”，相对1994年的临近改编版中对她和巴尔爱情的深入挖掘，新版本增加了对她独立女性强烈个性和观点的描绘，比如不把希望寄托在男性和亲戚身上，向出版商争取版权和价格方面的权益等，对现代女性争取自身权利有很大的启示。新版姐姐“梅格”的塑造也有新的变化，她的角色不再是脸谱化和简单化，而是突出她的美貌和优雅气质，以及放弃追逐名流身份、回归平凡生活的真实心理。此外，服装、布景设置和摄影都有很多创新。2019年七夕当天上映的这部影片，关于婚姻、事业的演绎与思考，在当代女性的世界观中得到了最直接的回应，即便原著文本已经诞生一个半世纪，即便多种艺术形式频繁改编，仍然具有全新的活力。

改编自意大利女作家埃莱娜·费兰特的“那不勒斯四部曲”第一部《我的天才女友》的同名剧集，历时9年才完成剧本打磨，由美国HBO电视网和意大利广播电影公司RAI联合制作，两家机构分别发挥国际化制作发行与本土艺术创作的优势，将美剧的叙事方式与节奏，以及意大利的人文精神与艺术内核赋予新剧，打造独特的文本内涵。这部非电影作品的创作思路和理念，也可供电影改编借鉴，毕竟优秀的改编作品都需要灵魂与力量，需要独立于原著与其他作品的独特性，这也是影视媒介非凡表现力的优势所在。

在经济文化充分发展与融通的时代背景下，电影作为意识形态和精神文化的属性和影响日益增长。2018年，中共中央印发《深化党和国家机构改革方案》并明确规定，“将国家新闻出版广电总局的电影管理职责划入中央宣传部”，电影的政治属性进一步强化。主旋律电影和新主流电影迎来新的发展机遇，严肃文学的电影改编也有新的回潮。2022年，根据作家梁晓声获得茅盾文学奖的作品《人世间》改编的同名电视剧，创造了现象级的收视热潮和口碑。

故事围绕上山下乡、恢复高考、国企改革、棚户区改造等20世纪下半叶开始的一系列历史节点，讲述以平民百姓为主体的群像人生与跌宕起伏的波折经历，《人民日报》称其是“继《平凡的世界》之后又一部朴素、真诚而饱蘸悲悯之心的作品”。

严肃文学的改编，一方面是主流意识形态和价值观的体现，对受众特别是青少年具有审美引导的特殊意义；另一方面也是市场的实际需求，当宫斗、玄幻、甜宠、穿越等套路化和极度商业化的作品带来的新鲜感褪去，反映现实生活与困境、传递温暖力量的精神之作尤显珍贵。但是严肃文学改编，既要将原著文本中理性哲思、感性抒情与心路历程等内容加以转化，又要使人物和故事符合时代格局、潮流变迁与文化需求的当下性，创作过程的难度之大毋庸置疑。2015年，81岁的王蒙凭借长篇小说《这边风景》获得第九届茅盾文学奖，面对改编需求，他坦言写作过程中更多的是思考和抒情的描述，不愿安排太多戏剧化的情节，因此会增加影视改编的难度。

新主流电影近年的发展有目共睹，在内容和类型上也有很多突破，与其他电影创作形成多样化交织的格局和景观。严歌苓、虹影、张翎等华裔女性书写者的作品，也较好地完成了向电影文本的转化。经典文学作品的生命力，是跨越地域与时代的，关键是文化与艺术结合、转化的过程，需要心怀虔诚并尊重规律。

### 3. 女性书写与电影改编价值、共性的重新定义

女性书写者和电影改编创作者，是社会文化与人类精神生活的忠实记录者和传播者，其目的都是为了满足人民群众日益增长的精神文化需求。书写与改编的价值，包含价值创造和价值实现两个环节，倚赖于作者作品和读者受众共同产生。

新时代的书写文本和电影文本，需要互相学习共同搭台，在价值追求和共

性研究上，进行“跨界”与“破圈”的探索与实践。目前，中国作协、影视企业等相关机构已经开展了一系列合作，比如中国作协与芒果TV签署了文学资源共享战略合作协议，在优质片方与优质IP之间架起桥梁，探索跨界融合的发展模式；与新华通讯社签署战略合作协议，打造“5G新阅读”及价值阅读平台；与上海文交所达成战略合作，充分挖掘文学版权的潜能空间，促进文学版权的创作与运用，激发创新活力。各影业公司也与全国多家知名文学网站达成战略合作同盟，在电影投资与制作、宣传与发行、衍生品与影游互动等领域开展合作。

毋庸置疑，产业链的打通与跨界，都需要内容的强力支撑，而文学与电影的创新，不应该是昙花一现的短暂留存。以日本为例，ACG（Animation/动画，Comics/漫画，Games/游戏）文化被发挥到极致，游戏IP“马里奥”作为国家文化符号出现在2016年里约奥运闭幕式上，同时随着出生于20世纪90年代之后的年轻群体进入社会，越来越多的人也从事与ACG文化相关的工作，并在经济上产生连锁效应和雪球效应。

无论是在全球市场，还是中国市场，“新文创”理念和相关构想的实施日益受到重视。“打造中国文化符号”成为近年我国文化和创意产业的努力方向，在不同的传统与现代文化类别中，找到更为宏观和经典的符号，通过文本书写与电影改编，完成价值创造和价值实现的流转。虽然在流量内容和网络炒作的运作下，各类文学与艺术作品产生了大量的流行符号与元素，但是类似“孙悟空”“花木兰”等经得起时间考验，具有旺盛生命力的“文化符号”却非常稀缺。

如何突破书写和电影领域，乃至整个文化产业的这种尴尬局面，首先，需要形成新的书写和改编机制，基于人类共通的感性和认知，发挥创作的想象力和判断力进行创作，并在多领域、多形态的作品之间实现协作，而不是孤立地去推广；其次，深耕每个类型、每部作品的细分领域，打造在市场和受众层面获得认可的形象、符号与元素，为后续环节的开发和创意提供初创能量；再次，在创新与实践的过程中，不断关注表达和接受的有效性，推动影响力的持续提升。

按照产业化的生产流程，在对原著作品进行改编的过程中，首先需要通过相对完整的数据评估和分析系统，对主题、故事和人物的设定，迁移文本的风格和叙事节奏，以及创新性与受众期待等方面进行校验与确认，然后再进行后续的产业联动。但是大部分女性书写改编电影并没有通过类型化的创作，进入产业化流程，因此在目前阶段适宜采取精品化的创作策略，以正确的价值观和创新的发力点，在市场上逐步积累人气和口碑。

在复杂的社会政治经济环境和新的历史节点上，文化业态呈现前所未有的复杂性与多样性。女性书写与电影改编容易受到不同文化、价值观，以及利益和舆论的影响，优质原创作品的孕育与诞生，不仅会为其注入新的内容，也会带来新的创作理念。优秀的影视改编不是没有灵魂的复制品，而是同样拥有自己灵韵的再创作。一部影视改编作品一旦完成，就独立于原作，而拥有了自身的独特性与主体性。女性的成长之所以在当下受到广泛关注，是因为在城市化、中产化的大发展中，“乘风破浪”的新一代青年女性正在对生命、自由、生存进行大规模的重新定义，进入突破文化障碍的关键时刻。实例告诉我们，《隐秘的角落》《七月与安生》与《少年的你》等作品，通过逼真的生活环境与社会氛围营造，显现了作为展示性媒介的影视作品的动人之处，甚至在深入细致地刻画人物心理方面，也展现出影视媒介非同凡响的表现力。

## 三、书写形式与改编表现边界

### 1. 女性书写：从外部到内部的形式再造

新时期以来的女性书写群体，在社会经济与文化发展的大背景下，教育程度、职业领域和主体意识都有了很大提高，各种门类的文学和艺术创作均有她们的身影和作品，也取得了不容小觑的实力和地位。笔者梳理的新时期至今改编影片的原著文本中，既有小说、诗歌、散文等常规样本，也有情感实录、网络连载、漫画等其他类型文本，在以小说文本为主体的改编生态下，呈现出从外在到内在的多样原著文本形式。

电影《快把我哥带走》剧照

其中，由幽·灵姐妹创作的漫画《快把我哥带走》改编的同名电影（2018），在创新形式和收效上颇为成功。原作漫画于2015年初在腾讯动漫、快看漫画、哔哩哔哩等网络平台连载，后结集出版，并于2016年、2018年、2020年相继推出《快把我哥带走2》《快把我哥带走3》《快把我哥带走4》。中日合作拍摄的动漫网络版和电视版均在2017年上半年播出，电影版则由万达影视传媒有限公司出品，于2018年8月公映，以突破3亿元票房的成绩成为暑期档的黑马。

中国现代漫画的先驱丰子恺，以中西融合画法创作漫画及散文而蜚声国内外，他认为漫画是介于绘画与文学之间的一种艺术，其特点是“注重意义而有象征、讽刺、记述之用的，用略笔而夸张地描写的一种绘画”。原著文本《快把我哥带走》以类似四格漫画的形式和大量搞笑的“包袱”内容，呈现兄妹互怼和互损的日常生活，连载时收获了国内和国外的很多忠实受众。条状的表现形式、简短的章节内容、碎片化的叙事情节，很适合当下阅读习惯和互动更新，但是要将四格漫画转换成电影文本，让碎片化的情节支撑起90分钟的叙事时长，并保留原著中熟悉和受好评的剧情，给电影改编带来了很大的难度。相比网剧版和动画版，电影版进行了比较大的改动，用一个具有奇幻色彩的角

电影《会痛的十七岁》剧照

色互换“故事变体”，在市井烟火气和中国喜剧元素的叠加中，不仅延续了原作搞笑温馨的风格，也保留了人物各具特色的性格，完成了从漫画到电影的落地与创新。

此外，《酥油》《八月未央》《我不是坏女生》《站在十几岁的尾巴上》《阿诗玛》等日记自传体小说、小说散文集、长篇系列小说、中学生获奖作文、叙事长诗等书写形式，创作路径和方式上均很有新意，吸引到受众和改编者关注。

就书写的外在形式创新而言，世界范围内已经出现了许多异态形式的作品，比如“星座小说”“扑克牌小说”“软科幻小说”“游戏小说”“辞典小说”“网络对话小说”等。其中，“网络对话小说”起源于“对话小说”，在网络技术的加持下，于近年开始流行。这种书写文本以聊天界面为原型，阅读场景转换为日常聊天，故事情节则高度浓缩在对话之中，通过不断地点击获得沉浸式的受众体验，因此又被形象地称为“聊天式小说”和“气泡小说”。相对于网络连载书写形式对受众阅读的亲近，“网络对话小说”也让书写主体可以随时进行创作，提高从创作到阅读的参与度和活力。虽然目前在中国还属于偏小众的书写形式，但在东南亚和美国等地域已经吸引了众多“95后”“00后”等年轻群体的关注，通过付费阅读的方式得到充分发展。

从内部层面理解书写的形式创新，则包括叙述手法、表现方式和切入视角等。产生于20世纪80年代中后期的“先锋文学”，通过语言向内转和结构叙事空间的形式变化，在对现实主义文学的线形叙事进行反抗的同时，进行充分的文本试验。这种语言和形式的创新，赢得了业界和受众的注意，也吸引了很多电影改编者的目光。盛极必衰，文学也有兴衰，经历了边缘、主流与颓态的几个阶段后，先锋文学为形式而形式、与现实脱节的创作范式逐渐式微，但相关元素或意向的影响仍随处可见。20世纪90年代，因线性叙事结构对文本创作时间还原、逻辑把握的不可替代性，书写者在对这一内部形式认可的同时，也开展了很多形式再造的实践。

进入21世纪，来自网络、自媒体、多媒体等传播语境的变化，受众生存环境的虚拟与现实结合，以及大众审美思维的多维趋向，给书写群体的创作带来很多压力。有着深厚传统的现实主义书写，孕育了托尔斯泰、巴尔扎克、鲁迅、茅盾等文学巨匠。作为一个动态和发展的概念，新现实主义的实践者继续将当下人类生存和社会状态的巨变，通过语言、结构和风格等内在形式创新的作品，以更为优质的阅读效果呈现出来。每一个成熟的书写者在进行构思和创作的时候，都力求创新、突破和拓展，不管是外在形式还是内在结构，女性书写者的努力从未停止。

### 2. 电影改编：从前期到后期的技术共赢

相比书写文本，电影作品的表现形式和手段更为复杂，不仅仅涉及视觉和听觉的表现及关系，还离不开从前期到后期的技术转化与实现。

电影从1895年一路走来，表现形态发生了巨大变化，从无声电影到有声电影，从黑白片到彩色片，从胶片电影到数字电影……制片设备的更新还让蒙太奇和长镜头等镜头语言，从影片内在形式展现不同的创作风格。当下，专业化的拍摄技术不仅已经广泛应用，也促成了民用设备的发展，后者的物美价廉为电影爱好者和初期创作者的实验作品，提供了创新和尝试的机会。电影后期制作技术的发展，则给了电影再一次创作和展现奇迹的可能。虽然越来越多的受众习惯通过互联网平台和移动设备观看影片，但是电影放映技术与场所/影院的研究、创新和迭代，依然具有不可替代的观影优势和社交需求。

新时期开始，中国电影的形式创新，很大程度上来自理论评论界的引导，以及业界对满足观众审美和消费需求的内在自觉。白景晟在《丢掉戏剧的拐杖》中强调“电影和戏剧的最明显的区别，表现在时间、空间的形式方面”。[1]张暖忻和李陀在《论电影语言的现代化》中，提出“变革电影语言”[2]，要摆脱戏剧化，更加电影化。一些运用闪回、声画对位或分立、变速摄影或定格等新的影像手段和语言方式的影片，以更具说服力的创作实践，与理论评论界呼应。这一时期的女性书写改编电影，也出现了诗性结构和散文结构等叙事方式的尝试与实践。进入21世纪，服装、舞美、音乐/音响、人物造型、美术等不同环节和分工的创新突破，不断满足电影结构方式改变对时空自由的呈现，很多历史、穿越和跨媒介题材的女性书写改编电影，通过更为丰富的表现形式和多维的创新风行一时。

电影类型的创新与发展，是产业化和市场发展的需求，一方面倚赖技术的发展，另一方面也对技术的革新起到很大的推动作用。比如科幻片、战争片、恐怖片等，在相对“标准化”和“流水线”的制作模式下，对技术和专业设备的要求极高。而另外的诸如喜剧片、爱情片、动画片、剧情片等类型创作，也多数由多种题材和主题杂糅而成，同样离不开相关情节和画面的技术制作与特效，这也是电影随着时代发展和需求，融合生成的自我创新机制和样式。此外，相对于“先锋文学”等书写创新形式，“先锋电影”“艺术电影”也需要通过技术、结构与手法，开辟不同于商业片和类型片的存在范式，因此，形式创新的需求往往更为强烈。

形式对于电影的核心意义在于，可以通过技术和手法实现文学的内容转化，并且传达电影改编者的理解与二次创作的内容，演绎出新的审美和内涵。从21世纪以来的女性书写改编电影看，《蓝色爱情》(2000)、《太阳照常升起》(2007)、《斗牛》(2009)、《微微一笑很倾城》(2016)、《喜欢·你》(2017)、《快

---

[1] 陈犀禾:《蜕变的急流——新时期十年电影思潮走向》,《当代电影》1986年第6期，第22页。
[2] 张暖忻、李陀:《谈电影语言的现代化》,《电影观念讨论文选》，中国电影出版社，1987。

把我哥带走》（2018）、《秘密访客》（2021）、《柳浪闻莺》（2022）等很多电影，进行了从外在形式到内在形式的创新，收获了不错的市场效果。

电影《秘密访客》剧照

近年来，互联网公司参与到制作与发行、放映的整个电影产业生态，催生了新的电影类型和市场，相关直播、视频、游戏等伴生和衍生产品也大量出现。与此同时，智能化、多点协同与云集成正在驱动着电影拍摄与制作流程再造，4D/5D、VR（虚拟现实）、AR（增强现实）与MR（混合现实）等新技术，则在不断重构观影的边界，未来科学技术的发展，还将带来更多的电影形式变革。

中国电影的发展与创新又迎来了机遇与挑战，从前期拍摄到后期制作，再到放映的过程中，基于技术支撑带来的电影形式创新和观影效果提升，不仅是电影内在精神和语义的有效表达，也是电影艺术向更深度和更广度探索的必然选择。

### 3. 女性书写与电影改编表现力的边界互探

如前章所述，阿里、抖音、快手、B站等互联网企业和新兴平台不仅深度参与电影产业，也在技术、形式与内容上，推进了电影生态和观影习惯的变化。新的电影认知与空间，新的电影模式与生机，正在不断被探索和挖掘。成立于2018年的北京一未文化传媒有限公司，成立之初便签下梁晓声获得茅盾文学奖作品《人世间》的全版权。2021年，北京一未文化也独家签约雷米创作的“女性+悬疑”系列作品《人鱼》，同样是全版权模式——含出版、电影、网剧、话剧、动漫、游戏、数字、有声、衍生品等。

在这种“作家中心制”书写改编电影的运行体系下，电影很大程度上被赋予了“中介”的属性，在作家、作品与其他艺术形式、产品之间，进行连接和转化。理想的状态是，改编电影放大书写文本的传播影响和效果，有效地完成向下一步延伸的内容和IP赋能。电影之所以被寄予厚望，除了传播范围、影像呈现、明星效应、社交话题等方面的优势，形式创新和多元表现手法带来的观感体验，以及由此可能导致的票房黑马效应，也是重要的原因。

不过形式的创新也有利有弊，改编电影的“中介”性质能否实现全版权的真正融合，电影创作者的挑战和压力巨大，并为此进行很多突破表现力边界的尝试，以期为电影受众提供更新鲜的视听体验。比如詹姆斯·卡梅隆导演的《阿凡达》创新的3D观影革命，李安导演的《比利·林恩的中场战事》首创的“3D+4K+120帧”画面标准，冯小刚导演的《我不是潘金莲》采用圆形和方形的取景画面，张艺谋导演的《影》借用水墨画的黑白灰基调，在视觉和美学上营造一种极致，《路边野餐》《1917》等诸多中外影片也将长镜头手法以“一镜到底”的创新形式呈现……

与此同时，电影的“中介”性质，还带来制作和发行的联动形式创新，影、视、网套拍，以及影网同步/分流、先影院后网络、先网络后影院等多种模式，扩容出一个更大的视听空间与行业。这些新形式的推出所起的积极作用毋庸置疑，但随之而来的跟风模仿、粗制滥造，以及通过不贴切的形式展现，意图取悦或挑战观众审美承受的影片创作，则走向了另一个极端——“电影为了强化视觉冲击力不惜中断甚至背离的逻辑线索，让观众为画面的各种富于刺激性的运动形式、构图形式、音响效果或色彩搭配所吸引，没有人会考虑这些充满感官刺激性的画面背后是否包含了更深层次的内容，传达了更为隽永的意义”。[1]

---

[1] 陈旭红：《视觉文化与新的生活图景的构建》，中国社会科学出版社，2015，第137页。

书写文本和电影文本都是大众文化产品，创新的底线是符合大众审美和需求。虽然两种文本的审美观念本身有一定差异，在改编的过程中受时代和改编者条件的影响也较大，但形式与内容、技术与艺术之争，是基于电影情怀和社会责任感的共识，否则只会暴露出形式的空洞与低下。

无论是大银幕电影，还是以其他平台和形式播放的作品，女性书写改编电影同样需要与当下的生产路径结合，书写文本生动的文字转换，真实或虚幻的细节实现，现代性的审美需求，都需要技术和形式表达。同样，创新精神也是女性书写者文化性格中的内在诉求，新时期以来的每个阶段，都不乏这种永不止歇的核心动力。时代和社会的审美，读者和观众的需求，都需要通过书写者和改编者的思考、创意与胸襟来表达，需要正确对待、积极参与两种文本的每一步发展。

# 附录：女性书写改编电影影片目录

| 年代 | 片名 | 编剧 | 导演 | 演员 | 出品 | 原著 | 文学体裁/类别 | 作者 |
|---|---|---|---|---|---|---|---|---|
| 1979 | 《阿诗玛》 | 刘琼 | 刘琼 | 杨丽坤<br>包斯尔<br>韩非等 | 上海电影制片厂 | 《阿诗玛》 | 叙事长诗 | 刘琦等<br>整理 |
| 1981 | 《百合花》 | 海音<br>张昕 | 钱学格<br>张昕 | 崔新琴<br>沈丹萍 | 青年电影制片厂 | 《百合花》 | 短篇小说 | 茹志鹃 |
| 1982 | 《人到中年》 | 谌容 | 王启民<br>孙羽 | 潘虹<br>达式常 | 长春电影制片厂 | 《人到中年》 | 中篇小说 | 谌容 |
| 1983 | 《女大学生宿舍》 | 喻杉<br>梁延靖 | 史蜀君 | 罗燕<br>徐娅<br>陈鸿梅等 | 上海电影制片厂 | 《女大学生宿舍》<br>《女大学生宿舍》续篇 | 短篇小说 | 喻杉 |

续表

| 年代 | 片名 | 编剧 | 导演 | 演员 | 出品 | 原著 | 文学体裁/类别 | 作者 |
|---|---|---|---|---|---|---|---|---|
| 1983 | 《甜女》 | 何鸣雁 | 李前宽<br>肖桂云 | 洪学敏<br>黄小雷 | 长春电影制片厂 | 《洁白的山茶花》 | 中篇小说 | 何鸣雁 |
| 1983 | 《拓荒者的足迹》 | 宋日勋<br>苏菲等 | 苏菲 | 焦晃<br>王惠<br>郭伟琳 | 北京电影制片厂 | 《土壤》 | 中篇小说 | 汪浙成<br>温小钰 |
| 1983 | 《十六号病房》 | 乔雪竹 | 张圆<br>于彦夫 | 李羚<br>宋晓英<br>冯恩鹤 | 长春电影制片厂 | 《遗忘在病床上的日记》 | 短篇小说 | 乔雪竹 |
| 1984 | 《北国红豆》 | 乔雪竹 | 王好为 | 刘晓庆<br>张国民 | 北京电影制片厂 | 《北国红豆也相思》 | 中篇小说 | 乔雪竹 |
| 1985 | 《红衣少女》 | 陆小雅 | 陆小雅 | 邹倚天<br>罗燕<br>朱旭 | 峨眉电影制片厂 | 《没有纽扣的红衬衫》 | 中篇小说 | 铁凝 |
| 1985 | 《张家少奶奶》 | 叶明 | 叶明 | 李岚<br>王卫平<br>吕丽萍 | 上海电影制片厂 | 《流逝》 | 中篇小说 | 王安忆 |
| 1985 | 《青春祭》 | 张暖忻 | 张暖忻 | 李凤绪<br>冯远征 | 青年电影制片厂 | 《有一个美丽的地方》 | 中篇小说 | 张曼菱 |
| 1986 | 《最后一个冬日》 | 乔雪竹 | 吴子牛 | 陶泽如<br>虞梦<br>张晓敏 | 潇湘电影制片厂 | 《弟弟、妹妹、哥哥啊》 | 中篇小说 | 乔雪竹 |

续表

| 年代 | 片名 | 编剧 | 导演 | 演员 | 出品 | 原著 | 文学体裁/类别 | 作者 |
|---|---|---|---|---|---|---|---|---|
| 1986 | 《女儿经》 | 叶丹 | 包起成 | 郑毓芝<br>赵英<br>焦晃 | 上海电影制片厂 | 《女儿经》 | 中篇小说 | 程乃珊 |
| 1987 | 《太阳雨》 | 刘西鸿<br>张泽鸣 | 张泽鸣 | 严晓频<br>孙淳<br>尹欣欣 | 珠江电影制片厂 | 《你不可改变我》 | 短篇小说 | 刘西鸿 |
| 1988 | 《村路带我回家》 | 铁凝 | 王好为 | 李羚<br>王咏歌<br>梁冠华 | 北京电影制片厂 | 《村路带我回家》 | 中篇小说 | 铁凝 |
| 1988 | 《弧光》 | 徐小斌 | 张军钊 | 张光北<br>白灵<br>肖雄 | 广西电影制片厂 | 《对一个精神病患者的调查》 | 中篇小说 | 徐小斌 |
| 1989 | 《豆蔻年华》 | 徐耿<br>程玮 | 邱中义<br>徐耿 | 张晞<br>苗苗 | 中国儿童电影制片厂 | 《走向十八岁》 | 长篇小说 | 程玮 |
| 1989 | 《哦，香雪》 | 铁凝 | 王好为 | 薛白<br>唐烨<br>杜丽 | 中国儿童电影制片厂 | 《哦，香雪》 | 短篇小说 | 铁凝 |
| 1993 | 《月落玉长河》 | 张翠兰<br>霍达 | 谢铁骊 | 史兰芽<br>王诗槐<br>盖丽丽 | 北京电影制片厂 | 《穆斯林的葬礼》 | 长篇小说 | 霍达 |
| 1994 | 《画魂》 | 刘恒<br>黄蜀芹 | 黄蜀芹 | 巩俐<br>尔冬升 | 上海电影制片厂 | 《画魂——潘玉良传》 | 长篇传记小说 | 石楠 |

续表

| 年代 | 片名 | 编剧 | 导演 | 演员 | 出品 | 原著 | 文学体裁/类别 | 作者 |
|---|---|---|---|---|---|---|---|---|
| 1994 | 《与往事干杯》 | 孟朱 | 夏钢 | 邵兵<br>刘岩<br>濮存昕 | 北京电影制片厂 | 《与往事干杯》 | 中篇小说 | 陈染 |
| 1995 | 《红灯停，绿灯行》 | 叶广芩<br>黄欣 | 黄建新 | 牛振华<br>丁嘉莉 | 西安电影制片厂 | 《学车轶事》 | 中篇小说 | 叶广芩 |
| 1996 | 《伴你到黎明》 | 孟朱 | 夏钢 | 张路<br>刘之冰<br>濮存昕 | 北京电影制片厂 | 《伴你到黎明》 | 中篇小说 | 张欣 |
| 1996 | 《红发卡》 | 徐耿<br>程玮 | 徐耿 | 汤菲<br>丁嘉莉<br>濮存昕 | 南京电影制片厂 | 《少女的红发卡》 | 长篇小说 | 程玮 |
| 1996 | 《家事》 | 刘苗苗 | 刘苗苗 | 申军谊<br>蒋雯丽<br>高冬平 | 潇湘电影制片厂 | 《你以为你是谁》 | 中篇小说 | 池莉 |
| 1996 | 《埋伏》 | 孙毅安 | 黄建新<br>杨亚洲 | 冯巩<br>江珊 | 潇湘电影制片厂 | 《埋伏》 | 中篇小说 | 方方 |
| 1996 | 《男生贾里》 | 秦文君 | 张郁强 | 陈江南<br>何倩 | 中国儿童电影制片厂 | 《男生贾里全传》 | 长篇小说 | 秦文君 |
| 1997 | 《花季·雨季》 | 从容 | 戚健 | 颜丹晨<br>张超 | 深圳影业公司 | 《花季·雨季》 | 长篇小说 | 郁秀 |
| 1997 | 《黄连·厚朴》 | 丁荫楠 | 丁荫楠 | 王之夏<br>朱旭 | 北京电影制片厂 | 《黄连·厚朴》 | 中篇小说 | 叶广芩 |

续表

| 年代 | 片名 | 编剧 | 导演 | 演员 | 出品 | 原著 | 文学体裁/类别 | 作者 |
|---|---|---|---|---|---|---|---|---|
| 1998 | 《男人河》 | 叶梅 | 郑克洪 | 田少军<br>邹倚天<br>李琳 | 青年电影制片厂 | 《撒忧的龙船河》 | 中篇小说 | 叶梅 |
| 2000 | 《蓝色爱情》 | 思芜<br>东舟 | 霍建起 | 袁泉<br>潘粤明 | 中国电影集团公司<br>北京电影制片厂<br>电影频道节目制作中心 | 《行为艺术》 | 中篇小说 | 方方 |
| 2000 | 《美丽的白银那》 | 韩志君 | 韩志君 | 滕汝俊<br>凯丽<br>杜源 | 长春电影制片厂 | 《白银那》 | 中篇小说 | 迟子建 |
| 2001 | 《谁说我不在乎》 | 黄欣 | 黄建新 | 冯巩<br>吕丽萍<br>王志文 | 西安电影制片厂<br>北京紫禁城影业有限责任公司等 | 《你找他苍茫大地无影踪》 | 短篇小说 | 叶广芩 |
| 2002 | 《安德烈的晚上》 | 夏蔚 | 陈国星<br>夏蔚 | 边彦军<br>沈慧芬 | 青年电影制片厂 | 《安德烈的晚上》 | 短篇小说 | 铁凝 |
| 2002 | 《世界上最疼我的那个人去了》 | 马俪文（马晓颖） | 马俪文（马晓颖） | 斯琴高娃<br>黄素影<br>石维坚 | 中国电影集团公司等 | 《世界上最疼我的那个人去了》 | 长篇散文 | 张洁 |
| 2002 | 《生活秀》 | 思芜 | 霍建起 | 陶红<br>陶泽如 | 中国电影集团公司 | 《生活秀》 | 中篇小说 | 池莉 |
| 2002 | 《假装没感觉》 | 彭小莲<br>徐敏霞 | 彭小莲 | 孙海英<br>吕丽萍 | 上海电影制片厂 | 《站在十几岁的尾巴上》 | 作者中学获奖作文 | 徐敏霞 |

续表

| 年代 | 片名 | 编剧 | 导演 | 演员 | 出品 | 原著 | 文学体裁/类别 | 作者 |
|---|---|---|---|---|---|---|---|---|
| 2003 | 《绿茶》 | 金仁顺 张元 | 张元 | 姜文 赵薇 | 北大华亿影视文化有限责任公司 | 《水边的阿狄丽雅》 | 短篇小说 | 金仁顺 |
| 2003 | 《女生日记》 | 王群 王宁 | 石建都 | 何炅 杨紫 | 中国电影集团公司 | 《女生日记》 | 长篇小说 | 杨红樱 |
| 2004 | 《我要做好孩子》 | 张之路 | 宁敬武 | 孟建华 朱静珊 | 中国电影集团公司等 | 《我要做好孩子》 | 长篇小说 | 黄蓓佳 |
| 2005 | 《米尼》 | 赵川 | 陈苗 | 刘烨 李心洁 张耀扬 | 西部电影集团西影股份有限公司 | 《米尼》 | 长篇小说 | 王安忆 |
| 2005 | 《男生日记》 | 王献 | 石建都 | 黄晨 张晨 马佳 | 中国电影集团公司 | 《男生日记》 | 长篇小说 | 杨红樱 |
| 2005 | 《七夜》 | 魏晓霞 | 张菁 | 张静初 蒋勤勤 | 博纳影业集团 | 《黑猫的狞笑》 | 中篇小说 | 魏晓霞 |
| 2005 | 《求求你，表扬我》 | 黄欣等 | 黄建新 | 王志文 范伟 陈好 | 北京紫禁城公司等 | 《请你表扬》 | 短篇小说 | 北北（林那北） |
| 2005 | 《桃花灿烂》 | 叮当 傅华阳 | 傅华阳 | 周韵 郭晓冬 | 西部电影集团等 | 《桃花灿烂》 | 中篇小说 | 方方 |
| 2005 | 《长恨歌》 | 杨智深 | 关锦鹏 | 郑秀文 梁家辉 胡军 | 上海电影制片厂 | 《长恨歌》 | 长篇小说 | 王安忆 |

续表

| 年代 | 片名 | 编剧 | 导演 | 演员 | 出品 | 原著 | 文学体裁/类别 | 作者 |
|---|---|---|---|---|---|---|---|---|
| 2005 | 《窒息》 | 谷小妮 | 张秉坚 | 葛优<br>秦海璐 | 中国电影集团公司等 | 《凌晨两点以后》 | 中篇小说 | 谷小妮 |
| 2005 | 《做头》 | 张献<br>江澄 | 江澄 | 关之琳<br>霍建华<br>吴镇宇 | 上海电影制片厂<br>香港银都机构等 | 《红颜》 | 中篇小说 | 唐颖 |
| 2005 | 《情人结》 | 思芜<br>张人捷 | 霍建起 | 陆毅<br>张谦 | 中国电影集团公司等 | 《爱恨情仇》 | 短篇小说 | 安顿 |
| 2005 | 《生死劫》等10部电视电影 | 廖一梅等 | 李少红等 | 周迅<br>陈坤等 | 中视传媒股份有限公司等 | 《绝对隐私——当代中国人情感口述实录》 | 纪实文学 | 安顿 |
| 2006 | 《好奇害死猫》 | 霍昕<br>张一白 | 张一白 | 胡军<br>刘嘉玲<br>宋佳 | 北京中视广联文化发展有限公司 | 《茄子》 | 短篇小说 | 戴来 |
| 2007 | 《吝啬男友》 | 宋潇凌 | 李华军 | 毛林林<br>陈大伟 | 中央电视台电影频道等 | 《说吧，你到底要什么》 | 长篇小说 | 宋潇凌 |
| 2007 | 《太阳照常升起》 | 述平<br>姜文<br>等 | 姜文 | 姜文<br>周韵<br>陈冲 | 太合影视投资有限公司（中国）等 | 《天鹅绒》 | 短篇小说 | 叶弥 |
| 2007 | 《姨妈的后现代生活》 | 李樯 | 许鞍华 | 周润发<br>斯琴高娃 | 其欣然影视 | 《姨妈的后现代生活》 | 长篇小说 | 燕燕 |
| 2008 | 《春草和她的母亲》（电视电影） | 周煜<br>赵晨阳 | 郑晓龙 | 陶虹<br>奚美娟 | 北京电视艺术中心等 | 《春草花开》 | 长篇小说 | 裘山山 |

续表

| 年代 | 片名 | 编剧 | 导演 | 演员 | 出品 | 原著 | 文学体裁/类别 | 作者 |
|---|---|---|---|---|---|---|---|---|
| 2008 | 《地气》 | 木兵 | 强军 | 邱林<br>胡彩虹 | 长治市委市政府等 | 《地气》 | 中篇小说 | 葛水平 |
| 2008 | 《双食记》 | 赵天宇<br>王要 | 赵天宇 | 吴镇宇<br>余男<br>江一燕 | 北京激动影业有限公司 | 《双食记》 | 短篇小说 | 殳俏 |
| 2009 | 《爱有来生》 | 俞飞鸿 | 俞飞鸿 | 俞飞鸿<br>段奕宏 | 北京真像影视<br>星美（北京）影业 | 《银杏，银杏》 | 短篇小说 | 须兰 |
| 2009 | 《斗牛》 | 管虎 | 管虎 | 黄渤<br>闫妮 | 北京佳桐世纪影视 | 《八路牛的故事》 | 中篇小说 | 赵冬苓 |
| 2009 | 《男生贾里新传》 | 王帆等 | 李威 | 王成阳<br>阮经天 | 上海文广新闻传媒集团 | 《男生贾里新传》 | 长篇小说 | 秦文君 |
| 2009 | 《淘气包马小跳》 | 陈文远 | 黄军 | 杨紫<br>阳蕾 | 中国电影集团公司 | 《淘气包马小跳》 | 长篇系列小说 | 杨红樱 |
| 2009 | 《寻人启事》 | 吴君<br>杨鹏霏 | 王英权 | 唐以诺<br>祝琳媛 | 国家广播电影电视总局<br>新视点电视节目制作中心等 | 《亲爱的深圳》 | 中篇小说 | 吴君 |
| 2010 | 《杜拉拉升职记》 | 王芸等 | 徐静蕾 | 黄立行<br>吴佩慈<br>莫文蔚 | 中国电影集团公司 | 《杜拉拉升职记》 | 长篇小说 | 李可 |
| 2010 | 《米香》 | 谷小妮<br>傅爱毛 | 王洪飞<br>白海滨 | 陶红<br>孙亮 | 金英马影视等 | 《嫁死》 | 中篇小说 | 傅爱毛 |
| 2010 | 《天上人》 | 裴蓓 | 宁瀛 | 田小洁<br>左雯璐 | 珠海山木文化传播有限公司 | 《我们都是“天上人”》 | 中篇小说 | 裴蓓 |

续表

| 年代 | 片名 | 编剧 | 导演 | 演员 | 出品 | 原著 | 文学体裁/类别 | 作者 |
|---|---|---|---|---|---|---|---|---|
| 2010 | 《永生羊》 | 叶尔克西·胡尔曼别克 | 高厂 | 玛尔江<br>巴依吐肯 | 中央新闻纪录电影制片厂等 | 《永生羊》 | 散文集 | 叶尔克西·胡尔曼别克 |
| 2011 | 《失恋33天》 | 鲍鲸鲸 | 滕华涛 | 白百何<br>文章<br>张嘉益 | 完美世界（北京）影视文化有限公司等 | 《失恋33天》(《小说，或是指南》) | 长篇小说 | 鲍鲸鲸 |
| 2011 | 《我的少女时代》 | 张海迪 | 冯振志 | 李依晓<br>王小毅 | 北京银河梦数字影像科技有限公司等 | 《轮椅上的梦》 | 长篇小说 | 张海迪 |
| 2011 | 《鱼肠剑》 | 刘冠均 | 潘镜丞 | 李金哲<br>姚懿纯 | 电影频道节目中心 | 《风火墙》 | 中篇小说 | 北北（林那北） |
| 2012 | 《额尔古纳河右岸》 | 杨明华<br>迟子建 | 杨明华 | 斯琴高娃<br>艾丽娅 | 北京真光宝映影视有限公司 | 《额尔古纳河右岸》 | 长篇小说 | 迟子建 |
| 2012 | 《搜索》 | 陈凯歌<br>唐大年 | 陈凯歌 | 高圆圆<br>姚晨<br>赵又廷 | 新丽传媒股份有限公司等 | 《请你原谅我》(《网逝》) | 中篇小说 | 文雨 |
| 2012 | 《万箭穿心》 | 吴楠 | 王竞 | 颜丙燕<br>焦刚 | 电影频道节目制作中心等 | 《万箭穿心》 | 中篇小说 | 方方 |
| 2012 | 《我愿意》 | 陈彤<br>孙周 | 孙周 | 李冰冰<br>孙红雷<br>段奕宏 | 中国电影集团公司 | 《我愿意》 | 长篇小说 | 陈彤 |

续表

| 年代 | 片名 | 编剧 | 导演 | 演员 | 出品 | 原著 | 文学体裁/类别 | 作者 |
|---|---|---|---|---|---|---|---|---|
| 2013 | 《等风来》 | 鲍鲸鲸 | 滕华涛 | 倪妮<br>井柏然 | 完美世界影视文化有限公司 | 《等风来》(原名《游记，或是指南》) | 长篇小说 | 鲍鲸鲸 |
| 2013 | 《喊山》 | 麻杨扬 | 李彦廷 | 侯岩松<br>宋梓侨 | 电影频道节目中心 | 《喊山》 | 中篇小说 | 葛水平 |
| 2013 | 《水牯子》 | 湛鹤霞 | 李龙俊 | 曲靖村民 | 云南佳华影视文化传媒有限公司 | 《牛市真多事》 | 中篇小说 | 湛鹤霞 |
| 2013 | 《夜来香》 | 张安华 | 钟海 | 马可<br>曾一萱 | 江西电影制片厂等 | 《夜来香》 | 中篇小说 | 温燕霞 |
| 2013 | 《致我们终将逝去的青春》 | 李樯 | 赵薇 | 杨子姗<br>赵又廷<br>韩庚 | 华视影视投资有限公司等 | 《致我们终将逝去的青春》 | 长篇小说 | 辛夷坞 |
| 2014 | 《匆匆那年》 | 李晗等 | 张一白 | 彭于晏<br>倪妮<br>郑恺 | 北京小马奔腾影业有限公司等 | 《匆匆那年》 | 长篇小说 | 九夜茴 |
| 2014 | 《忘了去懂你》（原名《陌生》） | 权聆 | 权聆 | 郭晓冬<br>陶虹 | 上影集团等 | 《忘了去懂你》 | 中篇小说 | 权聆 |
| 2015 | 《烈日灼心》 | 曹保平<br>焦华静 | 曹保平 | 邓超<br>段奕宏<br>郭涛 | 蓝色星空影业等 | 《太阳黑子》 | 长篇小说 | 须一瓜 |
| 2015 | 《左耳》 | 饶雪漫 | 苏有朋 | 陈都灵<br>欧豪<br>杨洋 | 北京光线影业有限公司等 | 《左耳》 | 长篇小说 | 饶雪漫 |

续表

| 年代 | 片名 | 编剧 | 导演 | 演员 | 出品 | 原著 | 文学体裁/类别 | 作者 |
|---|---|---|---|---|---|---|---|---|
| 2015 | 《何以笙箫默》 | 莫非勒等 | 杨文军<br>黄斌 | 黄晓明<br>杨幂 | 乐视影业（北京）有限公司 | 《何以笙箫默》 | 长篇小说 | 顾漫 |
| 2015 | 《旗》<br>（《等开花》） | 李力 | 梁明 | 刘卫华<br>霍泥芳 | 广东南方之星影视节目有限公司等 | 《旗》 | 中篇小说 | 王华 |
| 2015 | 《青涩日记》 | 谢悠<br>裴蓓 | 谢悠 | 季纯伊<br>陈赋 | 珠海山中木文化传播有限公司等 | 《妈妈不是我杀的》 | 中篇小说 | 裴蓓 |
| 2015 | 《新步步惊心》 | 王莉莉等 | 宋迪 | 陈意涵<br>窦骁<br>杨祐宁 | 华视影视投资（北京）有限公司 | 《步步惊心》 | 长篇小说 | 桐华 |
| 2015 | 《第三种爱情》 | 自由行走<br>李宰汉等 | 李宰汉 | 刘亦菲<br>宋承宪 | 华视影视投资（北京）有限公司等 | 《第三种爱情》 | 长篇小说 | 自由行走 |
| 2016 | 《七月与安生》 | 林咏琛等 | 曾国祥 | 周冬雨<br>马思纯 | 极客影业等 | 《七月与安生》 | 短篇小说 | 庆山（安妮宝贝） |
| 2016 | 《喊·山》 | 杨子 | 杨子 | 郎月婷<br>王紫逸 | 北京海润影业有限公司 | 《喊山》 | 中篇小说 | 葛水平 |
| 2016 | 《夏有乔木雅望天堂》 | 籽月 | 赵真奎 | 韩庚<br>卢杉<br>周元 | 上海儒意影视制作有限公司等 | 《夏有乔木，雅望天堂》 | 长篇小说 | 籽月 |
| 2016 | 《布基兰》 | 安兴伟 | 安兴伟 | 刘兴盛<br>王宇 | 梅尔塞纳影视文化（北京）有限公司 | 《布基兰小站的腊八夜》 | 中篇小说 | 迟子建 |

续表

| 年代 | 片名 | 编剧 | 导演 | 演员 | 出品 | 原著 | 文学体裁/类别 | 作者 |
|---|---|---|---|---|---|---|---|---|
| 2016 | 《泡沫之夏》 | 李佳颖 | 赖俊羽 | 黄灿灿<br>严禹豪 | 星皓影业有限公司 | 《泡沫之夏》 | 长篇小说 | 明晓溪 |
| 2016 | 《微微一笑很倾城》 | 顾漫等 | 赵天宇 | 杨颖<br>井柏然 | 上海剧酷文化传播有限公司等 | 《微微一笑很倾城》 | 长篇小说 | 顾漫 |
| 2016 | 《致青春·原来你还在这里》 | 周拓如<br>辛夷坞等 | 周拓如 | 刘亦菲<br>金世佳 | 北京儒意欣欣影业投资有限公司等 | 《原来你还在这里》 | 长篇小说 | 辛夷坞 |
| 2016 | 《捐赠者》(《父亲最后的选择》) | 王可心 | 臧溪川<br>(臧启武) | 倪大红<br>奇道 | 不详 | 《头顶一片天》 | 中篇小说 | 王可心 |
| 2017 | 《喜欢·你》 | 李媛<br>许伊萌 | 许宏宇 | 金城武<br>周冬雨 | 北京凤仪文化传媒有限公司 | 《终于等到你》 | 长篇小说 | 蓝白色 |
| 2017 | 《六人晚餐》 | 梅峰等 | 李远 | 窦骁<br>张钧甯<br>吴刚 | 上海莱弗影视制作有限公司等 | 《六人晚餐》 | 长篇小说 | 鲁敏 |
| 2017 | 《傲娇与偏见》 | 李海蜀等 | 李海蜀<br>黄彦威 | 迪丽热巴<br>张云龙 | 阿里影业等 | 《傲娇与偏见》 | 长篇小说 | 媚媚猫 |
| 2017 | 《那一场呼啸而过的青春》 | 韩天 | 韩天 | 卜冠今<br>黄觉 | 乐视影业等 | 《那一场呼啸而过的青春》 | 长篇小说 | 吴小雾 |
| 2017 | 《会痛的十七岁》 | 雷志龙<br>唐嘉淇 | 彭发 | 徐娇<br>胡夏 | 恒星影业等 | 《我不是坏女生》 | 长篇系列小说 | 饶雪漫 |
| 2017 | 《三生三世十里桃花》 | 李晗等 | 赵小丁等 | 刘亦菲<br>杨洋 | 阿里影业等 | 《三生三世十里桃花》 | 长篇小说 | 唐七 |

续表

| 年代 | 片名 | 编剧 | 导演 | 演员 | 出品 | 原著 | 文学体裁/类别 | 作者 |
|---|---|---|---|---|---|---|---|---|
| 2017 | 《秘果》 | 饶雪漫 | 连奕琦 | 陈飞宇<br>欧阳娜娜 | 北京光线影业有限公司 | 《秘果》 | 长篇小说 | 饶雪漫 |
| 2017 | 《我的青春你来过》 | 宋志军 | 连子 | 李一君<br>郑博元 | 青年电影制片厂等 | 《十六岁的生命册》 | 中篇小说 | 宋启 |
| 2017 | 《夜色撩人》 | 孟朱 | 夏钢 | 余男<br>南宫珉<br>王千源 | 博纳影业集团 | 《淡绿色的月亮》 | 中篇小说 | 须一瓜 |
| 2017 | 《鲛珠传》 | 张炭等 | 杨磊 | 王大陆<br>张天爱 | 上影集团等 | 《华胥引》 | 长篇小说 | 唐七 |
| 2018 | 《淡蓝琥珀》 | 周劼 | 周劼 | 王真儿<br>吕聿来 | 爱奇艺影业等 | 《二百四十个月的一生》 | 中篇小说 | 须一瓜 |
| 2018 | 《吻隐者》 | 李燕宁等 | 李燕宁 | 谭卓<br>李至正 | 北京奥齐都市网络传媒科技有限公司等 | 《吻隐者》 | 短篇小说 | 张天翼（纳兰妙殊） |
| 2018 | 《快把我哥带走》 | 郑芬芬等 | 郑芬芬 | 张子枫<br>彭昱畅 | 万达影视传媒有限公司 | 《快把我哥带走》 | 漫画 | 幽·灵姐妹 |
| 2019 | 《桂香街》 | 石磊<br>丁海峰 | 石磊 | 吕丽萍<br>句号 | 常州广播电视台等 | 《桂香街》 | 长篇小说 | 范小青 |
| 2019 | 《少年的你》 | 林咏琛等 | 曾国祥 | 周冬雨<br>易烊千玺 | 河南电影电视制作集团有限公司等 | 《少年的你，如此美丽》 | 长篇小说 | 玖月晞 |
| 2019 | 《大约在冬季》 | 饶雪漫 | 王维明 | 霍建华<br>马思纯 | 腾讯影业等 | 《大约在冬季》 | 长篇小说 | 饶雪漫 |

续表

| 年代 | 片名 | 编剧 | 导演 | 演员 | 出品 | 原著 | 文学体裁/类别 | 作者 |
|---|---|---|---|---|---|---|---|---|
| 2019 | 《牛油果的春天》 | 范庆 | 范庆 | 林鹏<br>李东学<br>陈思成 | 北京麦特文化发展有限公司等 | 《春天里》 | 中篇小说 | 王可心 |
| 2019 | 《如影随心》 | 霍建起 | 霍建起 | 陈晓<br>杜鹃<br>王嘉 | 宇乐乐影业<br>万达影业 | 《曾经的外遇，永远的同谋》 | 短篇情感实录 | 安顿 |
| 2019 | 《阳台上》 | 刘雅<br>任晓雯 | 张猛 | 周冬雨<br>王锵 | 光线影业等 | 《阳台上》 | 短篇小说 | 任晓雯 |
| 2019 | 《最好的我们》 | 章笛沙 | 章笛沙 | 陈飞宇<br>何蓝逗 | 中国电影股份有限公司等 | 《最好的我们》 | 长篇小说 | 八月长安 |
| 2020 | 《梅朵与月光》 | 徐海韵 | 管曦 | 朱珠<br>更登彭措 | 阿里影业等 | 《酥油》 | 自传体长篇小说 | 江觉迟 |
| 2021 | 《八月未央》 | 李凯等 | 李凯 | 钟楚曦<br>谭松韵 | 北京凯视芳华文化传播有限公司等 | 《八月未央》 | 小说散文集 | 庆山（安妮宝贝） |
| 2021 | 《秘密访客》 | 殳俏 | 陈正道 | 郭富城<br>段奕宏<br>张子枫 | 新丽传媒集团有限公司等 | 《甜蜜之家》 | 中篇小说 | 殳俏 |
| 2021 | 《西风的话》 | 陈冬梅 | 金亨俊 | 胡军<br>王景春<br>郭姝彤 | 北京中凯光辉文化发展有限公司 | 《西风的话》 | 中篇小说 | 须一瓜 |

续表

| 年代 | 片名 | 编剧 | 导演 | 演员 | 出品 | 原著 | 文学体裁/类别 | 作者 |
|---|---|---|---|---|---|---|---|---|
| 2021 | 《恋曲1980》 | 梅峰 | 梅峰 | 李现<br>春夏 | 芳草地影视（北京）有限公司等 | 《北京1980》 | 长篇小说 | 于晓丹 |
| 2022 | 《柳浪闻莺》 | 戴玮<br>孟雯婧 | 戴玮 | 郑云龙<br>阚昕 | 浙江晟喜华视文化传媒公司等 | 《爱情西湖》 | 长篇小说 | 王旭烽 |
| 2022 | 《暗恋·橘生淮南》 | 刘婉荟（八月长安） | 黄斌 | 张雪迎<br>辛云来 | 中国电影股份有限公司等 | 《暗恋·橘生淮南》 | 长篇小说 | 八月长安 |

# 参考书目

[1]程季华，邢祖文，李少白. 中国电影发展史[M]. 北京：中国电影出版社，1982.

[2]田静清. 北京电影业史迹[M]. 北京：北京出版社，1990.

[3]罗艺军. 中国电影与中国文化[M]. 北京：北京广播学院出版社，1995.

[4]王晓玉. 中国电影史纲[M]. 上海：上海古籍出版社，2003.

[5]孟犁野. 新中国电影艺术史（1949—1965）[M]. 北京：中国电影出版社，2011.

[6]忻平. 从上海发现历史[M]. 上海：上海人民出版社，1996.

[7]李银河. 女性权利的崛起[M]. 北京：文化艺术出版社，2003.

[8]陈犀禾. 电影改编理论问题[M]. 北京：中国电影出版社，1988.

[9]戴锦华，孟悦. 浮出历史地表——现代中国妇女文学研究[M]. 北京：中国人民大学出版社，2004.

[10]戴锦华. 电影批评（第二版）[M]. 北京：北京大学出版社，2015.

[11]刘思谦. “娜拉”言说[M]. 上海：上海文艺出版社，1993.

[12]丁帆. 中国乡土小说史[M]. 北京：北京大学出版社，2007.

[13]周登富. 银幕世界的空间造型[M]. 北京：中国电影出版社，2000.

[14]陈旭光. 当代中国电影的创意研究[M]. 合肥：安徽教育出版社，2016.

[15]陈旭光. 电影工业美学研究[M]. 北京：中国电影出版社，2021.

[16]彭吉象. 艺术学概论（第三版）[M]. 北京：北京大学出版社，2006.

[17]陈平原. 中国小说叙事模式的转变[M]. 上海：上海人民出版社，1988.

[18]马中红. 青年亚文化研究年度报告（2014）[M]. 北京：清华大学出版社，2015.

[19]金元浦. 文化研究（第三辑）[M]. 天津：天津社会科学院出版社，2002.

[20]陈旭红. 视觉文化与新的生活图景的构建[M]. 北京：中国社会科学出版社，2015.

[21]田莹. 从文学到电影：改编的九种可能性[M]. 西安：西北大学出版社，2016.

[22]吴必虎. 区域旅游规划原理[M]. 北京：中国旅游出版社，2004.

[23]梁冠群. 写作大辞典[M]. 上海：汉语大辞典出版社，1992.

[24]铁凝. 没有纽扣的红衬衫[M]. 北京：中国青年出版社，2001.

[25]王安忆. 长恨歌[M]. 北京：人民文学出版社，2015.

[26]王安忆. 王安忆说[M]. 长沙：湖南文艺出版社，2003.

[27]庆山（安妮宝贝）. 告别薇安[M]. 天津：天津人民出版社，2016.

[28]丁亚平主编. 1897—2001百年中国电影理论文选[C]. 北京：文化艺术出版社，2002.

[29]林缦，李子云编. 夏衍谈电影[C]. 北京：中国电影出版社，1993.

[30]陈思和主编. 中国当代文学史教程[C]. 上海：复旦大学出版社，1999.

[31]赵德光主编. 阿诗玛原始资料汇编[C]. 昆明：云南民族出版社，2002.

[32]欧阳友权主编. 中国网络文学二十年[C]. 南京：江苏凤凰文艺出版社，2018.

[33]中国电影艺术编辑室. 电影观念讨论文选[C]. 北京：中国电影出版社，1987.

[34]林建法，徐连源主编. 中国当代作家面面观——寻找文学的魂灵[C]. 沈

阳：春风文艺出版社，2003.

[35]王守仁，陈兵编. 历史进程与文学嬗变：新世纪英语文学研究[C]. 南京：南京大学出版社，2014.

[36]张寅德编. 叙述学研究[C]. 北京：中国社会科学出版社，1989.

[37]张世英编. 黑格尔《小逻辑》译著[C]. 长春：吉林人民出版社，1982.

[38]安德烈·巴赞. 电影是什么[M]. 崔君衍译. 南京：江苏教育出版社，2005.

[39]哈罗德·伊尼斯. 传播的偏向[M]. 何道宽译. 北京：中国人民大学出版社，2003.

[40]弗里德里希·恩格斯，卡尔·马克思. 马克思恩格斯选集（第三版）[M]. 北京：人民出版社，2012.

[41]弗里德里希·恩格斯. 家庭、私有制和国家的起源[M]. 北京：人民出版社. 1996.

[42]西蒙娜·德·波伏娃. 第二性[M]. 北京：中国书籍出版社，2004.

[43]苏珊·S. 兰瑟. 虚构的权威——女性作家与叙述声音[M]. 黄必康译. 北京：北京大学出版社，2002.

[44]大卫·赫斯蒙德夫. 文化产业[M]. 廖佩君译. 韦伯文化国际出版有限公司，2006.

[45]特里·弗卢. 新媒体4. 0[M]. 叶明睿译. 北京：人民日报出版社，2019.

# 后　记

写作后记的初夏，惊闻黄蜀芹导演仙逝，深感遗憾和悲伤！女性书写电影改编失去了一位伟大的思想者和实践者。

导演黄蜀芹曾在《当代电影》刊发的《女性，在电影业的男人世界里》一文中谈道，“如果把南窗比作千年社会价值取向的男性视角的话，女性视角就是东窗。阳光首先从那里射入，从东窗看出去的园子与道路是侧面的，是另一角度，有它特定的敏感、妩媚、阴柔及力度、韧性。女性意识强烈的电影应当起到另开一扇窗、另辟视野的作用”。

希望有更多的女性书写和改编电影，照进现实，也照进梦想。

是为记。